台灣の讀者の皆さんへのコメント

海を越えて旅したことのない私の書いた小說が、
海を越えて多くの讀者の皆様のもとに屆いていることを、
心から嬉しく思っています。
この作品も、どうぞお樂しみいただけますように！

致親愛的台灣讀者

從未出國旅行的我，
這次很高興自己寫的小說能跨海與許多讀者見面，
希望這部作品能帶給您無上的閱讀樂趣。

宮部みゆき

終日

日暮らし

上

宮部美幸

林熊美——譯

宮部美幸 作品集／26
MIYABE MIYUKI

終日（上）

Contents

總導讀　傅博

宮部美幸的推理文學世界「增補版」

日本當代國民作家宮部美幸

近年來在日本的雜誌上，偶爾會看到尊稱宮部美幸爲國民作家。怎樣才能榮獲這個名譽呢？好像沒有確切的答案，然而綜觀過去被尊稱爲國民作家的作家生涯便不難看出國民作家的共同特徵。

明治維新（一八六八年）一百多年以來，被尊稱爲國民作家的爲數不多，夏目漱石和吉川英治是最早期的國民作家。夏目漱石是純文學大師，其作品具大眾性，一九一六年逝世至今，已歷九十年，其作品在書店仍然可見，代表作有《我是貓》、《少爺》等等。吉川英治是大眾文學大師，其作品有濃厚的思想性，對二次大戰戰敗的日本國民發揮了鼓舞的作用，其著作等身，代表作有《宮本武藏》、《新・平家物語》等等。

屬於戰後世代的國民作家有松本清張和司馬遼太郎。松本清張是社會派推理文學大師，其寫作範圍十分廣泛，除了推理小說之外，對日本古代史研究、挖掘昭和史等，留下不可磨滅的貢獻。司馬遼太郎是歷史文學大師，早期創作時代小說，之後撰寫歷史小說和文化論。這兩位作家的共同特徵是，著作豐富、作品領域廣泛、質與量兼俱。他們的思想對一九六〇年代後的日本文化發揮了影響力。

上述四位之外，日本推理小說之父江戶川亂步、時代小說大師山本周五郎，以及文學史上創作量最多、男女老少人人喜愛的赤川次郎也榮獲國民作家的尊稱。

綜觀以上的國民作家，其必備條件似乎是著作豐富、多傑作；作品具藝術性、思想性、社會性、娛樂性、普遍性；讀者不分男女，長期受到廣泛的老、中、青、少、勞動者以及知識分子的閱讀。

宮部美幸出道至今未滿二十年，共出版了四十三部作品，包括四十萬字以上的巨篇八部、長篇二十四部、中篇集四部、短篇集十三部，非小說類有繪本兩冊、隨筆一冊、對談集一冊。以平均每年出版兩冊的數量來說，在日本並非多產作家，但是令人佩服的是，其寫作題材廣泛、多樣，品質又高，幾乎沒有失敗之作。所獲得的文學獎與同世代作家相較，名列第一，該得的獎都拿光了。質的成功與量成比例，是宮部美幸文學的最大武器，也是獲得國民作家之稱的最大因素。

宮部美幸，本名矢部美幸，一九六〇年十二月二十三日生於東京都江東區深川。東京都立墨田川高中畢業之後，到速記學校學習速記，並在法律事務所上班，負責速記，吸收了很多法律知識。一九八四年四月起在講談社主辦的娛樂小說教室學習創作。

一九八七年，〈吾家鄰人的犯罪〉獲第二十六屆《ALL讀物》推理小說新人獎，〈鎌鼬〉獲第十二屆歷史文學獎佳作。一位新人，同年以不同領域的作品獲得兩種徵文比賽獎項實爲罕見。

前者是透過一名少年的觀點，以幽默輕鬆的筆調記述和舅舅、妹妹三人綁架小狗的計畫所引發的意外事件，是一篇以意外收場取勝的青春推理佳作，文風具有赤川次郎的味道。後者是以德川幕府時代的江戶（今之東京）爲時空背景的時代推理小說。故事記述一名少女追查試刀殺人的兇手之經過，全篇洋溢懸疑、冒險的氣氛。

要認識一位作家的本質，最好的方法就是閱讀其全部的作品。當其著作豐厚，無暇全部閱讀時，則是先閱讀其處女作，因為作家的原點就在處女作。以宮部美幸為例，其作品裡的偵探，不管是系列偵探或個案偵探，很少是職業偵探，大多是基於好奇心欲知發生在自己周遭的事件眞相，而做起偵探的非職業偵探，這些主角在推理小說是少年，在時代小說則是少女。其文體幽默輕鬆，故事收場不陰冷而十分溫馨，這些特徵在其雙線處女作之中已明顯呈現。

繼處女作之後的作品路線，即須視該作家的思惟了；有的一生堅持一條主線，不改作風，只追求同一主題，日本的推理小說家大多屬於這種單線作家——解謎、冷硬、懸疑、冒險、犯罪等各有專職作家。

另一種作家就不單純了，嘗試各種領域的小說，屬於這種複線型的推理作家不多，宮部美幸即是罕見的複線型全方位推理作家。她發表不同領域的處女作——推理小說和時代小說——同時獲得肯定，登龍推理文壇之後，此雙線成為宮部美幸的創作主軸。

一九八九年，宮部美幸以《魔術的耳語》獲得第二屆日本推理懸疑小說大獎，拓寬了創作路線，由此確立推理作家的地位，並成為暢銷作家。

宮部美幸作品的三大系統

這次宮部美幸授權獨步文化出版社，發行台灣版《宮部美幸作品集》二十七部（二十三部中有四部分爲上下兩冊），筆者以這二十三部爲主，按其類型分別簡介如下。

要完整歸類全方位作家宮部美幸的作品實非易事，然其作品主題是推理則毋庸置疑。筆者綜合故事的時空背景以及現實與非現實的題材，將它分爲三大系統。第一類爲推理小說，第二類時代小說，第三類奇幻小說，而每系統可再依其內容細分爲幾種系列。

一、推理小說系統的作品

宮部美幸的出道與新本格派的崛起（一九八七年）是同一時期，其早期的作品可能受到此影響之外，文體、人物設定、作品架構等，可就是受到赤川次郎的影響了。所以她早期的推理小說大多屬於青春解謎的推理小說；許多短篇沒有陰險的殺人事件登場，大多是以日常生活中的家庭糾紛爲主題，屬於日常之謎系列的推理小說不少。屬於本系列的有：

1.《吾家鄰人的犯罪》（短篇集，一九九〇年一月出版）收錄處女作以及之後發表的青春推理短篇四篇。早期推理短篇的代表作。

2.《完美的藍——阿正事件簿之一》（長篇，一九八九年二月出版／獨步文化版·宮部美幸作品集01——以下只記集號）「元警犬系列」第一集。透過一隻退休警犬「正」的觀點，描述牠與現在的主人——蓮見偵探事務所調查員加代子——的辦案過程。故事是正和加代子找到離家出走的少年，在將少年帶回家的途中，目睹高中棒球明星球員（少年的哥哥）被潑汽油燒死的過程。在搜查過程中浮現的製藥公司的陰謀是什麼？「完美的藍」是藥品名。具社會派氣氛。

3.《阿正當家——阿正事件簿之二》（連作短篇集，一九九七年十一月出版／16）「元警犬系列」第二集。收錄〈令人著迷〉等五個短篇，在第五篇〈正的辯明〉裡，宮部美幸以事件委託人登場。

4.《這一夜，誰能安睡？》（長篇，一九九二年二月出版／06）「島崎俊彥系列」第一集。透過中學一年級生緒方雅男的觀點，記述與同學島崎俊彥一同調查一名股市投機商贈與雅男母親五億圓後，接獲恐嚇電話、父親離家出走等事件的眞相，事件意外展開、溫馨收場。

5.《少年島崎不思議事件簿》（長篇，一九九五年五月出版／13）「島崎俊彥系列」第二集。在秋天的某個晚上，雅男和俊男兩人參加白河公園的蟲鳴會，主要是因爲雅男想看所喜歡的工藤小姐一眼，但是到了公園門口，卻碰到殺人事件，被害人是工藤的表姊，於是兩人開始調查眞相，發現事件背後的賣春組織。具社會派氣氛。

6.《無止境的殺人》（長篇，一九九二年九月出版／08）將錢包擬人化，由十個錢包輪流講自己所見的主人行爲而構成一部解謎的推理小說。人的最大欲望是金錢，作者功力非凡，藉由放錢的錢包揭開十個不同的人格，而構成解謎之作，是一部由連作構成的異色作品。

7.《繼父》（連作短篇集，一九九三年三月出版／09）「繼父系列」第一集。一個行竊失風的小偷，摔落至一對十三歲雙胞胎兄弟家裡，這對兄弟的父母失和，留下孩子各自離家出走，於是兄弟倆要求小偷當他們的爸爸，否則就報警，將他送進監獄，小偷不得已，承諾兄弟倆的要求當了繼父。不久，在這奇妙的家庭裡，發生七件奇妙的事件，他們全力以赴解決這七件案件。典型的幽默推理小說集。

8.《寂寞獵人》（連作短篇集，一九九三年十月出版／11）「田邊書店系列」第一集。以第三人稱多觀點記述在田邊舊書店周遭所發生的與書有關的謎團六篇。各篇主題迥異，有命案、有日常之謎、有異常心理、有懸疑。解謎者是田邊舊書店店主岩永幸吉和孫子稔。文體幽默輕鬆，但是收場不一定明朗，有的很嚴肅。

9.《誰？》（長篇，二〇〇三年十一月出版／30）「杉村三郎系列」第一集。今多企業集團會長今多嘉親之司機梶田信夫被自行車撞死，信夫有兩個未出嫁的女兒，聰美與梨子。梨子向今多會長提議，要出版父親的傳記，以資找出嫌犯。於是，今多要求在集團廣報室上班的女婿杉村三郎協助姊妹倆出書事務。聰美卻反對出書，杉村認爲兩姊妹不睦，藏有玄機，他深入調查，果然……

10.《無名毒》（長篇，二〇〇六年八月出版／31）「杉村三郎系列」第二集。今多企業集團廣報室臨時僱用的女職員原田泉，與總編吵架，寄出一封黑函，即告失蹤。原田的性格原來就稍有異常，今多會長要求杉村三郎調查眞相。杉村到處尋找原田的過程中，認識曾經調查過原田的私家偵探北見一郎，之後杉村在北見家裡遇到「隨機連環毒殺案」之第四名犧牲者的孫女古屋美知香，於是捲入了毒殺事件的漩渦中。杉村探案的特徵是，在今多會長叫他處理公務上的糾紛過程中，因其正義感使他去解決另外的事件。

以上十部可歸類爲解謎推理小說，而從文體和重要登場人物等來歸類則是屬於幽默推理、青春推理爲多。屬於這個系列的另有以下兩部。

11.《地下街之雨》（短篇集，一九九四年四月出版）。

12.《人質卡濃》（短篇集，一九九六年一月出版）。

以下九部的題材、內容比較嚴肅，犯罪規模大，呈現作者的社會意識。有懸疑推理、有社會派推理、有報導文體的犯罪小說。

13.《魔術的耳語》（長篇，一九八九年十二月出版／02）獲第二屆日本推理懸疑小說大獎的社會派推理傑作。三起看似互不相干的年輕女性的死亡案件，和正在進行的第四起案件如何演變成連續殺人案。十六歲的少年日下守，爲了證實被逮捕的叔叔無罪，挑戰事件背後的魔術師的陰謀。宮部美幸早期代表作。

14.《Level 7》（長篇，一九九〇年九月出版／03）一對年輕男女在醒來之後失去記憶，手臂上被印上「Level 7」；一名高中女生在日記留下「到了 Level 7 會不會回不來」之後離奇失蹤。尋找自我的男女，和尋找失蹤的女高中生的眞行寺悅子醫師相遇，一起追查 Level 7 的陰謀。兩個事件錯綜複雜，發展爲殺人事件。宮部後期的奇幻推理小說的先驅之作、早期代表作。

15.《獵捕史奈克》（長篇，一九九二年六月出版／07）持散彈槍闖入大飯店婚宴的年輕女子關沼惠子、欲利用惠子所持的槍犯案的中年男子織口邦雄、欲阻止邦雄陰謀的青年佐倉修治、欲去探望病倒的妻子的優柔寡斷的神谷尙之、承辦本案的黑澤洋次刑警，這群各有不同目的的人相互交錯，故事向金澤之地收束。是一部上乘的懸疑推理小說。

16.《火車》（長篇，一九九二年七月出版）榮獲第六屆山本周五郎獎。停職中的刑警本間俊介受親戚栗坂和也之託，尋找失蹤的未婚妻關根彰子，在尋人的過程中，發現信用卡破產猶如地獄般的現實社會，是一部揭發社會黑暗的社會派推理傑作，宮部第二期的代表作。

17.《理由》（長篇，一九九八年六月出版）二〇〇一年榮獲第一百二十屆直木獎和第十七屆日本冒險小說協會大獎。東京荒川區的超高大樓的四十樓發生全家四人被殺害的事件。然而這被殺的四人並非此宅的住戶，而這四人也不是同一家族，沒有任何血緣關係。他們爲何僞裝成家人一起生活？他們到底是什麼人？又想做什麼？重重的謎團讓事件複雜化，事件的眞相是什麼？一部報導文學形式的社會派推理傑作。宮部第二期的代表作。

18.《模仿犯》（百萬字長篇，二〇〇一年四月出版）同時榮獲第五十五屆每日出版文化獎特別獎，二〇〇二年同時榮獲第五屆司馬遼太郎獎和二〇〇一年度藝術選獎文部科學大臣獎文學部門獎。在公園的垃圾堆裡，同時發現女性的右手腕與一名失蹤女性的皮包，不久兇手打電話到電視公司和失主家中，果然在兇手所指示的地點發現已經化爲白骨的女性屍體，是利用電視新聞的劇場型犯罪。不久，表面上連續殺人案一起終結了，之後卻意外展開新局面。是一部揭發現代社會問題的犯罪小說，宮部文學截至目前爲止的最高傑作，推理文學史上的不朽名著。

19.《R・P・G》（長篇，二〇〇一年八月出版／22）在食品公司上班的所田良介於杉並區的建築工地被刺死，在他的屍體上找到三天前在澀谷區被絞殺的大學女生今井直子身上所發現的同樣纖維，於是兩個轄區的警察組成共同搜查總部，而曾經在《模仿犯》登場的武上悅郎則與在《十字火焰》登場的石津知佳子連袂登場。是一部現今在網路上流行的擬似家族遊戲爲主題的社會派推理小說。

宮部美幸的社會派推理作品尙有：

20.《東京下町殺人暮色》（原題《東京殺人暮色》，長篇，一九九〇年四月出版）。

21.《不必回信》（短篇集，一九九一年十月出版）。

二、時代小說系統的作品

時代小說是與現代小說和推理小說鼎足而立的三大大眾文學。凡是以明治維新之前爲時代背景的小說，總稱爲時代小說或歷史．時代小說。

時代小說視其題材、登場人物、主題等再細分爲市井、人情、股旅（以浪子的流浪爲主題）、劍豪、歷史（以歷史上的實際人物爲主題）、忍法（以特殊工夫的武鬥爲主題）、捕物等小說。

捕物小說又稱捕物帳、捕物帖、捕者帳等，近年推理小說的範疇不斷擴大，將捕物小說稱爲時代推理小說，歸爲推理小說的子領域之一。捕物小說的創作形式是日本獨有，其起源比日本推理小說早六年。一九一七年，岡本綺堂（劇作家、劇評家、小說家）發表《半七捕物帳》的首篇作的〈阿文的魂魄〉，是公認的捕物小說的原點。

據作者回憶，執筆《半七捕物帳》的動機是要塑造日本的福爾摩斯——半七，同時欲將故事背景的江戶的人情和風物以小說形式留給後世。之後，很多作家模仿《半七捕物帳》的形式，創作了很多捕物小說。

由此可知，捕物小說與推理小說的不同之處是以江戶的人情、風物爲經，謎團、推理爲緯而構成的小說。因此，捕物小說分爲以人情、風物爲主，與謎團、推理取勝的兩個系統。前者的代表作是野村胡堂的《錢形平次捕物帳》，後者即以《半七捕物帳》爲代表。

宮部美幸的時代小說有十一部，大多屬於以人情、風物取勝的捕物小說。

22.《本所深川詭怪傳說》（連作短篇集，一九九一年四月出版／05）「茂七系列」第一集。榮獲第十三屆吉川英治文學新人獎。江戶的平民住宅區本所深川，有七件不可思議的事象，作者以此七事象爲題材，結合犯罪，構成七篇捕物小說。破案的是回向院捕吏茂七，但是他不是主角，每篇另有主角，大多是未滿二十歲的少女。以人情、風物取勝的時代推理佳作。

23.《幻色江戶曆》（連作短篇集，一九九四年八月出版／12）以江戶十二個月的風物詩爲題，結合犯罪、怪異構成十二篇故事。以人情、風物取勝的時代推理小說。

24.《最初物語》（連作短篇集，一九九五年七月出版，二〇〇一年六月出版珍藏版，增補一篇作品／21）「茂七系列」第二集。以茂七爲主角，記述七篇茂七與部下糸吉和權三辦案的經過，作者在每篇另有記述與故事沒有直接關係的季節食物掌故，介紹江戶風物詩。人情、風物、謎團、推理並重的時代推理小說。

25.《顫動的岩石——通靈阿初捕物控1》（長篇，一九九三年九月出版／10）「阿初系列」第一集。破案的主角是一名具有通靈能力的十六歲少女阿初，她看得見普通人看不見的東西，而且一般人聽不到的聲音也聽得到。某日，深川發生死人附身事件，幾乎與此同時，武士住宅裡的岩石開始顫動。這兩件靈異事件是否有關聯？背後有什麼陰謀？一部以怪異取勝的時代推理小說。

26.《天狗風——通靈阿初捕物控2》（長篇，一九九七年十一月出版／15）「阿初系列」第二集。天亮刮起大風時，少女一個一個地消失，十七歲的阿初在追查少女連續失蹤案的過程中遇到邪惡的天狗。天狗的眞相是什麼？其陰謀是什麼？也是以怪異取勝的時代推理小說。

27.《糊塗蟲》（長篇，二〇〇〇年四月出版／19・20）「糊塗蟲系列」第一集。深川北町的鐵瓶大雜院發生殺人事件後，住民相繼失蹤，是連續殺人案？抑是另有陰謀？負責辦案的是怕麻煩的小官井筒平四郎，協助他破案的是聰明的美少年弓之助。本故事架構很特別，作者先在冒頭分別記述五則故事，然後以一篇長篇與之結合，構成完整的長篇小說。以人情、推理並重的時代推理傑作。

28.《終日》（長篇，二〇〇五年一月出版／26．27）「糊塗蟲系列」第二集。故事架構與第一集一樣，在冒頭先記述四則故事，然後與長篇結合。負責辦案的是糊塗蟲井筒平四郎，協助破案的除了弓之助之外，回向院茂七的部下政五郎也登場，作者企圖把本系列複雜化，或許將來作者會將幾個系列納爲一大系列。也是人情、推理並重的時代推理小說。

以上三系列都是屬於時代推理小說。案發地點都在深川，但是每系列各具特色，有以風情詩取勝，也有以人際關係取勝，也有怪異現象取勝，作者實爲用心良苦。宮部美幸另有四部不同風格的時代小說。

29.《扮鬼臉》（長篇，二〇〇二年三月出版／23）深川的料理店「舟屋」主人的唯一女兒阿鈴，發燒病倒，某日一個小女孩來到其病榻旁，對她扮鬼臉，之後在阿鈴的病榻旁連續發生可怕又可笑的不可思議的事，於是阿鈴與他人看不見的靈異交流。一部令人感動的時代奇幻小說佳作。

30.《怪》（奇幻短篇集，二〇〇〇年七月出版）。

31.《鎌鼬》（人情短篇集，一九九二年一月出版）。

32.《寬恕箱》（人情短篇集，一九九六年十一月出版）。

33.《整天》（長篇，二〇〇五年出版）。

34.《孤宿之人》（長篇，二〇〇五年出版）。

三、奇幻小說系統的作品

史蒂芬・金的恐怖小說和奇幻小說《哈利波特》成爲世界暢銷書後，原處於日本大眾文學邊緣的奇幻小說獲得成長發展的機會，漸漸確立了其獨立地位，而宮部美幸的奇幻小說就是在這欣欣向榮的機運中誕生的。她的奇幻作品的特徵是超越領域與推理小說結合。

35.《龍眠》（長篇，一九九一年二月出版／04）榮獲第四十五屆日本推理作家協會獎的長篇獎。週刊記者高坂昭吾在颱風夜駕車回東京的途中遇到十五歲的少年稻村慎司，少年告訴記者：「我具有超能力。」他能夠透視他人心理，慎司爲了證明自己的超能力，談起幾個鐘頭前發生的事件眞相，從此兩人被捲入陰謀。是一部以超能力爲題材的奇幻推理傑作，宮部早期代表作。

36.《十字火焰》（長篇，一九九八年十一月出版／17・18）青木淳子具有「念力放火」的超能力。有一天她撞見了四名年輕人欲殺害人，淳子手腕交叉從掌中噴出火焰殺害了其中的三個人，另一個逃走了。勘查現場的石津知佳子刑警，發現焚燒屍體的情況與去年的燒殺案十分類似。也是一部以超能力爲題材的奇幻推理大作。

37.《蒲生邸事件》（長篇，一九九六年十月出版／14）榮獲第十八屆日本SF大獎。尾崎高史爲了應考升學補習班上京，其投宿的飯店發生火災，因而被一名具有「時間旅行」的超能力者平田次郎搭救到一九三六年二月二十六日的二・二六事件（近衛軍叛亂事件）現場，兩名來自未來的訪客能否阻止起義而改變歷史？也是一部以超能力爲題材的奇幻推理大作。

38.《勇者物語—Brave Story》（八十萬字長篇，二〇〇三年三月出版／24・25）念小學五年級的三谷亘的父母不和，正在鬧離婚，有一天他幻聽到少女的聲音，決心改變不幸的雙親命運，打開幽靈大廈的門，進入「幻界」到「命運之塔」。全書是記述三谷亘的冒險歷程。一部異界冒險小說大作。

除了以上四部大作之外，屬於奇幻小說的作品尚有以下四部：

39.《鳥笛草》（中篇集，一九九五年九月出版）。

40.《僞夢1》（中篇集，二〇〇一年十一月出版）。

41.《僞夢2》（中篇集，二〇〇三年三月出版）。

42.《ICO——霧之城》（長篇，二〇〇四年六月出版）。

以上三十九部是小說。另有四部非小說類從略。

如此將宮部美幸自一九八六年出道以來，一直到二〇〇五年底所出版的作品，歸類爲三系統後，再按時序排列，便很容易看出作者二十年來的創作軌跡，也可預見今後的創作方向。請讀者欣賞現代，期待未來。

二〇〇七・十二・十二

本文作者簡介

傅博

文藝評論家。另有筆名島崎博、黃淮。一九三三年出生，台南市人。於早稻田大學研究所專攻金融經濟。在日二十五年以島崎博之名撰寫作家書誌、文化時評等。曾任推理雜誌《幻影城》總編輯。一九七九年底回台定居。主編《日本十大推理名著全集》、《日本推理名著大展》、《日本名探推理系列》以及日本文學選集（合計四十冊，希代出版）。

江戶・公役組織職位關係圖

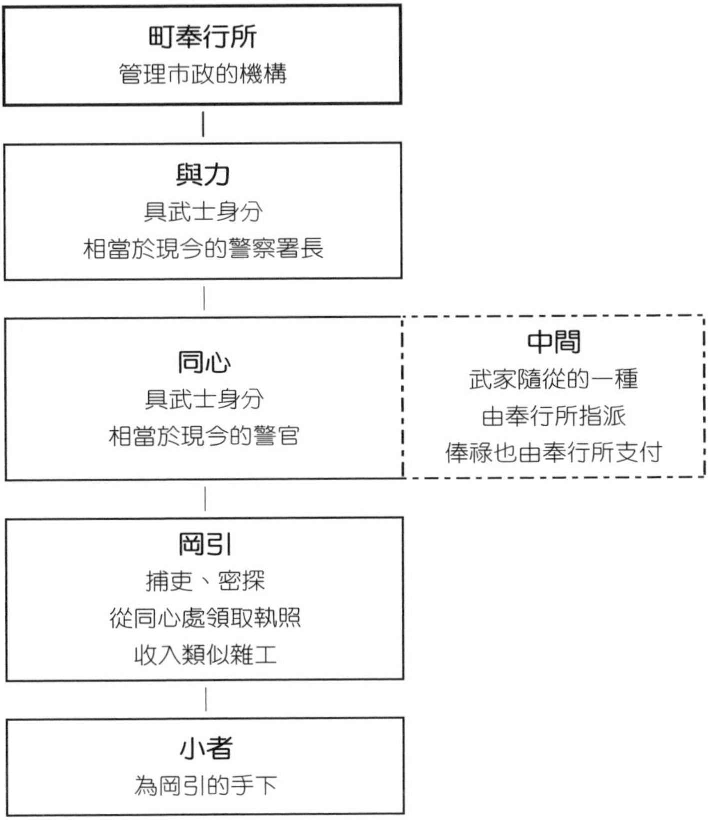
町奉行所
管理市政的機構
與力
具武士身分
相當於現今的警察署長
同心
具武士身分
相當於現今的警官
中間
武家隨從的一種
由奉行所指派
俸祿也由奉行所支付
岡引
捕吏、密探
從同心處領取執照
收入類似雜工
小者
為岡引的手下

町奉行所主要負責江戶的司法、立法及行政。以「與力」為首的公役制度，相當於現今的警察總署。故事主角井筒平四郎的職銜為「同心」，是維持警政制度運行的小螺絲釘之一。而由於「與力」和「同心」的身分都為武士，對市民生活的了解往往不足，須有人充當蒐集情報的跑腿，因而有「岡引」與「小者」的產生。

本事

一

「要說是思春嘛，還嫌太早了些。」幸庵大夫說道。

井筒平四郎拿著團扇啪嗒啪嗒地搧，大剌剌地盤腿坐在緣廊。天氣實在太熱了，光抬眼看日頭便直讓人頭暈目眩。本來平四郎就愛夏天這股熱勁兒，至今也從沒犯過苦夏的毛病，恐怕是年紀到了，今年整個人萎靡不振。

打十天前起，毒日頭就這麼晒著，教人怎麼撐得住。細君（註）說這時候喝蜆仔湯最好，每天煮了湯便要平四郎喝。

「蜆仔能滋養身體，就不會苦夏了，而且喝了蜆仔湯，流出來的汗也不會刺眼。」

問她這話有什麼根據，她雖不明白其中道理，卻仍堅稱此法是故老相傳。於是平四郎也老老實實天天喝著蜆仔湯，把豆大的蜆仔肉挑出來吃，但那暑氣依舊讓人吃不消。既是這樣，不如趁還沒

註：妻子的謙讓語，本書中特用於指稱平四郎的妻子。

遭蜆祖蜆宗作祟、鼻尖上還沒長出蜆殼兒前，趕緊改吃鰻魚爲妙。

明明熱得不像話——

「大夫，你不熱嗎？」平四郎問道。

身爲町醫（民間大夫）的幸庵，年紀長了平四郎整整二十有餘。原以爲這樣的大熱天應該會熱得老大夫有氣無力，沒想到一出門迎接，只見他連汗也不流，一派神清氣爽。這大夫不像尋常醫生理個大光頭，反而將頭髮紮成一束，穿著大夫特定的青碧色單衣，上披十德短褂。現下則是拘謹地坐在墊子上，啜飲著細君剛才要小下女專程跑去買來的濃甜酒，神情宜然自得。這模樣與一身單衣，前襟大敞、衣襬高高掀起，仍連連喊熱的平四郎相比，宛如活在兩個時節。

「夏天當然熱啊。」町醫答道。

「這樣才有調劑。熱的時候就該怕熱喊熱、在熱裡過，對身體才好。但這會兒我瞧大爺的臉，似乎有些怕熱怕過了頭啊。」

幸庵大夫內外科皆精通，平四郎閃了腰時，也由他妙手醫治，是位相當高明的良醫。平日問診時經常快人快語，今天卻分外客氣，想必是爲了診療之外的事來訪吧。

「我是從本所元町的岡引政五郎那兒過來的。」大夫說。聽到這話，平四郎還以爲是大頭子茂七身體違和。這位人稱「回向院頭子」的茂七，爲民所親、爲民所懼，長久以來威震本所深川，高齡已八十有八，難不成也中了酷暑之氣？

但接著聽下去，才知道這番推測大錯特錯，茂七大頭子身強體健，臥病在床的是政五郎的手下大額頭，而且竟到了無法起身的地步，平四郎不免大吃一驚。

據說，大額頭四、五天前便不吃飯了。那可不是天氣熱沒胃口，而是連一粒米都不碰。政五郎的老婆很擔心，左勸右勸，但大額頭只是一個勁兒地道歉，推說不必吃飯，所有吃食一概不碰，淨喝水。頭一、兩天還照常在家裡勤快做事，到了第三天早上實在撐不住，眼一花、身子一倒，便再也起不了身了。

大額頭是個十三歲的男孩，父母爲他取名叫三太郎。這孩子長得光潤可愛，額頭卻大得出奇，因此喚做大額頭。大額頭記性奇佳，跟在政五郎身邊，將茂七大頭子訴說的過往種種鉅細靡遺記下，是他的重責大任。

就在將近一年前吧，承襲了討厭岡引的父親，而從未親近過岡引的平四郎，爲了某案開始與政五郎來往，也在那時認識了大額頭。這孩子能背誦自己出生前的諸般人事時地物，流暢得有如朗讀眼前的書，平四郎對此特技由衷讚嘆不已。

除去這項特出的專長不說，他是個老實有禮的好孩子。或許天性如此，就一個男孩而言，大額頭乖巧得略嫌柔弱，不講一句粗話，閒話也一概不提。因此大額頭的父母如今身在何處，及他是幾時、又爲何寄居政五郎那兒等原由，平四郎一直沒機會問。

多半是身世淒涼的緣故吧——平四郎也只約略這麼想過。

然而，政五郎不單是大額頭的頭子，也如同父親，政五郎的老婆也把大額頭當親生兒子一樣疼愛。就平四郎所見，實在難以想像大額頭在本所元町的生活會有什麼傷心難過之事，足以令他食不下嚥、一病不起。

眼下政五郎夫婦也正因不明所以而心焦不已，才會找幸庵大夫來看病。

大夫一眼便瞧出這不是病。大額頭本來就纖弱，不吃飯又瘦了一圈。但除此之外，身上找不到任何不對勁的地方。肚子裡沒積水，心臟也沒像喝醉的兔子般亂蹦亂跳，膚色沒泛黃，眼珠子正常轉動，小解也解得出來。既沒發燒，脈搏也照常怦怦地跳動。

「人啊，不吃飯就會死，這點道理你一定也懂吧！那麼，你是想尋死才不吃飯的？」

幸庵大夫一問，大額頭便將瘦得又尖又細的下巴藏在被子裡，一副快哭出來的樣子。

「既然你要尋死，我倒是知道不少省事又確實的死法，比絕食這種又慢又費事的法子乾脆得多。看情況，我免費告訴你如何？你想死還是不想？」

這實在不像大夫會說的話。

結果，大額頭問了：「大夫，人死了會怎麼樣？」

幸庵大夫答道：「我還沒死，怎麼知道呢。」

說老實話還眞的是老實話。

「不過你死了會怎麼樣，我倒是知道。」

「會怎麼樣？」

「會給人添麻煩。」

要是你就這麼不明不白地死了，政五郎夫婦倆肯定會傷心透頂，質疑自己哪裡不好，懊惱自己是否曾有機會挽救，卻沒能做到。幸庵大夫說這就是麻煩。

大額頭聽了嚶嚶啜泣起來。但若遇到患者哭哭啼啼便舉白旗，可當不了町醫。

「你會哭，可見你雖不明白想不想死，至少不願給政五郎頭子添麻煩吧？既然這樣，就喝米湯。只喝米湯，可以讓身子衰弱得想死時，隨時都能死，而在你下定決心前，又不至於餓死。」

竟有這等異想天開的處方。

儘管異想天開，卻或許讓大額頭有些動搖了，他喝了一點政五郎老婆煮的米湯，昏昏沉沉地睡去。於是幸庵大夫離開本所元町，來八丁堀拜訪平四郎。然而，受訪的平四郎什麼忙都幫不上，只不過由本來閒著待在家裡喊熱，變成閒著在家邊喊熱邊納悶罷了。

「你怎麼跟政五郎講？」

一問，幸庵大夫便將甜酒杯咚地一放，答道：

「心病。」

「大額頭心裡有煩惱？」

「是的。結果頭子說『會不會是單戀哪家姑娘』，頭子娘則說『會不會是想他娘』。孩子愈大，當爹的和當娘的想法愈不同，這便是個好範例。」

平四郎抓抓下巴。由於臉上冒著汗，抓起來感覺不是沙沙的，而是黏黏的。

「那麼，大夫的診斷是思春還嫌太早了。」

幸庵大夫點點頭。「儘管江戶城裡沒田地，早稻（註）卻不少見，但三太郎應該不是這樣。」

「那麼，另一個說法呢？是想他娘想出病來了？」

「這我就醫不了了，所以才想拜託井筒大爺。」

註：以早熟的稻子比喻人早熟。

「我能做什麼？」
「明查暗訪不正是井筒大爺分內的事嗎？」
「明查暗訪——問問政五郎他們不就得了？」
幸庵大夫靜靜搖頭。「要問政五郎收養那孩子的經過，應該是問得到的，連我都行。」
是啊，你怎麼不問呢？
「但這麼一來，那對夫婦想瞞什麼便能瞞什麼。」幸庵大夫隨即接著說：「更何況，光知道過去，也無法查出三太郎發病的原由。因此才需要查訪，這正是井筒大爺分內的事。」
平四郎邋遢地拉開身前的衣服。「我好歹也是有公務在身的。」
「本所深川一兩天沒井筒大爺巡視也不會有事的，好比現在。」
平四郎默默地搧他的團扇。這幾天他確實偷懶沒去巡視，反正是臨時迴（註一），只要沒什麼臨時的事，不巡視也不要緊——這是平四郎編派的歪理。
「更何況井筒大爺還有個得力助手啊。」
平四郎「嘿？」了聲回幸庵大夫的話。
「助手？誰啊？小平次可是比我更怕熱，這會兒派不上半點用場。」
小平次是跟隨平四郎的中間（註二），由於連日曬了過多太陽，腦筋曬壞了幾根，在後院裡想躲進自己落在地上的影子納涼時，平四郎的細君正巧瞧見，今日便在家中歇著。
「大爺不是後繼有人了嗎？」幸庵大夫說得乾脆。「要接來當養子吧？就是佐賀町染料鋪的五公子……」

他指的是平四郎的外甥弓之助，與大額頭同年。不過這一個臉上沒什麼太寬太窄之處，是無可挑剔、俊秀絕倫的美少年。

「你說弓之助啊。大夫，這話是打哪兒聽來的？」

「聽夫人提過，在八丁堀也是個話題哪。」

細君想要弓之助當養子想得不得了。起先完全不感興趣的平四郎，也由於在與政五郎等人相識的案子裡帶著弓之助到處奔走，這一相處下才稍微動了心，因爲弓之助是個有趣的孩子。

然而，他認爲現在決定還太早。不是指對他平四郎，而是對弓之助而言，還太早了。

「請那位弓之助少爺幫忙如何？一樣是孩子，也許能順利從三太郎那裡打聽出什麼。聽說令甥聰明過人不是嗎？」

弓之助確實聰明，而且和大額頭是好友。但平四郎搖搖頭。

「大夫，讓弓之助幫忙反而會弄巧成拙。」

「怎麼說？」

「河合屋家裡雖然也不平靜，但至少那孩子雙親健在。萬一大額頭的病眞是想親娘想出來的，只怕更不肯對弓之助坦白了。雖說是孩子，可也不是小嬰兒，都十三歲了，心裡總有那麼一、兩個疙瘩的。」

註一：支援「定町迴同心」的職位，兩者任務類似，都負責巡視市容、偵察犯罪、逮捕犯人等。

註二：爲武家僕役職稱之一。

幸庵大夫正中下懷地笑了，只見他的山羊鬍前端沾上了一點兒甜酒渣。

「那麼，最好還是請井筒大爺親自出馬了。」

二

儘管親自出馬，平四郎頂多也只能先去政五郎那兒瞧瞧大額頭。他擦著汗撿日蔭處走，一路來到本所元町。

岡引除了協助上級指派的任務，大多還兼營買賣，政五郎也開了家蕎麥麵鋪。鋪子最引以爲傲的，便是他們那江戶城內數一數二講究的湯頭，平四郎也愛極這裡的小干貝蕎麥麵。

走木橋過了細窄如溝的水道，便能看見政五郎家那在豔陽下乾透了的木板屋頂，好似發出白光。與此同時，飄來陣陣誘人的柴魚香。大額頭那小子，處在這滿室令人垂涎的氣味中，怎麼忍得住不吃飯啊——平四郎再度感到不解，正望著那藍染布簾時，只見布簾子一掀，政五郎的老婆出來了。她低著頭，一臉鬧牙疼般的表情。

「喂——」

平四郎一喊，政五郎的老婆便驚訝地停下腳步。

「這不是井筒大爺嗎？天氣眞熱呀。」

您要找我家那口子……她才開口，平四郎便伸手制止，笑了笑。

「瞧妳無精打采的，是爲了大額頭吧？」

她吃驚地睜大了細長的眼睛，但隨即點頭。「是的……井筒大爺，您是聽幸庵大夫說的吧。」

「嗯，眞是難爲妳了。」

「還讓大爺掛心，眞對不起。不過知道不是身子有病，倒讓人放下了一半的心。」

平四郎向四周一望，不遠的轉角處有棵柳樹搖曳，看來頗有涼意。樹下擺著長凳，賣水的放下了壺，正在做生意。

「到那邊聊聊吧。」

避開政五郎，他老婆也比較方便說話吧。平四郎下巴往那邊一揚，走了過去，政五郎的老婆跟在後頭。

「也許是我白操心，不過，妳和政五郎該不會是爲大額頭的事吵嘴了吧？」

嘴裡說是「白操心」，但平四郎心裡猜想多半八九不離十，一問之下，果不其然。政五郎老婆抿住的嘴角往下一垂，細巧的鼻尖呼出小小的嘆息。

「您別看我家那口子這樣，其實他挺性急的，狠狠罵了三太郎一頓，說既然心裡有事，便該好好講出來，男孩子彆彆扭扭地像什麼話。」

平四郎坐在長凳上仰天大笑。「我早料到是這麼回事。」

「可我心疼那孩子有話不敢說，只能悶在心裡。就是說不出口才悶出病來，卻又罵他不說，不是很可憐嗎？眞是氣死我了。」

「妳這麼爲三太郎講話，政五郎更氣得火上加油是不是？一定說若是親生父母，這時候就該罵，東想西想自以爲對他好，反而害了他。」

政五郎的老婆以又驚喜又佩服的眼神看著平四郎。「大爺簡直像親眼看到我們吵嘴呢！」

「哪裡，旁觀者清啊！這要是別人家的事，妳一樣也看得清清楚楚。」

水販賣的水不涼了，平四郎往手中的杯裡看，若無其事地問：

「三太郎的親生父母是什麼樣的人？有案在身嗎？」

不出平四郎所料，政五郎的老婆朝自己家望了望，才小聲回道：

「領養那孩子的經過，井筒大爺沒聽我家那口子提起？」

「半個字都沒聽說。一直沒那個機會，政五郎又不是會主動開口的人。」

「這倒也是……」

政五郎的老婆表示，他們夫婦是在三太郎五歲時領養他的。

「正如您所想，那孩子的爹殺了人，被關進傳馬町（註）的牢房，死在裡頭。他原本是做門窗的師傅，手藝似乎相當不錯，只可惜戒不了酒，酒品又差，黃湯下肚就性情大變，會鬧事打人。逮捕他的時候，連我家那口子都受了傷。」

「喝酒就亂性啊。可憐歸可憐，卻不少見。」

「是。他爹死在牢裡，留下他娘和五個孩子。大的兩個是能當學徒的年紀，底下三個還小。」

一個女人家要養大五個孩子雖不容易，但也不是辦不到的事。事實上，對三太郎以外的四個孩子，他娘都不肯放手，堅持自己養。

然而，她獨獨應付不了三太郎。至於原因，說是那孩子有點……

「遲鈍。」政五郎的老婆似乎有些難以啓齒地咬咬嘴唇。「她說，孩子們得同心協力才能過活，這孩子會拖累兄弟姊妹。」
「大額頭一點兒也不遲鈍啊。」
「是啊，您說的沒錯！」政五郎的老婆用力附和。「可看在那孩子的娘眼裡卻是這樣。」
「才五歲，大概還看不出他記性特好的天分吧。」
「是啊，我家那口子和我，也是領養了那孩子好幾年後才注意到的。」
政五郎的老婆將視線自蒙塵的地面抬起，望著平四郎。
「井筒大爺，我呀，覺得三太郎的娘是別有緣故才不要他的。」
她說，多半是那孩子的爹與其他四個小孩不同。
「這種情況也一樣不少見。」
平四郎直截了當地應道。
「即使如此，三太郎由你們收養還是很幸福。他娘和其他兄弟現在怎麼樣了？有消息嗎？」
「沒有，領走孩子後就沒消息了。」
「那連是不是還在江戶都不知道了？」
「是呀。」
「這麼一來，三太郎到外頭跑腿，在路上撞見親娘也不是完全不可能了。他五歲才離家，應該還記得親娘的長相吧。」

註：傳馬町爲當時牢房的所在地。

政五郎的老婆露出求援的眼神。

「井筒大爺也這麼想？」

平四郎笑了。「只是任誰都想得到的事罷了。究竟發生什麼，不問大額頭不知道。」

「那孩子什麼都不肯說。」

「不過，本來好好的一個人，不會只因一時興起或異想天開就決心絕食到昏過去，肯定遇到什麼事了。大額頭前陣子怎麼樣？有沒有什麼不尋常的地方？」

「不尋常的地方……」

「像是要他做了些沒做過的事、家裡來過什麼生客，或是命他到沒去過的地方，什麼都可以，再小的事都不打緊，有嗎？」

政五郎的老婆將盛了水的茶杯往凳上一放，雙手合拜似地放在鼻尖前專心尋思。平四郎則取出摺扇，攤開來想搧搧臉，只見扇面上畫滿了平四郎的肖像，是先前弓之助到家裡玩時，學現下流行的肖像摺扇畫的。

「姨爹臉長，得把扇子直著畫才畫得好。」

弓之助人小鬼大地說，畫出來的肖像，像匹大鼻孔的馬，幹活兒累壞了卻沒飯吃的沮喪模樣。

最先賣起這肖像扇子的，是淺草觀音寺門前町一家叫祥文堂的梳妝鋪。他們請畫師坐在鋪子一角，當場爲買了白扇子的客人畫肖像畫。這創意立刻大受歡迎。繪圖講究的扇子要多少有多少，但畫著自己面孔的，別處可找不到。

要想出一個大受歡迎的創意不容易，要模仿卻很簡單。沒多久，江戶城裡到處都賣起了肖像扇子。這個創意學來毫不費勁，只要會畫上幾筆，買把白紙扇子自己動筆都行。只不過發想的祥文堂所繪的肖像畫，妙就妙在畫得比本人更好上那麼「一點兒」，但難也難在拿捏這「一點兒」的分寸上，而據說祥文堂請的這位秀明畫師年紀不到三十，原以爲諒他能有多少道行，豈知他竟能將那分寸拿捏得恰到好處。如此一來，人們便認爲既然要買不如就到祥文堂，連日來擠得祥文堂水洩不通。做生意這碼事，啥東西會賣只有天知道。

「哎呀，肖像扇子！」

平四郎趕緊收起扇子，政五郎的老婆卻已眼尖看到了，嘴角泛起笑意。

「這可不是祥文堂賣的，是弓之助畫的。」

「弓之助少爺最近可好？」

「還是一樣人小鬼大。倒是妳想起什麼了嗎？」

政五郎老婆的微笑倏地消逝。她搖搖頭說道：

「沒有……」

「是嗎？這也難怪，有些事情大人感覺不到，那個年紀的孩子卻敏感得很。」

若三兩下便能想到，政五郎夫婦也用不著煩惱了。

「多虧幸庵大夫，那孩子總算肯喝米湯了，可是光喝米湯，鐵打的身子也撐不住。」

「畢竟不是小娃娃了啊。」

「我正打算明天到古川藥師寺參拜，買寺裡的銀杏護身符給三太郎帶在身上。」

平四郎不解地問：「古川藥師不是沒奶水餵時才拜的嗎？」

「不止呢！那可是保佑眾生的藥師神明，對所有病痛都靈驗的。更何況到品川一趟，也許能找到什麼新鮮玩意兒或零食。看看新東西，說不定三太郎的心境也會有所不同呀！」

娘親難爲，平四郎心想。正因如此，才教人分外感激吧。

我也瞧瞧大額頭再走——正想開口，平四郎便閉上了嘴。眼看讓他無法前去探望大額頭的理由，正從乾巴巴的路上滾也似地直奔而來，惹得塵土飛揚。

是小平次。不知他腦袋冷卻了些沒。

「大爺、大爺！」那團塵土大老遠便喊道，平四郎站起身。

「急什麼，我又不會跑掉。什麼事？」

小平次一面跑一面向政五郎的老婆打招呼——這胖子還眞靈巧——氣喘吁吁的，總算停下來了。

「淺、淺草、的、祥文堂的……」

政五郎的老婆哦了一聲。

「那個、畫師、叫秀明的畫師、被、被殺了！」

三

既然是淺草的命案，便不在平四郎的轄區內，但側腹慘遭一刀斃命的秀明，屍身卻倒在深川蛤町的船屋「井船」二樓客房內，這麼一來，無論天氣再熱，平四郎都不能不去露個面。

得到急報的政五郎也與平四郎同行。這正中平四郎下懷，自己這臨時迴是多餘的人力，用不著打頭陣去找殺人凶手，只要上面交代什麼再做什麼即可，先到「井船」露個面交差，之後四處打混摸魚也無妨。這下便可趁政五郎的老婆不在，好好向政五郎打聽打聽——

無奈政五郎卻爲秀明被殺一案大爲傷神，不便談大額頭的事。他忙著分派手下到附近打探消息，自己也四處活動。

現下仔細想想，雖不免有事到如今的感慨，但政五郎身爲岡引，奉本所深川的同心大爺之命辦事，與平四郎沒有職務上的牽扯，不過是雙方小有私交罷了。不如說，只是平四郎在遇上困難時請政五郎協助而已，全然是單方面的交情。因此無論平四郎在與不在，一旦本所深川出了事，爲辦案奔走就是政五郎的職責，與平四郎無關。

於是，平四郎獨自蹲在「井船」外清涼的水邊，拔起鼻毛來。只是，他拔他的鼻毛，愛看熱鬧的人群仍舊不斷聚集，船屋裡的人也大驚小怪，巴不得四處宣揚，平四郎因此了解了事情的梗概。

秀明約莫一個時辰前獨自來到「井船」。這時節除了到八幡宮參拜的船隻，「井船」也出船供人傍晚乘涼。但白天這個時刻，少有客人要用船，絕大多數都是在二樓閒坐，秀明也不例外。他交代船屋老闆娘約好的人稍候會來，屆時再點酒肴。

大白天的，若要與女人幽會，通常是上幽會茶館而非船屋，因此老闆娘也以爲秀明多半是約人談生意。

秀明長相俊俏，不比當紅優伶遜色，近來有許多女客爲了見他一面而特地上祥文堂。小報也曾以「江戶美男子」爲題刊載他本人的肖像，且描繪得相當神似。但「井船」的老闆娘不認得他，他也是初次光顧「井船」。

或許秀明是刻意選擇不認識他的地方，也或許是他與相約對象的談話內容不宜爲人所知。

趕到現場的祥文堂老闆表示，由於秀明的才華大受好評，這陣子各處店家爭相前來挖角，吵鬧不休，諸如願以百兩重金禮聘，除扇子外也想請他畫和服、屏風等等提議絡繹不絕。

秀明本人似乎也頗有意願。凡流行必有落伍之時，即使不是這樣，扇子原本就是季節之物，夏天一過便得跟著收攤。考慮至此，他會對和服、屏風等提議心動也不足爲奇。

祥文堂的老闆則堅稱已爲秀明的將來設想周全，答應絕不虧待秀明，因此雙方並無衝突。這番話自然不能全盤皆收，平四郎拔著鼻毛想。

眼下有大批人出入「井船」，但案發前，這裡想必是鴉雀無聲。

秀明獨自待在樓上的廂房，船屋的人忙的忙、打盹的打盹——總之沒人會去盯著他——這是船屋、幽會茶館的規矩。在客人拍手叫喚前，店家不會不識趣地上前囉唆。如此，就算有人避人耳目到秀明所在的廂房，捅了他一刀又悄悄離去，想來也不是什麼難事。

但這絕非外行人的手法。

不刺胸割喉，而是側腹一擊斃命，實在非常人所能。不說別的，被殺的秀明既沒作聲，也沒掙扎。老闆娘會發現他血染廂房倒臥在地，是由於過了一個時辰還不見有人來，覺得有點奇怪才前去探問，否則至今可能還沒人知道秀明已死。

說來說去，這秀明究竟是何許人？在祥文堂落腳、畫起肖像扇子前，他在哪裡討生活？畫師可不像木匠魚販滿街都是，也不是容易餬口的行業。

也罷，反正這些政五郎他們會查。

平四郎拔了根鼻毛。哈啾！打了個噴嚏。與此同時，忽地靈光一閃。就平四郎的狀況，閃現的靈光多半是問題而非解答。

在白扇子上畫肖像的主意，是誰想出來的？

是秀明嗎？或是祥文堂的人想到了，才去找秀明這個畫師？若是後者，未免也太湊巧了。終究前者才合理——是秀明有了這個構思，對自己的本事有把握，才會向祥文堂提議做肖像扇子這門生意的吧？

平四郎取出插在腰帶上的扇子，唰地攤開，上頭是弓之助畫的馬臉平四郎。弓之助當時邊畫邊這麼道：

「姨爹，這類玩意兒幾十年前一定也流行過，能打動人心的事物其實不多。一樣事物流行起來，久了便會被忘得一乾二淨，之後要不就是有人又興起同樣的主意，要不就是想起過去耳聞聽說的流行，冷飯熱炒。大太陽底下沒有新鮮事，這是世間的常理。」

這都是從你那腦袋瓜裡想出來的？平四郎問道。弓之助回答是的，但佐佐木先生也這麼說過。這位佐佐木先生是他學堂裡的教書先生，會暗裡製作違反禁令的地圖。

物以類聚，這也是世間的常理。

小房間裡鋪了鋪蓋，大額頭平躺在那裡，枕邊擺著水壺水杯。

「你儘管躺著，能說話嗎？」

平四郎大步走近枕邊，大額頭嚇了一跳，連忙掙扎著要起來。平四郎一屁股坐下，手心按住孩子寬廣的額頭。

「躺著就好。不過你啊，怎麼瘦了這麼一大圈？這樣腦袋還管用嗎？」

「是，對不起。」大額頭的話聲細若蚊鳴。

「看你這個樣子，我實在該直接上茂七那兒打擾的，不過聽說大頭子身子雖還健旺，口齒畢竟含糊了，早在好幾年前就只有你聽得懂大頭子說的話，只好還是來找你了。」

大額頭眨了眨眼。「請問大爺有什麼事？」

「淺草祥文堂的肖像扇子，你也知道吧？大頭子有沒有提過以前曾流行類似的東西？」

大額頭又想起身，平四郎再次制止，但聽他說「不坐好就沒辦法想」，便扶他起來。

「唔……」大額頭雙眼湊近，在額頭上形成了皺紋，黑眼珠也往鼻梁靠。他握起小小的拳頭，擺在胸前，一副準備撒腿開跑的模樣。

大額頭寬廣的額頭深處，定像書庫般收藏著許多聽來的事跡。每當要想起某事時，他體內的靈魂便當眞撒開腿在書庫中飛奔，取出所需又奔回來。

過了一會兒，大額頭鬆開拳頭，兜在一起的眼珠也回到眼中央。

「那是三十五年前的夏天。」

「哦，發生了什麼事？」平四郎起勁地附和。

「那是個鬧旱災的夏天，扇子賣得很好。肖像扇子是從深川八幡宮門前町一家叫蓬萊屋的店流行開來的。」

「哦，那時候是從深川開始的啊？」

「是的。起先由辰巳的姐兒們（註一）送客人扇子開始，後來傳到一般市面，流行一陣子。」

起因和淺草這回略有不同，但內容雷同。

「我就知道。其實也沒什麼，但猜中了總是教人痛快。」平四郎笑了。「不過，茂七大頭子眞是觀察入微，連這種和案子無關的流行事物都記得。」

「與案子有關。」

平四郎大吃一驚。「什麼案子？」

「那年初春起，城裡便發生多起破門搶案，被搶的都是些大商家，但強盜作案手法極爲凶殘，一家子一個活口都不留，將財物洗劫一空，因此人人聞盜色變。」

「火盜改（註二）在幹什麼？」

「束手無策，只能乾瞪眼。」大額頭的眼睛又往眼頭靠，隨即恢復原位。「那夥強盜與眾不同，並非頭目和一群手下的組合，只有頭目與一名軍師，其餘人手都是每回做案時臨時找來的，所以難以追緝。」

平四郎皺起眉頭。這回換他露出大額頭剛才的表情了。

註一：指深川一帶的藝妓，身穿男子外褂，藝名也多男性化。以重人情、亢爽有鬚眉氣概，賣藝不賣身著稱。

註二：火付盜賊改的簡稱，爲江戸時代治安官之一，主要取締縱火、強盜、賭博等江戸三大重罪。

「這種作法行得通嗎？照你說，是要動手時才找人吧？當然，只要能一夜致富，願意刀頭舔血的人也不難找，但這些人幾時會翻臉倒戈就難講了。強盜歸強盜，應該還是挺看重內部團結的。」

「這便是其中的巧妙之處。」大額頭繼續說道。「頭目無需擔心遭臨時找來的手下背叛、出賣，因爲這些臨時手下根本不認得頭目的長相。不僅如此，就連做案當晚也不知彼此的姓名長相，事前既從未見面，動手時也蒙面行事。」

平四郎伸手按額心想，這種作法當眞可行嗎？

「但，總要有人在頭目和各人之間居中聯繫吧？」

「是的，這是重要的職務。那個人多半就是頭目的軍師吧。據說這名男子每回行動都易容化妝，讓人看不透他的眞面目。」

之所以能了解這些細節，是當年秋風初起時，總算逮捕一名因遭受害商家夥計反擊、受傷不及撤退的盜賊。這個大半輩子都在拘留所與牢房度過的男子，立刻受到嚴刑逼供，招出這些內幕。可是翌日早晨，卻發現他雖仍綁在自身番（註）柱子上，但側腹遭到致命一擊，已氣絕身亡。沒人知道是誰、在何時潛進來將男子滅口。

然而，或許是深恐官府已識破做案手法，此種作風獨特的強盜殺人案便戛然而止，至少江戶城內是這樣。

平四郎嘴巴張得老大。側腹遭到致命一擊——這豈不和剛發生的命案如出一轍！太令人吃驚。所謂一語成讖便是如此，這簡直是拿吃剩的沙丁魚骨頭當釣餌，結果竟有鯛魚上鉤。

「這件事還沒完。」

大額頭有些喘，但仍繼續說下去。一直沒吃飯，也難怪他很快就累了。

「依那被捕男子遇害前所說，他們這些受僱動手的人不認得頭目，就算在路上相見也不知道，但頭目卻認得每個僱用的手下，而且記得一清二楚。」

「是遠遠偷看嗎？」

「不，好像是偷偷要人畫了他們的肖像放在身邊，萬一有人起心反悔去告密，即使隱姓埋名也逃不掉，而且不索命不罷休。男子說，對方是這麼威脅的，而且真的給了一張酷似他本人的肖像，並表示頭目也有與這一模一樣的，要他牢記在心。」

平四郎的嘴張大得快脫臼了。原來上鉤的不是鯛魚，竟是鯨魚。

「莫非那肖像畫……」

「是，就畫在扇子上。」

扇子易於交接，方便攜帶，只要收起來旁人便看不見扇面上的畫。

「大頭子他們聽說此事，立刻趕到蓬萊屋，但仍遲了一步。畫肖像扇子的畫師已連夜逃走，調查的線索也就此中斷，終究沒能將頭目繩之以法。」

多半是一有人失手被捕，畫師便立即得到通報，才得以逃逸無蹤。

註：江户時代設於各町的維安處所，經費由各町籌措，由町內的地主、屋主或僱人看守，若在町內逮捕嫌犯，經常先拘押在此，先行問話，功能類似現代的派出所。除維護治安之外，防火亦是自身番的重要工作，因此自身番常與防火看臺並設。

頭目、軍師兼聯絡奔走的人，以及畫師。不，或許畫師與這軍師兼聯絡奔走的人是同一個人。

三十五年前——

「大頭子記得那畫師叫什麼名字嗎？」平四郎問道。

「白秀。」大額頭答道。「蓬萊屋的人對白秀的來歷一無所知，只知道他是個雲遊畫師，盤纏用盡，便上門來問能否在蓬萊屋賣肖像扇子……」

最後平四郎問了最要緊的一點：「那個叫白秀的畫師，長得很俊嗎？」

大額頭答道：「據說孋美優伶。」

四

三十五年前與現在，事情發生的順序有些不同。

白秀一方面參與破門搶案，一方面藉由肖像扇子的風行而大發利市。這恐怕是他的副業，同時是一種障眼法，使他人不至於對他因行搶而日益豐厚的荷包起疑。

三十五年後，秀明以肖像扇子大獲好評而日進斗金，至此兩者相同，但他並未參與強盜殺人。正確的說法是，強盜案尚未發生。

秀明來自何方，不詳加調查無從得知，但他恐怕是在逃亡。他與白秀不同，不願幹打家劫舍的勾當。

正因如此，才會慘遭頭目毒手。

然而對頭目而言，殺死秀明的代價不小，所有預計進行的強盜案都不得不延期，因為要召集人馬並加以威嚇，不能沒有肖像畫。

即使如此，頭目仍殺了秀明。這麼說，莫非找到了接替秀明的人選？

「看有哪戶商家如法炮製，學祥文堂靠肖像畫賺錢的，把他們聘的畫師一個個查清楚，應該能查出些名堂。」

距日落還有一段時間，政五郎的蕎麥麵鋪子暫時歇息。平四郎大口吃著特地為他烹煮的蕎麥涼麵，喝著蕎麥茶。

政五郎粗獷威武的面孔上掠過一絲絲疑惑，牛鈴大眼望著半空。

「但，會有這種事嗎？」

「難免的吧。一般人想得到的主意，往往都不是創新的。」

雖是現學現賣，說出來仍教人得意。

「白秀與秀明是父子嗎？」

「倘若兩人都只是貌比潘安，我就不敢講了，但雙方都有繪畫長才，八成有血緣關係。」

「頭目那邊……」

「大概也是第二代吧。」

平四郎將蕎麥茶喝光，笑了。政五郎摸著臉，又瞅著自己的手直瞧，彷彿那裡沾了什麼有趣的東西。他邊看邊說：

「秀明既然逃離了頭目，又何必再畫肖像畫？隱瞞畫師的身分，幹別的活兒過日子不就好了嗎？這樣也不會被找到了。」

「或許他本人也沒料到肖像扇子會如此轟動吧。」

平四郎說完，從鼻子呼了一口氣。

「到頭來，人們能賴以爲生的本事終究有限吧。誰都只想做自己拿手的事。」

有人只懂得靠強盜殺人過日子，也有人除了畫畫沒別的本事。

「像我，只剩下當小官差這條路，而你也只能當你的岡引。這蕎麥麵好吃得不得了，可也不是你做的吧？」

政五郎苦笑：「是。」

「就算秀明放下畫筆去店裡當夥計，他遲早會想動筆，一動筆又人人稱讚，終究還是會被頭目發現。就是這麼回事。」

一技在身，既可受用無窮，也能招致殺身之禍。但既然擁有足以餬口的一技之長，又教人如何捨得放手？

調查的結果也與三十五年前不同。平四郎從大額頭嘴裡問出白秀等人的事整整五天後，外神田一家梳妝鋪畫肖像扇子的畫師被捕，這回順利地讓他從實招來，逮到了頭目。

事情幾乎全如平四郎所料。白秀與秀明確實是父子，一夥人的頭目是第二代。但這第二代頭目竟是個女子，因此秀明自頭目身邊逃脫，不單是不願打家劫舍，還牽扯了情感糾葛。殺死秀明的也是這女頭目，據說就捕後，她一面招供還一面流淚。

無論如何，這都是個讓賣小報的歡欣雀躍的案子。外神田與平四郎的轄區連邊都搆不上，因此平四郎聽著滿城「號外！號外！」的叫賣聲，在熱得令人發昏的暑氣中打瞌睡。一覺醒來，便要小平次去日本橋點心鋪買一份口碑極佳的涼糕。先前平四郎也曾交代細君，讓小下女買回來過，那涼糕泡在水裡，溼滑的口感帶著微微的甘甜，好吃極了。

平四郎便帶著這涼糕造訪本所元町。

向政五郎的老婆打過招呼入內，只見大額頭已起身，在那小小房裡習字，脖子上掛著古川藥師寺的護身符。不知是護身符靈驗，還是政五郎的老婆誠心感動天，聽說大額頭這幾天不僅喝米湯，也開始喝稀粥了。雖然如此，因絕食而孱弱的身體和腸胃畢竟不是一時半刻能夠復元的。

「這是給你的獎品。」

平四郎晃晃包著涼糕的小包裹。

「你立了大功哪！」

大額頭惶恐不已，寬廣的額頭失去了光澤，雙眼也顯得無神。平四郎在他身邊坐下，想看他字習得如何，大額頭卻趕緊用手遮了起來。

平四郎笑了。「害臊什麼？不過，在你身子好起來前，就儘管讀書寫字打算盤吧！一開始幹活，就沒這種閒工夫了。」

大額頭動了動嘴，好像想講話，但終究沒開口。

「聽說你把你頭子娘惹哭了。」

大額頭紅了眼眶。

「不管是親娘也好，還是代替親娘養你的頭子娘也好，讓爲娘的傷心都不是好事。」

到底出了什麼事?平四郎直截了當地問。

「你才剛立下大功，就算有什麼尷尬事，現在說出來也不尷尬了。」

平四郎在肚子裡暗暗數到十，這段期間大額頭一直面朝下不發一語，唯有油蟬叫聲擾人。

「花木匠來了。」大額頭小聲道。

「來這個家嗎？」

「是。光由我們照顧，無論如何樹木還是會變形，所以一年會請花木匠來整理一次。」

「嗯，然後呢？」

「大熱天裡，大夥兒都汗流浹背地幹活。」

「那當然了，花木匠嘛。」

大額頭深深垂著頭，都快瞧不見下巴了。「我端麥茶過去，師傅就說我命好。」

用不著流汗勞動，一臉涼快地吃閒飯——大額頭補上這句。

只見他伸手稍稍擦了眼睛。

「師傅說，像我這種吃閒飯的人，」他低語道，「是靠頭子賞飯吃，不心存感激會遭天譴。」

平四郎雙手環抱胸前，心想大額頭的話多半不是原封不動地轉述，花木匠的話肯定更難聽，諸如不是「命好」而是「憑你也配」；不是「吃閒飯的」而是「米蟲」。

「大人哪，偶爾就是愛講這些欺負人的話，尤其是天氣這麼熱的時候。」

大額頭點了點頭。

傷大額頭心的，想必不止花木匠的話。這些尖酸刻薄的言語只是導火線。許久之前，大額頭心裡便有疙瘩了。

自己眞的有資格待在這個家嗎？自己在這個家裡派得上用場嗎？世上確實有許多人必須弄得滿頭大汗、勞累不堪，才能勉強餬口。反觀自己，自己在做些什麼？——大額頭定是這麼想的。

這樣眞的有資格吃飯嗎？自己能問心無愧地說，自己做的事配得上這口飯嗎？大額頭沒有自信，因此只能伏地道歉，吃不下飯。

「你也到了會想這些事的年紀了啊。」平四郎笑了。「放心吧！你已經是政五郎底下一名能幹的手下了。經過這次的案子，你該明白了吧？」

是。大額頭沒出聲，只動嘴回答。

他既不是想親娘，也沒戀上哪家姑娘。他的煩惱更加——不如說是「成熟」吧。掙飯吃的本事，人人各異，也只能如此。只能靠自己的本事掙飯吃，也只願憑這本事掙飯吃，這便是做人的任性。這令平四郎驀地想到，白秀也曾畫著肖像扇子邊自問，此時此刻自己是否眞該如此嗎？

「你可別再鑽牛角尖了。」

「是。」

這次大額頭出聲回答了。此時，油蟬鳴聲驟然停頓，政五郎的叫聲於是傳到耳裡。

「喂，大額頭、大額頭！大頭子在喊人！」

「是！」

大額頭彈起來。

「馬上來！」

說著他便以蹣跚的腳步走出房間，這一動作捲動了習字紙，落在榻榻米上。平四郎拾起，只見上面寫著「終日」。

討厭蟲

一

喀吶喀吶喀吶——

暮蟬開始叫了。阿惠猛一回神，抬眼向外看。牆後是榊原大人的府邸，暮蟬在包圍著府邸的蓊鬱林木中鳴叫。

西邊天空已蒙上一層淡淡的暮色。

喀吶喀吶喀吶，只有一隻勢單力薄地叫著。即使如此，這仍是今年聽見的第一聲蟬鳴。不知不覺夏日已過，秋天的腳步近了。

明明該縫補衣物的，卻沒有半點進展。不曉得已呆坐著出了多久的神？阿惠以指尖彈彈額頭，警惕自己。

待補的是染成深青色的短褂，背上空著「植半」兩個白字，是半次郎師傅代代相傳的商號。袖口一圈蔓草圖案也是印記。佐吉常讓小樹枝勾住衣袖、扯破這圖案。他本人說，這是由於爬樹、使大修枝剪時，手臂的動作有些錯誤。

「師傅也常指正，但我老改不過來。」

右袖扯裂處才補了一半，手就停了下來。阿惠重新坐好，拿針尖往髮絲裡戳了戳，趕緊動手繼續。這麼一點針線活兒，得在日落西山前做完才行。

佐吉出門前交代過，今晚佐佐木大人的別邸（註）慶祝落成，他必須陪師傅出席，要深夜才能回來。阿惠嘴裡說著「路上小心」送佐吉出門，佐吉也應道「那我出門去了」，兩個人臉上同樣掛著笑容，聲音同樣開朗。

但是，當中卻都帶著虛假。阿惠深深體會到，其實兩人都察覺了這份虛假，且極力隱瞞對方。這令人窒息的循環，是從什麼時候開始的呢？是從哪裡開始的呢？櫻花盛開時，他們結爲夫婦。雖是個只有近親好友出席的小小婚禮，但前來觀禮的人個個爲他們歡喜、祝他們幸福。更不用說，兩人對眼前即將展開的新生活都滿懷希望。

還不到半年，究竟是哪裡出了錯，我們才會變成這樣？阿惠一針一線密密縫著，卻覺得眼前漸漸轉暗。暮蟬悲涼的叫聲更添了幾分淒清。

第一次見到佐吉是十年前的事了。阿惠家在王子岸村著名的不動瀑布邊開茶館，他來探望阿惠的表妹阿蜜。

阿惠還記得很清楚，一個又瘦又高的年輕人低著頭，結結巴巴說：我現下在花木匠師傅家裡當學徒，初次獲准在傭工休息日返家，但我無家可回，便來到這裡，想見見以前湊屋老爺提過、我也一直很想見上一面的阿蜜。如果不方便，我這就裝成遊山玩水的客人離開，還請原諒我的冒昧。

佐吉大阿惠八歲，當時十八。阿惠十歲，阿蜜也才三歲，還是個不懂事的孩童，就算湊屋的人來了，也什麼都不明白。因而內向青澀的佐吉主要由阿惠的父母作陪，阿惠則躲在屏風後偷看。

阿蜜的生父是名爲總右衛門的大富豪，在江戶最熱鬧的築地開了一家鮑參翅行叫湊屋，母親則是阿惠的姑姑，以前在淺草的茶館端茶。總右衛門除了阿蜜，還有眾多私生子在外。姑姑生下阿蜜不久就去世了，阿蜜便由阿惠家收養，兩人向來情同手足。

湊屋每個月都送不少錢給阿惠的雙親。每月初一由店裡的夥計送來，只是對方從不久待，給了錢，說完一套有禮卻樣板的寒暄便走，甚至不進屋裡坐。因此阿惠和雙親平日幾乎感覺不到阿蜜頭頂上有湊屋的影子，得以照常過日子。

然而，那天的佐吉雖客氣，卻明明白白打著湊屋的名號來訪。他說自己是湊屋總右衛門姪女的兒子，稱總右衛門爲老爺，並難爲情地表明：老爺交代，阿蜜和我也是有血緣的親人，要我當阿蜜是晚出的妹妹，好好疼愛。

阿惠的父母非常感佩，立刻便喜歡上佐吉，阿惠卻覺得沒趣。逞著十歲小姑娘的要強好勝，覺得這人眞不要臉，硬闖上門，不由得怒從中來。

其實這也是一個十歲小姑娘對阿蜜的嫉妒，如今想想是再明白不過了。佐吉望著年幼阿蜜的眼神是那麼溫暖，他帶給阿蜜的玩具顏色是那麼鮮豔，包裝精美的點心看來又那麼可口。這一切的一

註：原文爲「下屋敷」。江户時代大名（諸侯）在江户的居處稱爲江户藩邸，其中分上、中、下屋敷。上屋敷爲正式居所，中屋敷規模較上屋敷小，但格局類似，多爲退隱的大名所居，較偏離市中心。下屋敷則多位在郊外或江户城外，用途近於別墅，注重庭園布置，亦兼倉儲之用。因江户多大火，實際上也做爲大名避難暫居之處。

切，都令她心生不滿。因此，當他在父母建議下，到後院與正在餵雞的阿蜜說話，然後一大一小開心地追趕起雞群時，阿惠再也忍不住，趿著鞋走出去。

「喂！」

阿惠想起當時叫住佐吉的自己：揚起下巴，雙手扠腰，一副刁蠻樣。

「不要隨便餵我家的雞好嗎？雞不能亂餵的。」

佐吉臉上仍掛著與阿蜜相視而笑時的表情，猛地朝阿惠回過頭，驚訝地揚起濃眉。

「啊，眞是對不起。」

阿蜜拉著他的手說道：「這是我姊姊喔！」

「是嗎？那就是阿惠了。」

阿惠氣鼓鼓的，從阿蜜手裡搶過盛著雞飼料的篩子，雜穀飼料灑了一地。

「哎呀，姊姊眞是的，怎麼可以這樣！」阿蜜蹦蹦跳跳地避開，大聲喊著。

「姊姊亂餵雞。」

「阿蜜，去拿掃把。」阿惠瞪著佐吉，凶巴巴地下令。

「是姊姊灑的，姊姊自己去拿！」

「妳去！」

阿惠的疾言厲色讓阿蜜有些退縮，佐吉立刻打圓場：

「既然這樣，由我來打掃吧。借一下掃把。」

阿惠硬是將想穿過後院的佐吉往後推。「阿蜜，去拿掃把！」

阿蜜一臉快哭出來的樣子。這孩子就是這樣，動不動就哭。阿惠的火氣愈來愈大了，自己也不明白爲何沒來由發這麼大的火，一時有些心虛，更是管不住自己。

「還不快去！」

阿惠跺腳一吼，阿蜜哇地一聲哭出來，往家裡跑。

高瘦的佐吉一手摸著瘦削的下巴，怯怯地看向阿惠。阿惠仍全力擺出厭惡的表情。

「你是湊屋的人，是不是？」

「呃？啊，嗯，是啊。」

「湊屋老爺的親戚是吧？不是下人，是大老爺的親戚，所以你很了不起是吧？」

「我一點都不了不起……」

「那你來我家做什麼？來耀武揚威？來看我爹娘對湊屋千恩萬謝的樣子是不是？」

面對咄咄逼人的阿惠，佐吉的反應卻出人意外。他笑了。

「原來阿惠生氣了。」

阿惠終究是個年僅十歲的小姑娘，被人當面說穿，一時講不出話。

「抱歉啊，但我不是故意來讓阿惠和伯父伯母心裡不舒服的，眞的只是想看看阿蜜而已。」

這溫和的說法讓阿惠頓時洩了氣，不曉得爲什麼突然想哭，但她仍鼓足了勁，恨恨地嘟起嘴。

「什麼嘛，明明就是仗著湊屋的名氣逞威風。」

才剛成人的佐吉，似乎被還只是個孩子的阿惠的話傷得很深，眼神暗了下來。這時阿惠才知道，自己原以爲揮拳打的是一個堅硬的東西，不料那東西卻遠比想像中脆弱易碎。這是好勝孩子常犯的錯，但明白自己錯了便立刻顯現在臉上，比大人好多了。

阿惠臉都發青了。看她這副模樣，儘管佐吉只是半個大人，也想起自己比眼前的少女年長得多，立刻收斂神色。

「對不起。」

他蹲下來，讓眼睛與阿惠同高，再次道歉。

「師傅常罵我，說我粗心大意，莽撞冒失，眞的是這樣。阿惠不歡迎我是當然的，因爲阿蜜是阿惠的寶貝妹妹啊，我突然跑來，也難怪妳生氣。」

阿惠知道這時要是開口說話，眼淚會立刻掉下來，便咬著牙看地上。雞群咕咕吵鬧，朝灑了一地的飼料聚攏。

「我保證不會再來了。還有，我不是來帶走阿蜜，不是要她離開這個家，絕對不是。其實也不是湊屋老爺要求才來的，跟湊屋沒關係，我眞的是自己想來的。因爲我沒有父母兄弟，和阿蜜勉強算得上血親，覺得很親近，想見上一面而已。」

阿惠心裡壓根兒沒想過佐吉是來帶走阿蜜的，也從沒擔過這個心。而且她在氣頭上，甚至閃過「要是沒有阿蜜就好了」的念頭。如今也就明白那是吃味了。

結果，事情便這麼不了了之。阿惠嘴裡留下一股說不出的苦味。佐吉邊向阿惠道歉邊往屋裡去，隨即離開了。

阿蜜哇哇大哭，怪姊姊壞心眼欺負人。

阿惠被父母叫進屋裡，挨了一頓痛罵。她倔強地低頭不語。

「佐吉可是湊屋家的人！妳卻跟人家沒大沒小？妳這孩子怎麼這麼不懂事！」

當母親如此厲聲叱責時，阿惠回嘴了：

「那個叫佐吉的說他不是湊屋派來的，跟湊屋沒關係！」

母親甩了阿惠一巴掌。「人家怎會拿這種事來說嘴！不講別的，人家老實有禮，分明就是個好人，我們還收了件手禮，妳怎能口出惡言？」

當晚，阿惠飯也沒吃地躲在被窩裡，父親來找她，隔著被子輕輕拍了拍她的頭，溫和地說：

「妳年紀不像阿蜜那麼小，也漸漸懂事，我想妳開始會自己想事情了。爹知道妳爲什麼不高興，所以別再賭氣了，這樣一點也不像妳。」

阿惠沒作聲，縮起身子，聽著父親的話。

「不過，雖然妳慢慢懂事了，心卻還有一半是孩子，有些事細講妳也不明白。只是啊，湊屋這家鋪子——不，湊屋這戶人家有很多不足爲外人道的苦衷，佐吉那個年輕人也活在這些苦衷之中。明明還是乳臭未乾的年紀，卻那麼老成，也是這個緣故吧。」

佐吉的身世是很孤單的，父親教誨般地繼續說道。

「他既沒有父母也沒有家，又沒有兄弟手足。湊屋似乎是他的後盾，卻不是那孩子能安心倚靠的地方。」

聽父親叫佐吉「那孩子」，阿惠記憶中那個大人樣的佐吉，突然像個無依無靠的小孤兒。

「所以爹能了解他想見阿蜜的心情。再說，湊屋其實是擔心阿蜜，託佐吉到王子來看阿蜜也是眞的。湊屋雖有其他私生子，但像阿蜜這樣出生未幾就沒了娘的，似乎只有阿蜜一個，因此湊屋也格外同情妳妹妹。」
阿惠從被子下稍稍探出頭，找到了父親柔和的臉，及那雙彷彿隨時都微笑著的瞇瞇眼。心情頓時輕鬆許多，僵著的面孔也和緩了下來，阿惠只想向父親撒嬌。
「喏，爹爹。」
「什麼事？」
「既然這樣，爲什麼湊屋不收養阿蜜呢？」
「妳寧願阿蜜到湊屋去？」
「不是啦……」
「那不就好了嗎？」
父親說著，又隔著棉被拍拍阿惠的肚子。
「湊屋不收養阿蜜，也是由於我剛剛提的那些苦衷，和孤單一人的佐吉一樣，他們身世相似。佐吉不就像阿蜜的哥哥嗎？所以爹已經告訴他，想見阿蜜便隨時過來。」
阿惠反省了一會兒，講出心中的想法：
「可是，我對他說了很過分的話，他不會再來了。」
「妳說了什麼？」
「我說他仗著湊屋逞威風。」
「妳還眞是伶牙俐齒啊。」
「……對不起。」

不要緊的，父親輕輕一笑。

「無論如何，佐吉一樣得等到明年傭工放假日才有空閒。還沒出師而必須跟著師傅吃住的學徒，受的管教跟鋪子裡的夥計一樣嚴，加上不知還要多少年才能出師。」

「這段時間，他會忘掉我說的那些話嗎？」

「忘是不會忘的。不過這一年當中，爹總有到城裡辦事的時候，到時爹去找他，叫他再來。」

父親望著阿惠。

「順便告訴他，妳因爲對他說了不該說的話，很過意不去。這樣便沒事了。」

那年，春去夏來，掃著秋天的落葉，踏著冬天的冰霜，阿惠不時會想起佐吉。既然他算是阿蜜的哥哥，也就是自己的哥哥了。下回見到他，一定要向他道歉，一定要乖巧一點……

然而，隔年的傭工放假日佐吉並未來訪。

直到下個月，湊屋照例送錢到這兒的人告訴他們，才知道佐吉沒能來的原因。原來佐吉不巧在傭工放假日前，爬樹幹活時從樹上跌下受了傷。

「傷得重嗎？」

「不算嚴重，沒有性命危險，只是跌斷了腿不能走。」

阿蜜萬分惋惜。在阿惠看來，她可惜的不是佐吉本人，而是他準備的禮物。阿惠自己也爲佐吉的無法來訪，打心底感到寂寞與遺憾。

「煩請轉告他，等能走動了，就來沖沖王子的不動瀑布，趕緊治好腳。不動瀑布以治百病聞名，請他一定要來。到時候不必客氣，住我們這兒就行了。」

父親送走湊屋的使者前託他傳話。

依佐吉的個性，無論父親如何殷勤邀約，也不會就這樣跑來叨擾，這點連阿惠都明白。也許他不會再到我們家了——於是阿惠暗自下定決心：既然這樣，就由我代他去拜不動神明，求神明保佑他的傷快快好起來，不會留下殘缺。

於是，阿惠便頻頻自門前町的茶館到不動神明的本堂參拜。由於年紀還小，不能說出門就出門，無法日日前往，頂多三、五天一次。又不好意思告訴雙親是爲了佐吉去參拜，得瞞著他們，就更加不便了。

當梅花散盡、櫻花花苞鼓起時，佐吉來到王子。

事後阿惠才知道，原來她拜不動神明的理由，父親早猜到了，還透過湊屋每個月派來的人向佐吉轉達此事。父親是這樣對佐吉說的：阿惠雖是個孩子，卻因對你不好而過意不去，拚命贖罪，你就當有兩個妹妹在王子，再來看看她們。

佐吉在阿惠家住了整整半個月，沖瀑布治好了腳。待他回師傅家時，先前的隔閡早已煙消雲散，與阿惠、阿蜜相處得融洽極了。

「明年的傭工放假日，我會再來的。」

佐吉拖著還有些跛的腳離去，阿惠和阿蜜並肩向他揮手告別。

阿惠心想，三人雖非一般的兄弟姊妹，但確實情同手足。因爲就算每年只能在傭工休息日見面，三人也友愛依舊啊。

不久，佐吉二十歲了，總算獲得師傅的認可出師，從跟著師傅吃住的學徒成為獨居上工的花木匠。而以年輕人的腳程能輕易自王子當日來回，這麼一來，別說一年一次，每三個月都能來訪了，於是三人愈來愈親近。年幼的阿蜜長了五、六歲，從孩童成為七、八歲的少女，也逐漸當佐吉是親哥哥。

另一方面，同樣年歲漸長、自少女蛻變為年輕姑娘的阿惠，也開始有人來談要到武家幫傭學禮儀了。阿惠的母親早就希望能讓阿惠到某戶禮教嚴謹的武家幫傭，別當個只懂得在茶館幹活的姑娘，因此事情很快地安排妥當。

十五歲那年的換僱時期，阿惠便要離開位於王子的家，到紀尾井坂某大名家的主宅（註）幫傭，為期三年。對一個出身王子這江戶邊陲地區的姑娘來說，是絕無僅有的好人家。多虧岸村村長從中斡旋，才促成了這件事。

即使如此，阿惠卻不顧歡天喜地的母親，暗自神傷。三年對十五歲的女孩家是多麼漫長啊。在這三年間，與父母、阿蜜分別的寂寞就不用提了，更完全見不到佐吉。

此時，阿惠對佐吉的感情已發展為淡淡的戀慕。

一通知佐吉談好了幫傭的事，他便趕在阿惠離家前來訪。

「阿惠一定會想家想上好一陣子，留在家裡的阿蜜也會因為姊姊不在而感到寂寞吧。」

阿惠沒說話。為了練習運針，她來到光線充足的緣廊，縫著舊手巾。

註：即上屋敷，詳見五十九頁注釋。

「阿蜜不會寂寞的。」過了片刻她才小聲回道。「有佐吉哥來看她，她一定不會寂寞的。」

佐吉笑道：「謝謝。不過，我也沒辦法常來。」

「很忙嗎？」

「我才出師沒多久啊，勉強才能餬口。」

阿惠哦了一聲。這一聲「哦」，在阿惠心中是五味雜陳，辨不出原本的味道，佐吉卻似乎對此不知不覺。

「既然這樣，來寫信吧！」佐吉開心地說。「我也能順便習字。」

「寫給阿蜜？也好，這麼一來，阿蜜爲看信也會習字吧！她現在還不行呢，那孩子討厭上學。」

「原來是這樣啊。不過，阿惠字寫得很好吧？我聽阿爹提過。」

佐吉現在已經稱呼阿惠的父親「阿爹」了。

「因爲我喜歡上學。媽媽說，等我到主人家幫忙，就可以學漢字了。」

「阿惠不知道能不能從主人家寫信回來？還有，能不能收家裡的信啊？」

阿惠睜大了眼睛，這種事她完全沒想過。「不知道。」

「若可以就太好了。這麼一來，透過阿蜜，我們三人便能一起通信，不是嗎？一定很有意思。」

這話的意思是——佐吉會寫信到家裡，不僅寫給阿蜜，也寫給阿惠。

「要是可以就太好了。」阿惠也附和。

「我會努力工作，讓主人家准我和家裡通信的。」

「是啊。」

「但，哥哥，你要怎麼送信來呢？託湊屋的人嗎？」

佐吉偏著頭，不知爲何含笑想了想。「要這麼做也行，不過或許還有別的辦法。」

他說，前天才撿到一隻小烏鴉。

「牠腳受傷了，不過我想照料一下很快就會好。烏鴉不好養，也不知道肯不肯跟人親近，不過要是弄得好，也許可以叫烏鴉送信。」

這怎麼可能！阿惠不禁笑了。但佐吉卻正色道，以前聽說書的講過，軍紀小說裡利用野鴿子或烏鴉傳送重要密文等逸事，所以一定行得通的。

「爹爹說，軍紀小說有些是騙人的。」

「是嗎？不過，應該也有幾分眞吧。」

阿惠掩著嘴，笑出聲。

「哥哥，你幫那小烏鴉取名字了嗎？」

「取了取了。」佐吉開心地笑了。「牠老是咕嘍咕嘍地叫，我就喊牠官九郎（註）。」

二

結果官九郎成了一隻能幹的傳信鴉，來回於佐吉與王子的家之間傳遞信件——阿惠是在到武家

註：官九郎的日文發音爲「kan-kuro」。

幫傭十個月後知道的。因爲過了整整十個月，她才獲得主人家首肯，得以與家裡通信。

在嚴格的武家府邸生活裡，來自家中的信、告訴她佐吉近況的信，成了阿惠的心靈支柱。她原本就遺傳了雙親的勤快，加上努力不懈的態度與良好的教養，令她備受賞識，短時間內便受到重用。她成了一名稱職的女傭，夜裡躲在棉被裡偷哭的情形也變少了，但仍會想家。每當想家想得難受時，家裡來的信便是最好的慰藉。

後來，主人家欣賞阿惠表裡如一的勤懇，將原本三年的期限延長爲五年。最初聽到這個消息時，她只覺得眼前一片黑，但父母親贊成，且回絕主人家殷切的挽留而堅持回家絕不會有好事。阿蜜以穩健許多的字寫道：

「佐吉哥哥也說，姊姊這麼得主人家讚賞眞了不起。」

這句話也鼓舞了阿惠。

就這樣，五年過去，阿惠二十了。再過幾個月，總算得以回到父母身邊時，阿蜜來信通報，家裡在談姊姊和佐吉哥哥的親事。

信裡寫著湊屋總右衛門相當中意這門親事，甚至親自來王子將事情談定。

阿惠簡直樂得快暈了。

過完年開春，阿惠交接了工作回到家，家裡人人喜氣洋洋。母親高興極了，因對象若是佐吉便無可挑剔，而阿惠這五年來在武家幫傭，不僅訓練出一身扎實的禮儀教養，也攢了一筆私房錢，家裡盡可抬頭挺胸地將阿惠送出門。

「我們當然沒辦法跟湊屋比，但媽準備的嫁妝絕不會讓妳丟臉。」

父親也很高興，但不像母親那樣歡天喜地。父親說要去參拜不動神明，只帶阿惠同行，一路上告訴她日前佐吉的境況。

這時，阿惠才曉得佐吉曾一度不做花木匠，到深川的鐵瓶雜院當管理人，不免大吃一驚。

「管理人不是老人家當的嗎？佐吉哥怎麼會去當管理人？他做花木匠的本事應該不差呀？」

父親臉上又出現了過往說「湊屋是有種種苦衷的人家」時的表情。五年後的現在，阿惠也更能體會這副表情的含意了。父親答道：「是湊屋硬拜託的。不過啊，就像妳說的，管理人這工作，要有了一定的年紀，嘗過人生種種酸甜苦辣，否則是做不來的。佐吉從頭到尾只是個過渡的管理人，現在也已經不當了。」

父親繼續說道：

「鐵瓶雜院這地方，不知怎地像梳子落齒根根掉，住戶一戶戶搬走，冷清得和墳場一樣，於是佐吉也回頭當花木匠了。去年便全數料理妥當，今年一開春，就到深川一個曾叫大島村的地方，跟著那裡的師傅幹活。妳大可放心，妳要嫁的佐吉還是與之前相同，是花木匠佐吉。」

阿惠望著父親平和的表情點頭。

「鐵瓶雜院這地方……發生過不少事。」

「那也是湊屋的關係？」

「這就不知道了。只是佐吉好像吃了不少苦，也因此學了不少東西。比妳認識的佐吉更老成，思慮也更周詳了。」

「誰叫管理人是個老人家做的工作呢！」

阿惠說得俏皮，父親也朗聲哈哈大笑。

「一點也沒錯，妳也老成了不少。所以阿惠，爹要提醒妳，若非佐吉主動提起，妳千萬不可問東問西。許多與湊屋有關的事佐吉不方便透露，不能仗著妳是佐吉的老婆，就問個不停。」

比起父親的教導，阿惠整個心思都讓那句「佐吉的老婆」奪了過去，頓時紅了臉。但父親並沒有取笑她，而是淡淡地繼續告誡她：

「即便沒這些忌諱，男人本來就怕被問東問西，知道嗎？佐吉是個正經的好男人，爹認爲這對妳來說眞的是門好親事，因此妳更要記住這點。」

我知道了。阿惠駐足，望著父親的眼睛切實答應。

然而，她心底依舊不解。去沒了住戶、冷清得像墳場的雜院當管理人，而且還是過渡的？過渡是什麼意思？這也是湊屋拜託的？

時至今日，佐吉在湊屋總右衛門面前仍抬不起頭，阿惠這麼想。佐吉從未以湊屋爲庇蔭，卻擺脫不了湊屋的影子。

——我們的親事，也是湊屋作主的。

話雖如此，在即將與多年來的心上人結爲連理的喜悅中，這些疑問根本不算什麼，就看是要拿掃把三兩下清出去，還是要收得小小的藏在心底暗櫃裡。

當時，她是那麼想的，只能那麼想。

如今，她開始後悔那時爲何沒再深思。往後該如何是好？

正因爲不知道，阿惠才會獨自一針一線補著破衣。

三

一個人吃晚飯，一碗泡飯就能打發。醬菜在嘴裡嚼起來嘎滋有聲，總覺得好冷清，阿惠速速把飯吃完。點亮油燈，從壁櫥裡取出做零工的用具。她要做的是風車，等累積了一定數量，便過大島橋到猿江町，交給那裡的糖果鋪。然後由叫賣的人背起糖果和風車，敲著太鼓一路從深川叫賣到大川端。

白天雜事多，這些活兒一半得等天黑了才有空做，但如此一來，一個晚上不做上二十支就賺不回燈油錢。今日諸事不順，更要加把勁。阿惠希望能在佐吉到家前全數做完，便迅速開始動手。專心做著手邊的事，時間過得很快。這時傳來客氣地輕拍後門的聲音，不知已響了多久？

「阿惠，阿惠。」

聽到有人這麼叫，阿惠嚇了一跳。連忙伸出沾了漿糊的指尖，將格子拉門開了一道縫。

「不好意思，這麼晚還來打擾，眞是對不起啊。」

德松屈著身，青腫的臉露出萬分過意不去的表情往裡邊看。

「噢，德松兄，怎麼啦？」

阿惠膝行而前，將拉門大開，探出身子。

「太一發燒了。今兒一早就直打噴嚏，我想是感冒了。他整張臉通紅，額頭又燙，不停發抖畏寒。」德松顫聲說著，像在哭。這聲音是天生的，使得這位仁兄總像在怕些什麼，不過他本人也確實非常膽小。

植半的半次郎師傅手下有五名花木匠，其中三人是師傅的兒子，受聘的只有德松與佐吉。佐吉是今年才來的新人，德松則是五年前便跟著師傅幹活，也比佐吉年長許多，應該已過四十五了，搞不好比半次郎師傅還長個兩、三歲。一般而言，這種年紀還讓人使喚是很不好受的。

「德松兄做事仔細，手藝是好的。只是膽子小，無法自立門戶，更不用提獨力幹活了。」

佐吉鮮少在背後論人長短，說這番話時也相當委婉，但他確實如此形容德松。

「想必半次郎師傅也看不過去吧。」

好比今晚，佐佐木大人是植半的大客戶，慶祝落成該由德松作陪才是，但師傅撇下他，帶了自己的長子和佐吉同行。由此可見師傅對德松的評價。

「哎呀，阿太發燒了？眞教人擔心。需要幫忙嗎？」

「嗯，不知道妳這裡有沒有退燒藥？有的話想討一包。上回阿惠給的很有效。」

藥是請娘家送來的。或許是地域的關係，王子那一帶的藥鋪雖小，賣的藥卻相當有效。

「這是小事，請稍等。」

阿惠迅速下到泥土地，自廚房架上取過藥箱。紅紙包的退燒藥還有五帖。

「來。」

一遞過去，德松感謝地高舉藥包接過，接著以著實困惑的表情問道：

「是不是讓頭涼一涼比較好？」

「對啊，把手巾打溼……」阿惠答到這裡，不禁奇怪。「請問，阿富嫂呢？」

阿富是德松的老婆。兩人就只生了太一這個孩子，今年才五歲。老來得子，德松疼愛無比。阿富已年過三十，生下太一時年紀也不小了。

「出門去了。」德松答得含糊。「這兩、三天都不在。」

「那眞是不得了，阿太心裡一定很怕吧。不嫌棄的話，我來幫忙吧！」

德松得救般地笑了，彎身鞠了個大躬。「阿惠，多謝了，眞是不好意思啊。」

熄了燈、確認燭火都安頓好了，阿惠取了衣袖綁帶，匆匆走下後院。沿著榊原大人府的牆，穿過半次郎師傅向地主租的兩層樓房後方，便是德松的住處。佐吉家和他家幾乎一模一樣，都是急就章般搭起來的平房。深川這地方，過了十萬坪，來到大島村、須崎村這一帶，這類房子比雜院來得多。除了這些小巧房子的聚集之處，放眼望去便是整片才剛開拓的田地，只有地主戶和武家宅邸零星坐落其中。

德松的住處和往常一樣凌亂。儘管心知家裡有小男孩很難維持乾淨，但散亂的垃圾和厚厚的塵埃，仍讓阿惠感到不快。家裡亂成這樣，孩子又發燒，阿富到底上哪兒去了？

太一的熱度高，眼睛半睜半閉，不停呼呼喘息，阿惠立刻動手照料。搭著開水餵他服了退燒藥，添了被子，拿溼手巾冷敷胸口和額頭。其實最好讓腋下降溫，但太一畏寒不願意，阿惠也就作罷。

一問德松，原來孩子沒吃晚飯，天黑前就很不舒服了。

「今晚我還是待在他身邊好了。退燒藥一生效便會出汗，得幫他換衣裳。」

「可是借妳出來，對佐吉過意不去。」

「別客氣。」

佐吉回來了解情況後，肯定也會要自己待在太一身邊。德松明天還要上工，阿惠勸他就寢。

「爲這種事偏勞妳，眞不好意思。」

德松絮絮不休地說。聽來不像是向阿惠道歉，倒像發牢騷。

「以前這種時候都是拜託師娘的，但現在又不能去勞煩她。」

半次郎師傅的老婆阿蔦，去年因腳氣病病倒以來，身子就不太好。阿惠嫁來的時候已是半個病人了，但聽說在臥病前，她是個能幹可靠的師娘。

「但，阿富嫂在的話，就不必擔心阿太了呀！今天只是不巧罷了。」

阿惠開朗地說，還以爲德松會隨口抱怨一句「沒錯，需要她的時候偏不在，眞是個沒用的娘啊」，然後一笑置之。

不料，德松那腫脹臉上的陰影卻更深了。

「也對……阿惠還不知道，佐吉應該也不知道。你們來了之後，這還是第一次。」德松嘴裡打啞謎般地咕噥著。

「第一次？」阿惠不解。「阿富嫂經常出門嗎？」

她到底是上哪兒去了？

老實說，阿惠不怎麼喜歡阿富。師娘是病人，半次郎師傅的兒子們又還是玩心正盛的單身漢，對阿惠而言，阿富應該是最親近的女眷，但平日阿惠便跟她不怎麼熟絡，就是因爲不喜歡她。

阿富是個散漫的女人。這不是說她遲鈍，她個子和阿惠一般高，背脊筆直，頭髮又濃又密，五官也算清秀，模樣是好的，但言行舉止總有些拖泥帶水，也不怎麼勤快。平日偶然瞧見時，她不是閒散地曬著太陽，便是心不在焉地擺弄頭髮，家裡才會這麼亂。

或許對方也懂得這邊的心思，阿富也不來親近阿惠。並不是討厭或心懷惡意，而是不感興趣的樣子。現在想想，阿惠發覺她們除了平日的寒暄外，竟沒交談過。

「我那女人啊，」德松突然語帶怨恨地說，「不是心甘情願嫁給我的，三不五時會發病。」

「發病？」

「蟲子會作怪啊，討厭蟲。每次一作怪，她就會離開這裡，過一陣子才回來。我們成親快八年，不知發作多少回了。」

阿惠不曉得如何作答，只能瞅著德松。但現在賭氣似地向下望的德松，若是往這裡瞧，兩人眼神就會對上，那也教人討厭，於是她趕緊站起來。

「我來燒個水吧。」

阿太一流汗就會口渴，她盡可能找話講。德松以同一姿勢定在那裡，便這麼背對著她說道：

「阿惠和佐吉可好了，你們是相愛才結爲連理的。夫婦就該這樣。」

阿惠邊找火媒邊輕快地回答：「討厭啦，德松兄眞是的，別取笑我了。」

「這不是取笑，我是說眞的。」

「夫婦也有很多種呀！我以前在武家幫傭的時候，看他們那些有頭有臉的人家，親事都講究門當戶對，新郎新娘成婚當天才第一次照面呢！就算這樣，也還是恩恩愛愛的。」

「有錢人當然可以啊，只要不愁生活都好說。」德松的語氣更酸了。「像我們這種窮人，要是夫婦親子感情不好，日子還有什麼樂趣啊！我那女人卻一點也不懂。」

一定是嫌我窮，他自嘲道。

儘管擔心太一，待在這裡卻有些討厭。阿惠的腳不由得蠢蠢欲動。

正好在這當口，門外傳來佐吉的聲音：「德松兄。」

阿惠一個箭步上前開門。一見是她，佐吉吃驚得倒退了半步。

「阿惠，妳怎麼在這兒？」

大概是喝了酒，佐吉眼眶泛紅。他酒量很淺。

「你回來啦。」

阿惠很快地解釋：阿太發燒了，阿富嫂又不在。德松也緩緩站起，看著他們。

「這樣啊，那真是不得了。」佐吉舉起拎在手上的包裹。

「佐佐木大人請客剩的，我想帶給德兄，就順道過來了。」

「師傅呢？」

「醉得很，大概睡了吧。」

阿惠湊近丈夫，在高過自己一個頭的佐吉喉邊悄聲道：

「阿富嫂好像離家出走了，德松兄在鬧脾氣。」

佐吉睜大眼睛，也低聲問是不是吵架了。阿惠搖搖頭。

「不清楚。我擔心阿太，今晚要留在這裡照顧。老公，你帶德松兄回家裡過夜好嗎？」

好主意，佐吉點頭。有事時能立即掌握狀況正是他的可靠之處。

「德兄，阿太交給阿惠，今晚睡我們那兒吧。」佐吉平靜地說著，伸手拉德松。一開始拖拖拉拉的德松，也明白這麼做最輕鬆愉快，便爽快地答應了。

阿惠總算能安下心來照顧太一，只見他額頭、臉頰都出了汗，汗水都流下來了。拿手巾拭掉他的汗珠，伸手到被裡一探，衣服也溼了。一定是退燒藥生效了，阿惠鬆了口氣。

話雖如此，阿富在這時候究竟跑到哪裡去了？丟下正調皮好動的孩子不管，擅自離家。

「討厭蟲作怪。」

這是什麼意思？

眞是句討人厭的話。是指蟲一上身，人就會變嗎？

彷彿有風從縫裡透進來般，阿惠感到一股寒意。

就像佐吉，有時候他也會突然變了個人，完全拒阿惠於心門之外。

「簡直是在說我們。」

這種事再想也沒用。爹爹不就教導過，別在日落後胡思亂想嗎！

四周一靜下來，便能聽見秋蟲正輕輕鳴叫。阿惠守著發高燒、母親卻不在身邊的孩子，側耳傾聽，不禁悲從中來。

於是她忽然想起一件事：傍晚沒聽到官九郎的啼聲。我眞是的，今天整個人魂不守舍的。會是白天飛得格外遠嗎？官九郎是隻聰明的鳥兒，知道佐吉會晚歸，也決定當隻拂曉返巢的烏鴉嗎？

但搬到這裡後，官九郎沒有一天不是傍晚就回來，停在晾衣竿上嘎嘎啼叫的。

「出事了嗎？」

討厭討厭！阿惠伸手摸著額頭。天怎麼還不快亮呢！

四

阿富在隔天中午過後才回來。

讓佐吉和德松吃過早飯，送兩人出門幹活兒後，阿惠立刻回到德松家，陪在太一身邊。天亮時太一的燒完全退了，向阿惠吵著肚子餓的表情也恢復了元氣。早上給他喝葛湯，或許是見甜心喜，太一高興極了，喝得精光還想要。阿惠笑著說，先吃了藥多睡一會兒，中午再吃粥。哄他睡了之後，便綁起袖子開始整理屋內。

因此當阿富連一聲「我回來了」也不說，猛地打開門時，阿惠正把壁櫥裡堆得像山一樣的髒衣服洗好，一件件晾起來。德松家只有一根竹竿，阿惠拿了自己家的來，還是不夠。所幸今天天氣好，應該可以分兩次曬……

這時候卻聽到有人說：「是誰？」

阿惠嚇得差點把洗好的衣服掉到地上。

「阿富嫂？」

從後院看過去，門口是暗的。直到阿富脫了鞋，以懶散的腳步走近，阿惠才總算看見她的臉。她眼皮浮腫，衣衫不整，還一頭亂髮。

「哎呀，這不是阿惠嗎？」

阿富一開口，一股酒氣便撲鼻而來。

「對不起，趁妳不在家的時候跑來。昨晚阿太發燒……」

怎麼像在找藉口似的，自己也覺得很可笑，但阿惠還是急忙解釋。

「哎呀，是嗎？」阿富眨了眨眼，不勝慵懶地朝拉上的唐紙門看了一眼。太一就睡在門後的三席房。

「今天早上已經退燒，也有了精神，我想應該沒事了。」

「哦，那孩子常發燒。」

阿富像小姑娘似地甩甩袖子，環視阿惠清掉垃圾、打掃乾淨的房間，接著問：

「烤爐上擺了陶鍋？」

「啊，我熬了粥。」

粥已煮好，放在爐上悶。

「給那孩子的？」阿富指著唐紙門問。

「嗯，是呀。」

「那眞是勞煩妳了。他馬上就會好的，用不著這麼費心啊。」

她的語氣平淡，不帶絲毫諷刺，說完便打了個大呵欠。

「那孩子的被窩不用了吧？我睏得要命。」

意思是要把那三席房挪出來給自己睡。既不去看孩子，也不向阿惠道謝。阿惠自然不是爲了要人感謝才幫忙的，便拉開唐紙門叫喚太一：阿太，媽媽回來了喔。

「我就知道，已經完全沒事了嘛！」

阿富對揉著眼睛醒來的太一這麼說。

「媽媽，妳回來了。」

「我回來了。看你這臉色，不用再躺了，出去玩吧！」

「嗯。」

阿惠當場傻眼。太一或許對母親如此隨興而爲已習以爲常，既不生氣，也不推拖。

「阿惠，能順便給我一杯茶嗎？」

阿富一面往太一的鋪蓋上躺，一面打著呵欠說。

「我好渴，酒喝太多了。」

阿惠連聲應好，找出茶壺，卻不見茶葉。阿富問「我們家茶葉沒了嗎？」阿惠則答「那我回家去拿」，得到「噢，那就不好意思了」的回應。

阿惠就在驚訝中照料阿富與太一。太一吃了不少粥，阿富躺在一旁講著「看起來好好吃喔，也給我一口吧！」便搶過太一手上的筷子。太一也高興地抬頭望著母親：

「眞好吃。」

「對呀。」

「阿惠姨做的飯好好吃喔！」

「對呀。太一，要不要去當阿惠姨的孩子？」

「嗯，媽媽，我們一起去當阿惠姨的孩子吧！」
「好主意。」
母子倆笑著，感情似乎很好。阿惠完全插不上口。
「請問……」
阿惠好不容易打斷母子愉快的對話，阿富不等她講完就乾脆應道：
「哦，妳可以走了，勞了妳半日神。」
「哪裡……沒關係。」
被趕走似地回到家裡後，阿惠無法釋懷，發了好一會兒呆。最後還是沒能問出阿富到底出門做什麼。
「要再向德松兄打聽清楚嗎？」
但總覺得洩了氣，像做了傻事。
即使如此，那天晚上她仍將事情告訴了短褂上又帶著一道新裂痕回來的佐吉。向丈夫敘說時，這才愈說愈氣。
「這該叫任性，還是不要臉？我根本被當成傻瓜耍。」
佐吉笑著吃阿惠滷的小芋頭。
「哎，別生這麼大的氣。妳是放心不下阿太才過去照料的，這樣不就好了嗎？阿富姊回來後也都沒事吧？德兄也沒抱怨什麼。」
佐吉說的沒錯。鄰居安靜得像什麼事都沒發生過。傍晚阿惠曾看到阿富，只見她沒事人似地在烤爐上烤著魚乾。

可是，阿惠仍有些不滿：你就不能多少護著我一些嗎？討厭蟲。這個字眼又甦醒了，在內心蠕動著。佐吉心底是否也有這種蟲，正一點一滴侵蝕著佐吉對阿惠的關懷？

或者，根本已全蝕光了？

「德松兄啊，講了句奇怪的話。」

阿惠一面爲佐吉添飯，一面小聲說。

「他覺得阿富嫂會那樣突然離家，是因爲討厭蟲作怪。」

佐吉接過飯碗的手停在半空，皺起眉頭。

「什麼蟲？」

「討、厭、蟲。」

「沒聽過。那是什麼蟲？會蛀花木嗎？」

阿惠原本想回才不是，卻住了口。

「我也不知道。算了，別提了。」

之後她洗著東西，只感到怒氣一退，眼淚便要奪眶而出。她告誡自己，爲這點小事哭也太小題大作了。一哭，等於承認這事是如此重大、如此令人難過。

到了就寢時分，佐吉突然問：「阿惠，妳有沒有看到官九郎？」

提到官九郎，今天一整天都不見蹤影，阿惠沒感覺到牠的氣息，也沒聽到叫聲。

「會不會是飛遠了？」

佐吉摸摸下巴，望向門的另一端。外面一片漆黑，禽鳥早收翅休息了。

「就算是，也不會一去不返啊。牠從沒這樣過。」

佐吉的眼裡蒙上陰影。比起阿惠，他顯然更擔心官九郎。

「現在葉子掉了不少，要是牠停在樹梢上，從下面一看就知道。妳眞的沒看見牠嗎？找過沒？」

「沒特別去找。要是飛得高，也瞧不見哪。」

「即使是這樣，官九郎跟著我們又不止一、兩天了。」

佐吉語氣很衝，阿惠頓時怒上心頭。

「翅膀長在官九郎身上，牠愛上哪兒去我管不著。要是中意新去處不回來，也沒什麼好奇怪的。烏鴉在想啥我怎麼知道！」

阿惠的話裡帶刺，佐吉一定也聽出來了，他驚訝地睜大眼睛看阿惠。阿惠說句「我要睡了」，蓋上被子轉身背向他。

「……睡吧。」

過了一會兒，阿惠偷偷伸長脖子看，佐吉也背對著她。

天沒亮起了身，阿惠便忙著工作，像準備過年似的，還把榻榻米翻起來拍打除塵。因爲只要手一空，一些不該想的事就會迫不及待地蜂擁而上，占據腦海。幹活、幹活，不斷幹活是不讓胡思亂想上身的法門。這也是爹爹的教誨。

忙完一陣後，日頭仍高高掛在天上。阿惠滿肚子心事，忙了這大半天也不覺得餓。從水瓶裡取了水，也不拿杯子，直接就著勺子喝了，進了屋正想開始做點兼差活兒，便聽到外頭有孩子「阿惠姨、阿惠姨」地喊。阿惠喀啦一聲開了門。

「什麼事？噢，阿太，你好呀！」

由太一當先，被泥塵弄得滿臉黑的三個男孩一字排開。即使住在這人煙稀少的地方，孩子們還是能夠呼朋引伴。那兩個男孩大概是這附近農家的孩子吧，常看見他們與太一結伴在附近奔來跑去。三人都赤著腳，各牽著一條長繩，繩子那頭綁著一隻紅蜻蜓。

「阿惠姨。」

太一不知爲何一副難以啓齒的樣子，咕嘟一聲吞下口水。

「阿姨，官九郎在嗎？」

「官九郎？我們家的烏鴉？」

「嗯。」

長繩末端的紅蜻蜓轉著圈兒橫飛過眼前，男孩用力一扯，嘟起小嘴賭氣似地說：「那邊後面的林子裡，死了一隻烏鴉。」

太一連忙拉那孩子的手肘。

「又還不知道是不是官九郎。」

「可那是你說的啊？右邊翅膀上有條紅紅的，一定是官九郎。」

那確實是官九郎的特徵，平常總說這烏鴉眞愛俏。

「那隻烏鴉掉在哪兒？」

孩子們拉著阿惠的手，爭相爲她帶路。穿過大路，走過小徑，繞到伊勢大人宅邸後方的那座雜樹林裡，果眞有隻烏鴉掉在地面，身上散落著枯葉。一個年紀更小的女孩，大概是太一朋友的妹妹吧，抱著膝蓋蹲在那裡。

「她幫忙看著，我們怕給狗叼走了。」太一小聲說道。

阿惠摸摸女孩的頭道了謝，在她身旁蹲下，看著地上的烏鴉。右翼上一抹紅。雖已僵得硬邦邦的，也不曾見過如此髒兮兮的模樣，但那確實是官九郎沒錯。

「眞的……是我們家官九郎。」

幾時死的呢？連著兩晚沒聽見叫聲，原來官九郎一直待在這裡，孤伶伶地死去。

「眞可憐。」

彷彿是聽了阿惠的話再也忍耐不住，太一啜泣起來，小女孩也放聲哭泣。

「別哭別哭，活著的東西總有一天會死的。」

阿惠也滿心傷痛，卻強作微笑安慰孩子們。

「牠是被老鷹幹掉的。」男孩讓蜻蜓嗡嗡飛著，以大人的口吻自言自語。

「烏鴉很聰明，才不會被老鷹幹掉呢！」另一個孩子回嘴。

「不要吵了，得幫牠做墳墓。」女孩子哭著說。

「對啊，就埋在我家後院吧。」

「那，阿姨，我們去找東西來包。草席行嗎？」

「嗯。謝謝你，阿太。也謝謝你們。如果你們沒找到官九郎，阿姨便永遠不知道了。」

孩子們幫著阿惠，以小手挖墳埋好官九郎，還折了梅枝插在旁邊充當卒塔婆（註）。

「但願這梅枝能生根開花才好。」

「那官九郎一定會很高興。」

各人合掌一拜。孩子們回家後，阿惠頓時悵然若失。

官九郎爲阿惠和佐吉牽起了紅線。要不是這隻聰明的烏鴉，兩人還沒結爲夫婦，緣分早斷了。而爲他們牽線的紅娘死了，就這麼走了。

也許，是因阿惠和佐吉之間那無形卻重要的東西，如今已不復存在，官九郎才會死去。又或者，一開始就注定了官九郎命盡之時，便是阿惠與佐吉緣盡之時？

這陣子兩人抑鬱尷尬，官九郎都知道嗎？

阿惠讓下了工回來的佐吉瞧過小小的墳，他雙肩無力地垂落，好一陣子不發一語，只是蹲在那裡。阿惠就在他身後，但佐吉實在沉默了太久，她便鼓起勇氣輕聲說道：「我啊，在做墳墓的時候，想起了以前……以前的種種。多虧了官九郎，才有那麼多歡樂的往事。」

佐吉不聲不響。從他背後望去，感覺好憔悴。下巴尖了，肩頭也瘦削許多。

他在煩惱些什麼呢？這時望著官九郎的墓，是不是有了與阿惠截然不同的心思？

莫非，同樣是官九郎的回憶，佐吉想起的卻與阿惠完全無關，也無從猜測？所以跟他說話也不應，連失去官九郎的悲傷也無法一同分擔。

「……這些日子辛苦你了。」佐吉低聲冒出一句。

一時之間，阿惠以爲這句話是對她而發，心中一寒。這些日子辛苦妳了，但已經結束了——是這個意思嗎？可是，佐吉輕輕閉上眼睛，一手撫額接著說道：「而且，牠還受到眾人喜愛。井筒大爺和河合屋少爺那裡，也得去通知一聲。」

原來講的是官九郎。阿惠一手按著心口，悄聲問道：「井筒大爺是我們成親時來的那位官差吧？定町迴的那位？」

「嗯。在鐵瓶雜院那時，井筒大爺眞的很照顧我。」

佐吉成家前，曾短暫擔任深川鐵瓶雜院的管理人，現已拆除，湊屋在那裡蓋起了大宅。那塊地原本就是湊屋的。佐吉提過，阿藤夫人搬進那所大宅，深居簡出。聽說她體弱多病，但要養病的話，不如到更僻靜的地方，好比他們住的大島。想來富貴人家自有富貴人家的考量。

阿惠從未見過湊屋夫婦。她與佐吉的婚事是湊屋老爺總右衛門作的主，算是他們的媒人，但成親時也沒露面。當然，這等巨商富賈的老爺夫人，在阿惠眼中是雲端上的人物，因此她並無不滿。但對佐吉而言，總右衛門卻是親人，又是父執輩。佐吉會接下管理人這艱難的工作，其實就是受到湊屋無理的請託。

每當講起鐵瓶雜院的往事，佐吉總是顯得很愉快——不，那是以前。阿惠赫然發現，這陣子佐吉不再多談了。

註：原爲收納高僧舍利的佛塔，傳入日本後演變爲插立在墓旁的細長塔形木牌，上面寫有經文，用以供奉死者。

自從兩人起了摩擦，便絕口不提了。在那之前，佐吉不時告訴她滷菜鋪的阿德姊如何，豆腐鋪的豆崽子們又是如何，有段時間收留在身邊一起生活的小男孩長助是多麼可愛，讓阿惠時而歡笑、時而感動，彷彿親歷其境般感同身受。

佐吉的心空了，原因是否就出在鐵瓶雜院？沉睡在那裡的回憶之中，是否有些什麼直到現在才甦醒，攪亂了他的心？

「再怎麼傷心，官九郎也不會活過來。」

佐吉說完，往膝蓋砰地拍了一聲，站起身。

「阿惠，吃飯吧！妳也別太難過了。」

阿惠也應聲「是啊」，順勢站起來。現在的自己反而更心不在焉，連佐吉訝異地看著她都沒發覺。

最好也寫個信告訴在王子的阿蜜，不過一定會惹她傷心吧，還是暫時保密好了。不過，阿太眞是個好心的孩子，妳也別再生阿富嫂的氣了……

佐吉東拉西扯的，阿惠卻幾乎充耳不聞。阿蜜。對，聽到表妹的名字，她想起來了。有件事讓她很生氣不是嗎？

阿蜜是湊屋在外的私生女，但總右衛門與阿藤之間也有一個女兒，叫什麼名字來著？

那姑娘到王子遊山玩水，碰巧到阿惠娘家歇腳。她娘家開的是茶館，去那裡或許眞的是巧合。即使如此，阿蜜還是很高興。心裡一激動，不禁脫口叫了聲「姊姊」。這一叫，湊屋的姑娘反手打了她一巴掌，罵她區區一個私生女，竟敢自居她的姊妹，好不要臉。

湊屋家的姑娘據說生得花容月貌，還有人把她畫成繪雙紙（註）。這更讓阿蜜氣得直跺腳，格外不甘心。

「頂著一張人偶般標緻的臉蛋，穿著好衣裳，身邊服侍的下人一個個打躬哈腰、唯命是從，天底下再沒人像她那麼可恨了。」

對，想起來了。所以這年春天阿惠和佐吉的親事談定時，阿蜜不也講過這番話嗎？

「我眞是高興極了。當然，佐吉哥眞成了哥哥是很教人高興，但不光這樣。姊姊，我告訴妳，湊屋那個驕傲到天上去的姑娘啊，聽說對佐吉哥有意思呢！喜歡得要命，還跑到雜院去，要佐吉哥娶她。湊屋派來的人笑著跟爹爹媽媽聊的時候，我聽到的。」

「佐吉哥被姊姊搶走，她肯定又氣又惱，總算出了我這口怨氣。她自己啊，好像夏天就要嫁到西國大名家了。嫁給連見都沒見過的人呢！換成是我，打死也不要！啊啊，眞痛快，活該！」

那時，她只當是阿蜜一時的氣話，聽過就算了。當眾被呼了巴掌，也難怪她不甘心，即便講幾句刻薄話，老天爺也不會見怪吧。再說，當時阿惠沉醉在自己的幸福裡，連腦子都染成了粉櫻色，沒將阿蜜這番孩子氣的壞話放在心上。

可是——

湊屋家的姑娘，那眉目如畫、私心傾慕佐吉的姑娘，這個夏天嫁到西國去了。

她與佐吉之間的異狀，不正從那時開始嗎？

註：繪雙紙爲江戶時代以圖爲主的通俗小說，又稱草雙紙，主要供婦孺閱讀。

年輕姑娘的愛慕，哪有男人會嫌棄？更何況是湊屋那貌美得足以畫上繪雙紙的佳人。大膽示愛、投懷送抱的是女方，那麼被投懷送抱的佐吉又是如何？

佐吉的心到底在哪裡？

他終究還是難以無情對待湊屋那位姑娘吧？再怎麼嬌生慣養、不諳世事的姑娘，到了二八年華總不會不知羞恥，沒來由地對一個不理睬她的男人投懷送抱。湊屋的姑娘敢大膽向佐吉表白，難道不是因爲佐吉也對她有意嗎？淡淡地、微微地、悄悄地。

佐吉爲人老實，這一點阿惠再清楚不過了。不管多心儀人家，出身便已天差地遠，況且他絕不會破壞恩人湊屋總右衛門爲獨生女安排的親事，肯定是暗暗壓抑自己的感情。

之後，與阿惠成親，遠離了湊屋。湊屋總右衛門主動撮合佐吉和阿惠的親事，難道不是爲了讓自己的女兒與佐吉斷得一乾二淨嗎？

然而，得知湊屋的女兒終於出嫁了，佐吉卻再次感到錐心之痛，以至於魂不守舍？

啊啊，該如何是好？

作怪的也許不是討厭蟲，而是喜歡蟲。

五

過了幾天。

下過秋雨後，隔日又放晴，正以爲天氣突然轉寒，卻又陽光普照。可能是心神不寧，阿惠難得傷風，於是又變本加厲，早上竟是被佐吉叫醒的，實在有虧婦道。夜裡睡不沉，不斷做夢，反而睡過了頭。

先前隱忍的摩擦也頓時失去掩護，她和佐吉若沒事，連話都不說了。即使如此，好幾次臨出門前，他都欲言又止，回到家還是這樣。阿惠也不肯問聲「怎麼了？」讓他有機會講話，深怕這一開口便沒有挽回的餘地。只有走投無路的心情不斷打轉，她甚至不敢直視佐吉。

阿惠自顧不暇，也就把德松和阿富的事拋在腦後。所以那天傍晚，德松的吼叫聲傳進耳裡時，她嚇得瞬間無法動彈，做了一半的風車掉落膝頭。

「啊？妳說呀，說出來不就得了！說妳受夠了跟我一起生活，妳受不了窮，說啊！」

儘管是大吼，喊到一半卻像在哭。阿蜜和媽媽爭辯的時候，也動不動就發出這種聲音。

阿惠輕輕推開格子門，探頭往後院看。德松家的格子門也是關上的。太一不知在不在家？但願他出去玩了。

阿富似乎應了什麼，但聲音比德松低得多，阿惠聽不見。

「反正我這男人就是不起眼。妳心裡怎麼想，我清楚得很。」

阿富又回了什麼。只聽德松大喊「囉嗦！」跟著便傳出物品摔碎聲。阿富驚叫一聲。

阿惠再也受不了，關上格子門，背靠在門上，雙手緊緊抱住胸口。但還是聽得見他們夫婦吵架，所以她按住了耳朵。討厭討厭！眞不想聽到這種爭吵。她縮著身子動也不動，過了一會兒，才提心吊膽地放下手。看樣子，他們夫婦已經吵完了。她這才安心地嘆了口氣。

這時，後院傳來太一的哭聲。確實在哭沒錯。阿惠連忙打開格子門。

太一正蹲在官九郎墓前啜泣。阿惠上前叫他，他卻拿拳頭往臉上亂抹一回，說著：「我沒事！」便跑走了。

「阿太！你要上哪兒去？天快黑了！阿太！」

是去找朋友嗎？那就好……阿惠一面擔心，一面回頭望向德松和阿富家。格子門關著。看太一那樣子，可見兩人吵得很厲害，還是教人放心不下。

「阿富嫂？」

阿惠放聲喊人，卻只發得出沙啞的嗓音。

「阿富嫂？我是阿惠。阿太哭了……沒事嗎？」

沒人應。阿惠輕輕拉開格子門。

上回阿惠才打掃得一塵不染的室內，早連個影子都不留，亂成一團。阿富背對著門，無力地癱坐在裡面。她脫掉了外衣，身上只剩小衣，袖子也褪去了半邊。

秋日西沉，但暮色陽光仍筆直地射進屋內。

那陽光打在阿富背上，清楚照出一整面七彩斑斕的刺青。不知那是夜叉，還是觀音？只瞧一眼，阿惠便倒抽了口氣，而阿富似乎察覺了，猛地轉過頭。阿惠雙手捂住臉頰，僵在原地。或許是因爲她背對著夕陽，看不清楚面孔，逆光的阿富瞇起眼睛，緩緩地拉正小衣遮住了背。

「——是阿惠嗎？」

「對不起！」

阿惠丟下這句話落荒而逃。

「刺青？」

「嗯……」

意外地，佐吉不怎麼驚訝。

「德松兄跟你提過嗎？」

「沒有，」佐吉搖搖頭，露出遙望遠方的眼神，「只是聽過一些傳聞。」

「傳聞？」

「就是……阿富嫂以前過的日子不怎麼單純。」

那片刺青。一個老實度日的人，不會把背弄成那個樣子。

「不過德兄還是對阿富嫂死心塌地，平常夫婦感情很好。」

「可是今天吵得好凶呢。」

佐吉笑了。「這種事，連狗也懶得理，不是嗎？」

他表示，在鐵瓶雜院時，這類夫妻吵架也很常見。「阿德姊說，連這種事都要管，鐵打的身子也頂不住，叫我別管。」

「但，阿富嫂不一樣呀。上次才出了那種事，她丟下發燒的孩子，晚上跑出去玩呢！也難怪德松兄會生氣。」

「氣過就好了不是嗎？也沒把阿富嫂趕出家門。德兄現下也在家吧？」

雖不知情況如何，但聽得到太一的聲音，剛才也傳來烹煮食物的味道。

「架吵完了，一家子便和和樂樂地吃飯。不會有事的。」

佐吉說，今天德松最快趕完活兒，因此回來得也早。

「半次郎師傅笑說，阿德那傢伙巴不得早點回家，都這把年紀了，還這麼離不開老婆。」

「不是離不開，是不相信。」

阿惠的講法很不客氣。

「所以不盯著阿富嫂就不放心，老懷疑她是不是紅杏出牆。不，我看，阿富嫂外頭一定有男人，德松兄才會抱怨『討厭蟲一作怪，就拿阿富那傢伙沒辦法』。」

連珠砲似地講完，阿惠上氣不接下氣，臉頰也發熱。佐吉先是抿緊嘴，打量了阿惠好一會兒，才放低音量，說教般道：「不管怎麼樣，都輪不到我們多事。這種……背地裡說三道四的，一點都不像妳。」

臉頰還熱烘烘的，阿惠的心卻突然涼了。打了個顫，只感到一陣寒意，瞬間便渾身冰涼。原來血氣消退是這種感覺。

「對呀，就是啊！」

明明一顆心都凍僵了動彈不得，阿惠一張嘴卻靈活得很。

「誰讓我沒家教呢！不像人家千金大小姐那般有教養，我最喜歡在別人背後說長道四、挑撥是非了，眞對不起啊！」

她看得出佐吉愣住了。晚飯才煮到一半，烤爐上架著鍋子。鍋裡的水剛才就開了，隨時都會滿出來，得趕緊掀起鍋蓋才行。這麼一來，對話便可就此打住。

嘴巴又連珠砲發：

想歸想，阿惠卻動不了，身子不聽使喚，只能刻意把頭轉向另一邊，恨恨地瞪著榻榻米。

「我……不是那個意思。」

佐吉的語氣很軟弱。明明大可發飆，但他就是不那麼做，只會讓步。所以阿惠更攔不住自己，

「喲，是嗎？不然是什麼意思？」

「阿惠。」

「我就愛講人家的壞話，我就是這種女人。」

很討人厭是吧！你一定不喜歡吧！吼完了，才總算看了佐吉一眼。阿惠自以為在瞪人，嘴角卻一抖一抖地抽搐著，眼裡還含著淚水。她內心不禁想：啊啊，我這是在扯自己後腿嘛！我可是在生氣呢，我在生氣！

「你一點都不了解我，我是死是活你也根本不管！」

佐吉眼睛張得好大，唇形停在「我」這個字眼，一定是想說「我怎麼會不管」，但阿惠不容他開口。

「我知道你心思都在別地方，只把我當成家裡負責煮飯的下女。我們可是夫妻呀！只要你有那麼些……也許我們不該成親的！」

佐吉僵在「我」的嘴形終於鬆了。

「阿惠？」他說。「成親才半年而已……」

佐吉這句話一出口，阿惠的淚水就決了堤似地落下。啊啊，真難看。就不能哭得好看些嗎？這

算什麼？簡直是午後雷陣雨嘛。

「現在的你，簡直像個外人。什麼話都不說，也不知道你心裡在想什麼。我提的事你連聽都不肯聽。」

「我……」才講這個字，這回是佐吉自己沉默了。他伸起一手，按住下巴。「我是這樣的嗎？」

這話不像在問阿惠，倒像是自問自答。

「難道你要說你自己都沒發現？說你不是故意的？騙人！怎麼可能！」

「可是……」

「夠了，我才不要聽你的藉口。」阿惠拿袖子往臉上亂抹一陣。「我要回娘家！」

「娘家？」佐吉失了魂似地重複道，「妳要回王子？」

「不然我還能回哪裡？沒關係，就算娘家不肯讓我進門，上哪兒都好，總好過待在這裡。這裡根本沒有我的容身之處。」

佐吉喃喃地說，怎麼突然冒出這種話。

「才不突然！」

阿惠大聲吼回去，佐吉被她唬住了，不禁向後退。覺得他沒出息、覺得自己小心眼，情緒激動得無可遏抑，阿惠哇地一聲哭出來。

「我最討厭你了！」

收拾在屋內一角的兼差活兒、全新的圓坐墊，她隨手抄起這些東西就往佐吉扔。激動之餘，阿惠用力推倒了出嫁時爹娘給的小多寶格和附有小抽屜的櫃子，赤腳走下泥地，還順勢踢開了烤爐。

「危險！」

鍋子打翻了，裡面的湯湯水水全潑了出來。阿惠在千鈞一髮之際躲過了沸騰的湯汁，但腳背仍無法倖免，被噴到的地方如針扎般疼痛。

「阿惠！」

不顧在背後呼喊的佐吉，阿惠奔向漆黑的戶外。啊啊，一切都完了。儘管心裡這麼想，聽到佐吉的喊叫聲慌得變了調，心裡又不禁有些快意。

阿惠還是少女時，父親常指著她說道：「阿惠看起來文靜，其實相當要強好勝，一步也不肯退讓。要是和她吵架，一般男人都贏不了。」

爹爹的話總是一針見血，正確得令人生氣。夜色中，阿惠邊哭邊跑，心裡這麼想著。

六

那孩子睜大了眼睛，直勾勾地瞅著阿惠纏著雪白紗布的腳背，足足有一數到十那麼久，顯然是看得入神了。然而，那張看得入神的臉蛋，卻又漂亮得令人著迷。阿惠打出生以來，從沒見過如此精緻的臉蛋，那實在是非比尋常。

若世上存在的「美」就那麼多，顯然這孩子分到的太多了。獨占得過多用不完，以至於滿了出來。這孩子根本不需要這麼美，因爲他是個男孩。對，而且他不是小孩，只是還沒有英氣，現在的他，正處於一生中最適合被稱爲「男孩」的年齡。

他一身清爽乾淨的商家孩子打扮。漿得筆挺的條紋和服，袖子偏短，腰帶繫在偏高的位置。這也讓他看起來像個人偶，想必是母親的偏好。宛如搽了胭脂的嘴唇，有著每個女人都渴望擁有的唇形。陽光照耀下，臉頰的胎毛閃閃發亮。

「你說……你是佐賀町河合屋家的少爺？」

聽著有幾分醺醺然的阿惠喃喃這麼問，男孩笑容可掬地回道：

「是的，我叫弓之助，定町迴井筒平四郎是我姨爹。突然前來打擾，眞是過意不去。」

他的笑容燦爛無比。

「我知道白天這個時辰佐吉兄一定不在，但還是想盡快悼念官九郎，便冒昧前來。」

弓之助雙手端正地放在榻榻米上，躬身行禮。打剛才起，這是第幾回了？好一個有禮的孩子。

「哪裡，我家那口子……也說得將官九郎的事通知井筒大人和河合屋的少爺才行。」

「是的。承蒙通知，姨爹也吩咐要我代他一拜，因爲以往有不少偏勞官九郎的地方。」

從前佐吉還常提起在鐵瓶雜院的日子時，經常掛在嘴上的，便是井筒平四郎與這弓之助的名字，其次則是滷菜鋪那位強悍的大嬸阿德。然而，佐吉並沒有告訴她弓之助是如此貌美的少年。

這孩子眞能繼承井筒大爺成爲奉行所公役嗎？阿惠倒覺得不如讓他到猿若町一帶當名伶，才是世人之福。

「那麼，請先讓我致意。」說著，弓之助便走到後院，面向官九郎的墓，誠心誠意地雙手合十，默禱許久。阿惠連忙趁這段時間張羅茶點。提到茶點，像她們這樣的窮人家裡不會隨時都有，她用的是弓之助帶來的點心。這孩子明明沒帶下人獨自來訪，準備卻很周到。或者，這是井筒大人的夫人要他帶來的？無論如何，如此體貼入微實在令人感動。

等弓之助回到屋裡，阿惠請他喝茶，這有禮的孩子又恭敬行了一禮，才雙手端起茶杯。然後，視線又轉往阿惠腳上的紗布。

「那是……燙傷嗎？」

「咦？是啊，粗手粗腳的，真是丟臉。」

弓之助莞爾一笑：「踢倒烤爐是常有的事。」

阿惠冷汗直冒。這孩子是怎麼知道的？今天早上，她算準佐吉出了門才回家，進門第一件事便是收拾屋裡。吵架的痕跡應該全收拾掉了才對啊？

結果昨天她在半次郎師傅家借宿了一晚。經過師傅家門前時，師娘阿蔦叫住了她。師娘寢衣外裹著厚厚的棉襖，怕冷地縮著脖子。看樣子，是聽到了阿惠的大吼大叫和他們吵架的動靜。

這真教阿惠臉上發燒，也對讓有病在身的師娘操心感到慚愧。儘管阿蔦氣色不好、人也瘦削，笑聲卻意外響亮，把她喊了進去，要她別客氣，晚上就住下來。

「夫婦吵架沒什麼好丟臉的。像我，還曾經拿頂門棍打我們師傅呢！」

而且阿蔦什麼也沒多問，今早也只柔聲說，若要回娘家，告訴她一聲再走。

「有時候要嚇唬嚇唬那些不通情理的丈夫才好。」

這麼一來，阿惠反而更不好意思離家了。佐吉絕非不通情理的人，阿惠沒道理就這樣離開。

「阿惠姊是在王子七瀑出生的吧？」弓之助問道。這孩子嗓音也好聽，清脆響亮。

「啊，是的，我娘家開茶店。」

「我娘也曾到有名的不動瀑布祈求早日康復，她有胸病。沖洗過靈驗的瀑布，現在痊癒了。」

光聽他講話，感覺像在和一名見多識廣的年長男子談天，但——

「噢，這樣呀。」

「我也參拜過王子稻荷神社，二月第一個午日（干支逢「午」的日子）的風箏市集時去的。我吵著要一個榻榻米大的風箏，挨了我爹的罵。」

這一點就還是個孩子。

「傳聞那座稻荷神社自古就有關八州的狐仙成群來參拜，是嗎？阿惠姊看過狐火嗎？」

弓之助問歸問，也不等阿惠回答便接著說：「既然有狐仙群集之地，天下這麼大，或許也有烏鴉群集之地。官九郎也會到那裡去吧。提到這個，烏鴉是什麼神明的使者啊？八幡神嗎？不對，那是鴿子。」

嘴裡喃喃念著下回要問問佐佐木先生，一副很開心的樣子。

「那麼，阿惠姊，妳要回娘家治燙傷吧？路上要小心喔。」

這下阿惠可狼狽了。這孩子怎麼會知道我打算回娘家？

「佐吉兄也很擔心吧。」

「啊，嗯。」

「少了官九郎，他一定很寂寞，乾脆兩人一道回王子參拜好了——這是我姨爹說的。姨爹還說：我也想出門晃晃，平常老待在本所深川，不偶爾換個地方走走，也是會膩的。」

井筒平四郎個性隨和，和一般官差不同，不是那種正經八百、難以親近的人。這一點佐吉也提過。

「啊，可是現在你們兩位出門，官九郎就孤單了。」

弓之助望向後院裡的小墳，換了語氣。

「所以阿惠姊一個人回去……」

阿惠受不了，插嘴道：「小少爺。」

弓之助笑了。「叫我弓之助就好。」

「那麼，弓之助，你怎麼知道我……」

像是要巧妙閃躲阿惠的問題，弓之助站起來，走下後院。阿惠也跟著挺直身子跪立起來。

「凡是活著的，總有一天都會死。」弓之助背對著阿惠低聲說。

沒錯。阿惠也是這樣安慰太一他們的。

「但我很沒用，想到將來有一天會死，就好怕好怕，什麼都不敢養。」

即使有些距離，弓之助的聲音還是很清亮。阿惠就這麼跪立著，望著他纖瘦的背影。

「官九郎的死對我而言，是首次和曾活著的生命訣別。雖然不是自己養的，還是很難過。」

佐吉兄一定很傷心，弓之助繼續道。

「和阿惠姊成親前，官九郎算是佐吉兄唯一的親人吧。」

阿惠不作聲，坐了下來。

「我姨爹常講，人的欲望無窮。」弓之助說著。「我討厭生離死別而不養動物，也是一種

『欲』。」

「欲……？」

「是的。自己心愛的東西，無論什麼理由，總有一天會離去，無法忍受這事就是一種『欲』。即使如此，正因有欲才會是人，有這種欲無妨。所以，像我這樣爲了逃避離別而選擇不親近動物，並不聰明……」

弓之助轉頭仰望天空。

「姨爹也告訴我，深怕總有一天會失去，打從一開始便提心吊膽地過日子，是很愚蠢的。那不是害怕離別，只是被『不想放棄到手之物』的欲玩弄了而已。」

阿惠覺得後頸一陣涼。這不正是阿惠此刻的心情嗎？

佐吉的心已不在阿惠身上——也許不在，可能不在。阿惠害怕極了……

但，爲什麼這孩子會偏偏在此時此刻來訪，說這番話？他又怎麼說得出這番話？簡直像看透了阿惠的心。或者，這一切全都是井筒平四郎的指示？佐吉找他商量，但親自出馬又太過小題大作，便派外甥來傳話？

「井筒大人眞是個了不起的公差。」

聽到阿惠這句話，弓之助轉頭，又露出春花初綻般的笑容。

「哪裡哪裡，我姨爹是個只會拔鼻毛的仁兄。」

哦，一個不小心，竟打擾了這麼久。弓之助表示歉意。

「我該告辭了，請代我問候佐吉兄。」

「好的，當然。」

弓之助以伶人般的身段翩然入內，轉眼便穿好鞋走出門外。

「下次再來玩。」

「好的！下次我會跟姨爹一起來打擾。」

「嗯、嗯，請一起來。」

「我也會帶小狗來。我一定會把牠教得很聰明，不輸官九郎。」

臨走之際，弓之助身子吃了驚般一彈，眼睛睜得圓滾滾地轉過頭。

「對對對，差點忘了重要的事。姨爹有話要我轉告阿惠姊。」

「要轉告我？」

「是的。」弓之助一副樂不可支的模樣，嘴角泛著笑，吟詩似地背誦：

「『佐吉在鐵瓶雜院被阿德啊、久米那些大媽大嬸好好整治過，被妳這老婆整治又是另一番滋味，儘管好好地罵吧！』」

阿惠不由得雙手捂嘴。

「這是姨爹講的。什麼意思我不懂，但話我確實帶到了。」

直到弓之助走得不見人影，阿惠都這麼僵在當場。良久良久，才呼地鬆了口氣，笑出來。

那天，外頭還沒全黑，佐吉便臉色泛紅地回來了。那不是夕陽映照，而是一路跑回來的緣故，只見他喘得上氣不接下氣。

「啊，阿惠，還好妳沒回去。」

一見阿惠開門迎接，佐吉瞬間脫了力，雙手按在膝頭上喘氣。
「我聽半次郎師傅說了。」
「我昨晚到師傅家打擾了。師娘一直笑。」阿惠柔聲應道。
看到佐吉拚命趕回來，那著急的模樣、那認眞的臉龐，阿惠只覺一陣暖意湧上心頭。
「嗯，我也挨了師娘的罵。」
「師娘怎麼說？」
「今天回到家要是妳不在，不許我生氣。頭件事就是要捫心自問，好好反省。」
阿惠噗哧笑了出來，爲還喘著氣的佐吉搓背。
「我也一樣要反省，對不起。」
因爲這麼覺得，才沒回娘家。
佐吉像初次見面般仔細凝視著阿惠，搖搖頭。
「師傅也發現這陣子我的樣子很反常，便和師娘講，阿惠看了一定很擔心。然後昨天……又吵了那一架。」
阿惠點點頭讓他進屋，關上門。接著爲佐吉倒杯水，和他一起在進門架高的地板並肩坐下。
「對不起。」佐吉好似眞的抬不起臉，垂著頭道歉。「我只顧著自己，沒想過那個樣子妳會多擔心。」
阿惠轉頭細看他的神情。
「你心裡一定有煩惱吧。」

佐吉看了阿惠一眼，然後視線落在膝頭。
「其實現在再怎麼想也沒有用，可我就是不敢告訴妳……我好怕。」
「怕？」
「嗯。」和湊屋有關，佐吉繼續說。霎時，湊屋女兒的事閃過阿惠的腦海。果然是那件事？湊屋的千金？
「我娘是湊屋老爺的姪女，這妳知道吧？她死了丈夫，帶著我投靠湊屋。」
「嗯，所以你小時候是在湊屋長大的。」
但，佐吉的母親葵，卻留下佐吉離開湊屋。據傳她外面有男人，因此佐吉從小便爲母親的忘恩負義而內疚。一直以來，凡是總右衛門說的話，他絕不違逆；凡是總右衛門的請託，他無不答應。這就是佐吉的生存之道。
「我娘是個自私的女人，沒人像她那麼不知感恩，一點都不懂做人的道理。我在憤怒中長大，在憤怒中成家立業。如今她多半活得好好的，但我早打定主意，不管她過得多好，或處境有多落魄，都絕不原諒她。」
那明明是他的親生母親啊。
「可是，」佐吉以粗硬的手擦了擦嘴角，望著腳邊繼續說道：「大約四月初吧，我被喊到湊屋大宅去。是新的那一幢，在深川那裡。」
「嗯，我知道。」
「現在阿藤夫人只帶著幾個下女單獨住在那裡。夫人喊我去，表示往後那裡的庭院就交給我打理。我當然高興接受，工作得格外起勁。阿藤夫人很滿意，稱讚：佐吉也成了一個好花木匠啊。」

接著像是順帶一提，阿藤夫人喃喃低語：

——阿葵地下有知，看到你這麼能幹，一定很高興。

說到這裡，佐吉突然打了一陣寒顫。阿惠又伸手放在他背上。

「阿葵地下有知——她是這麼講的。這不就表示我娘已經死了嗎？我吃了一驚，便問：我娘死了嗎？什麼時候的事？阿藤夫人知道嗎？什麼時候有我娘的消息的？」

那女人向來我行我素，莫非是背著佐吉偷偷與湊屋聯繫，厚著臉皮要錢？而湊屋將此事隱瞞至今，不讓佐吉知道？佐吉坦言，這是他當下第一個念頭。

「所以，我整顆心都涼了。萬一眞是這樣，我如何對得起老爺夫人？」

然而，面對佐吉的拚命追問，阿藤只是冷冷一笑，接著便一語不發地轉身入內。

「我心亂如麻，怎麼也平靜不下來。但總不能跟上去問，後來我偷空到深川的大宅，阿藤夫人也不肯見我。」

「你找老爺談了嗎？」

佐吉總算抬起臉，連連點頭。

「我想，這樣下去也不是辦法。不弄清楚，我實在坐立難安。」

這也難怪。阿惠握住佐吉的手。

「然後呢？」

「然後……」佐吉氣怯似地，話鋒鈍了。「老爺盯著我看了一會兒。」

——這件事，你聽誰提的？

——阿藤夫人。

於是，湊屋總右衛門沉默了。

「葵確實死了，老爺這麼回答。」

佐吉雙手冰冷。

「老爺說，那是很久以前了，瞞著你實在抱歉，但一直沒機會告訴你。葵離開湊屋不久便死了。只是有種種苦衷，無法透露屍骨葬在哪裡。你就早晚朝西方淨土一拜，算是爲你母親禱祝吧。」

佐吉表示，老爺的話便到此爲止。

這種作法眞是太不近人情、太冷酷了。阿惠不由得光火。不論葵是什麼樣的人，對佐吉而言都是唯一的母親。儘管他嘴裡說無法原諒她、說她是個壞母親，心裡一定還懷有孺慕之情。湊屋身爲親族長輩，爲何無法體察這一點？

或者，他是故意折磨佐吉？阿藤是預見了佐吉苦惱的模樣，才刻意「冷冷一笑」嗎？

阿惠小手握拳。「眞氣人，這是什麼話！」

佐吉嘆了好大一口氣，雙手用力地來回搓臉。

「不過，這樣就好了。」

「才不好！」

「不，萬一眞是這樣，就這樣吧。我娘這輩子是那樣過的，即使死的時候有什麼不便公開的隱情，也不值得大驚小怪。若眞是如此，老爺不忍說出這件事，我也心服口服，反而該感謝才是。」

這人的心地怎麼這麼好呢？他就是這種人。阿惠想著，眞是教人心疼。

「可是，事情不光這樣。」佐吉壓低話聲。「從此，阿藤夫人那冷笑的模樣、那時的神情，一直在我腦中揮之不去。不管我再怎麼說服自己那是想太多、是不可能的，都沒有用。」

「到底怎麼回事？」

佐吉說，湊屋的阿藤與他母親葵，以一種奇異的形式向總右衛門爭寵，關係相當惡劣。此事湊屋內外皆知。

「我忍不住想……明明不該這麼想的……」

葵是什麼時候死的？總右衛門說是在遙遠的過去。

「我娘丟下我，離開了湊屋。我心想，既然她有男人，走的時候丟下我也是不得已。不，當時的情勢，讓我不得不這麼想。」

但，撇開幼時旁人對葵惡行的轉述，在佐吉的記憶裡，葵是個溫柔的母親，從沒凶過佐吉。

「假如……娘不是丟下我離開湊屋呢？假如她根本沒私奔呢？」

「老公。」阿惠說著，用力抓住佐吉的手臂。

「這想法實在太不敬了，卻離不開我的腦海。因爲阿藤夫人那樣笑了——笑一笑，然後看了我的眼睛。」

莫非，是阿藤對葵下手，爲了隱瞞這件事，才編出葵私奔的謊話？

之後，佐吉滿腦子都是這件事，苦苦煩惱、苦苦思索，使得他心不在焉。

根本沒有討厭蟲這回事。當然，也沒有喜歡蟲。折磨佐吉的，是更無奈的事。

我真是的，一點兒也沒發現他這麼煩惱，只顧著自己。

任憑自己的欲擺弄，深怕佐吉的心遠離。

「這麼不吉利的事，我實在不敢告訴妳。」佐吉搖頭道。

「講起來簡直是對湊屋恩將仇報，天理不容。」

「所以你一直悶在心裡？沒對任何人說？」

「也不算……其實，我原本想找井筒大爺商量，曾在官九郎死後，藉故上門拜訪過。可是，一見大爺，我就開不了口，便以『向大爺問好』搪塞，沒再提了。」

「那時候，弓之助少爺和井筒大爺在一塊兒嗎？」

佐吉驚訝地揚起眉毛。「嗯，他碰巧也在大爺家。妳怎麼會這麼問？」

「沒什麼。」阿惠搖搖頭，「只是今天啊，對，就像看人變了場戲法。」

「咦？」

阿惠把弓之助來訪的事一五一十告訴佐吉。聽著聽著，佐吉僵硬的臉頰放鬆了，取而代之的，是害臊的笑容。

「難不成被看穿啦？」

「若真是如此了，那井筒大爺一定是個絕頂聰明的人。」

要是井筒平四郎在場，肯定要連忙辯解的吧：不是我聰明，是弓之助的腦筋不尋常。

無論如何，這都不是一朝一夕能解決的，光靠佐吉與阿惠也無能爲力。兩人商量好，下次眞的要豁出去和老爺談，請老爺告訴他們一切。

「好像從一場惡夢裡醒來，清爽多了。」

說來眞現實，阿惠現在整個人精神好極了。

「提到清爽，還有一件事。」

是德松和阿富的事，這也是佐吉聽阿蔦講的。

「雖有傷口德，不過阿富嫂以前似乎是不正經的女人，和德松兄是在箭靶場（註）認識的。」

德松爲阿富深深著迷，窮追不捨。阿富大概也想脫離那種淫靡的日子，便委身德松，兩人成了夫婦。

「但德松兄至今仍放心不下，覺得阿富是個好女人，要是有了其他男人肯定會一腳踹開他，一心就怕阿富會哪天出了門就永遠不回來。師娘和師父聽他抱怨都聽膩了，對他們一家子的情況熟得不能再熟。」

會不會不回來了？會不會一走了之？心是不是在別的地方？阿惠心想，簡直就像昨天的我。那只會更看不開。

「德松兄的心情，阿富嫂再清楚不過，所以偶爾會像上次那樣，故意離家出走再回來。她說，既然怎麼勸解都消除不了德松兄的懷疑，那麼興之所至便離開家門，讓他親眼看到自己眞的會回來，才是治這毛病最有效的藥。每次阿富嫂離家返回，雖然都會吵架，但之後德松兄都會平靜好一陣子。」

好可笑的藥，但那是阿富絞盡腦汁，用盡心力才調製出來的藥。阿惠實在無法取笑。

「話雖如此，討厭蟲這三個字還講得眞好。」佐吉笑了。

「我還以爲這種蟲也上了你的身。」

我這花木匠可沒糊塗到讓蟲上身，佐吉有些誇耀地說。阿惠也不服輸地迎合他那份豪氣。

「因爲你有我呀。」

「怎麼突然冒出這句……」佐吉害臊了。阿惠笑笑，著手準備晚飯。今晚來憑弔官九郎吧，去買點酒。對了，也得將弓之助送的點心一併供在官九郎墓前。

弓之助少爺——

那孩子的腦袋究竟怎麼長的呢？不過，若是那顆腦袋，一定能順利解決佐吉內心的大難題吧？阿惠想起那張美得太過分的臉蛋，不由得發起呆。這時外頭傳來太一嚷著「爹爹媽媽，我回來了」的聲音，看樣子是跑腿完回家了。是上酒鋪嗎？鄰居今晚也要舉杯嗎？

與佐吉對望一眼，阿惠悄悄地笑了。

註：原文爲「矢場」，爲江戶時代供人玩射弓箭的處所，僱有女子拾箭，但多以拾箭之名，行賣春之實。

盜子魔

一

媽、媽！院子裡傳來小女孩們歡鬧的叫聲。

「媽媽，不得了啦！陀螺咬了地瓜！」

「誰教陀螺是個貪吃鬼呢。」

阿六人在廚房。常上門的青菜鋪大叔才剛擔了漂亮的野山藥來，正開始教她怎麼做天下最可口的山藥泥。

「女孩們嚷著地瓜、地瓜的，我給的種薯妳倒是種了沒？」

這位開青菜鋪的大叔不只賣菜，還自己種菜。這一帶雖是在江戶城內，仍相當荒涼偏僻，武家宅邸和商家平房之間，雜著片片菜園。

「嗯，種了。」阿六笑著答道。「不過孩子們嚷的是昨天向大叔買的地瓜，現正曬在院子裡。大叔不是教我曬過再烤更好吃嗎？」

說著，阿道和阿幸兩個女孩又笑又鬧地跑進廚房。阿道懷裡抱著陀螺，阿幸雙手拿著地瓜。

「媽、媽，妳看！」阿幸把手裡的地瓜拿到阿六面前。「陀螺咬的！這裡，妳看！」

孩子們的大呼小叫定是嚇著了陀螺，只見牠耳朵豎得筆直，扭著身體想逃，卻被阿道用力抱著拉了回來。

「陀螺不喜歡妳這樣抱，放開牠吧。」

「噢，可是……」

儘管如此，阿道還是鬆了手。三毛貓一溜煙竄出，跳到泥土地上。腳一沾地，便穿過廚房，直奔門口。

「陀螺好沒規矩！」

阿道大聲朝貓咪喊，惹得大叔大笑。

「好了好了，別罵牠了。大叔的地瓜就是甜得連貓都想偷吃啊。」

「生的也甜？不用烤嗎？」

瞧阿幸一副馬上就想一口咬下的模樣，大叔拿走她手裡的地瓜。

「哦，可別咬啊，待會兒大叔幫妳們烤。」

「妳們兩個，不用學針線啦？今天是子日喔！正午早過了，法春院的先生等著呢！」

聽著母親的嘮叨，女兒們縮著脖子應道「是──」、「我們學針線去了」，匆匆奔往小屋。

「精神眞不錯。」大叔瞇起雙眼。「阿道眼睛都沒事了？」

「是啊，謝天謝地。」阿六感慨萬千地點頭。「針線做得比阿幸還好呢！」

「阿幸是姊姊吧？」

「是的。不過只差一歲，看不太出來。」

阿幸九歲，阿道八歲。

賣菜大叔晒得皺紋滿布的臉上露出笑容，吟唱般說「孩子健康活潑比什麼都好」。

「阿六，妳來這兒多久了？」

「三年了。」

「這麼久啦，時間過得眞快。」

「多虧大叔照顧。」

「哪裡，我什麼都沒做，全是託夫人的福啊！」

對此，阿六也深有同感。三年前，她身無分文又無依無靠，擔驚受怕地，不知該何去何從。而現在日子雖簡樸，卻是平安和樂。這一切都是葵夫人所賜。對阿六母女三人來說，夫人就是普渡眾生的救命菩薩。

正因如此，這一個月來夫人氣色不佳，日漸憔悴，鬱鬱寡歡，讓阿六憂心忡忡。今晚想做山藥麥飯，也是阿六絞盡腦汁苦思的結論：讓夫人用些滋陰補氣的東西，看心境會不會開朗些。

「夫人今天出門了？」

「是的，一早有人來迎接……」

賣菜大叔露出心領神會的表情。「哦，那麼是和老爺一道了。」

「夫人說，要賞菊花怕還早，但仍興沖沖地出門了。」

「坐轎子就不怕爬芋洗坡，用不著擔心了。」

上回見到夫人，看她的腳好像不太舒服，大叔補充道。

「是呀，夫人左膝常隱隱作痛，從開春就這麼提過。還說眞討厭，不想變老。」

「哦……」大叔揉著自己眼周的皺紋，偏頭問道：「提到這個，夫人究竟多少歲數啊？」

阿六也看不出來。當然，比阿六年長是一定的，但夫人的皮膚細緻不輸年輕姑娘，臉蛋的輪廓也不見鬆弛。三年前初次見面時，阿六便驚爲天人；而三年後的今天，她仍堅信江戶城再大、人再多，如葵夫人這般品貌兼具者，恐怕遇不到第二個。

「不過，觀音大士的年歲我們這等人自然算不來。」

大叔笑著這麼說，雙手砰地拍了一下。

「好，這山藥泥的作法呢……」

阿六也應聲繫好和服衣袖，準備用心學。

阿六出生向島邊緣，在家排行第六，所以名爲阿六。她父親連佃農都不是，而是被稱爲「端下」的貧窮農工，每天受僱幫忙不同的農田，靠當日的工資過活。

出生在這種人家，阿六很小便開始工作。除了跟著父母親下田幫忙，其他無論跑腿、看小孩等雜事，凡是能做的都做。十二歲那年，她到當地一家有名的餐館「平河」當幹粗活的女傭，離家不久父親便死了。她們一家人原本就沒有落葉歸根的田地，兄弟姊妹於是從此離散，各奔西東。她與大她兩歲的姊姊最要好，但姊姊有一次偷偷到「平河」找她，說在主人家出了紕漏想逃到京城，需要路費，問她有沒有値錢的東西可以典當。那是她們最後一次碰面。當時她沒多想，但姊姊肯定是被壞男人騙了。

阿六在「平河」賣力幹活，不久到了青春年華，與廚房的年輕人新吉兩情相悅。然而，主人得知這事後，兩人挨了一頓痛罵，雙雙被逐出餐館。當時新吉十八，阿六十七。兩人無依無靠，但新吉很能幹，向一個在湯島賣飯盒的遠親借了一點錢，又尋門路租了雜院。他開朗地說道：

「好，這樣我們就成家了。這裡就是我倆的家。」

然後便發奮工作。阿六也受到他的影響，不知不覺過起了夫妻生活。

兩人雖待過餐館，但做的都是粗活，沒學到本事。每天都找些按件計酬的活兒或零工賺錢。阿六也與在向島時一樣，能做什麼就做什麼。

現在回想起來，那真是段貧苦艱困的日子，但他們年輕，日子過得很開心。就算是一間又小又髒的雜院房，日照差、終年還飄著茅房味兒，但對新吉和阿六而言，仍是第一次有他們的家。

日子這麼過著，阿六的肚子大起來了。新吉大喜，但他們不能只顧高興。生孩子等於多了張嘴。有了嬰兒，阿六也無法像過去那樣賣命工作。

新吉做出決定。他與平日幫忙搬貨的油行盤商談好，要當叫賣的油販。這必須付一筆不小的權利金，他們當然拿不出這筆錢，所以要用借的，每天從生意的所得扣除，一點一點慢慢還。即便如此，新吉還是很開心，認為這回總算能定下來，好好打拚事業。新吉平日為人溫順老實，話也不多，但在重要時刻最拿得出魄力，下得了決心，且從不出錯。阿六雖是懵懵懂懂地跟了他，卻也慶幸自己跟了個好丈夫。

就這樣，阿幸出生了，隔年又有了阿道。新吉賣油的生意也愈來愈上軌道，阿六小臉上的生嫩逐漸消退，開始有了做母親的沉著穩重。新吉說，等還清了現有的借款，要努力存錢開一家小鋪子，生個帶把的老三。

但，才說過這番話，新吉就走了。

究竟哪裡出了問題，阿六至今仍不明白。那是個細雨紛紛的日子，新吉回來時直喊冷，抱怨著身子都凍僵了，飯不吃、心情也不好，說頭痛得不得了要去躺一會兒。這一躺下就再也不曾醒來。他還不到那個年紀，前一天也沒有異狀，怎麼會就這樣走了？人都是如此乾脆地離開人世的嗎？阿六難以置信。或者，這段日子是一場夢？是中了狐仙狸怪的妖術，做了一場好夢而已？

不，不是的。身邊還留下了兩個年幼的孩子，這不是夢。

她不能哭。被「平河」趕出來時，有新吉領著她。這次，只能靠她自己領著這兩個孩子，闖出一條生路。

於是阿六第三度過起什麼活兒都做、勉強餬口的日子。所幸，雜院的女眷們願意幫忙看顧阿幸和阿道，說眾人都是這麼互相幫忙過來的，要她別客氣。這些開朗的話不曉得給了阿六多少鼓勵。油行也表示，當初新吉賣油時借的錢已還得差不多了，剩下那點錢，分得更細一些慢慢還就好。對這充滿人情味的提議，阿六不知行過多少禮、道過多少謝。

我要好好過日子，養大兩個女兒——阿六心裡只有這個念頭。有時想到新吉也會熱淚盈眶，但將眼角用力一擦，便能立刻露出微笑。老是哭哭啼啼，會被新吉取笑的。

也因此，阿六從未有過再嫁的念頭。我的丈夫只有新吉一個，從前是他，往後這輩子也只有他——她心中早已這麼認定。因此，當有人向她提起再嫁的事時，她不禁大吃一驚。

「我？」她指著自己的鼻尖，噗哧笑了出來。

「究竟是誰，這麼異想天開？」

對方是一個名叫孫八、正好四十歲的男子，也是個叫賣的油販，與新吉在同一家油行進貨。阿六不認識孫八，但對方據說看過她好幾次，也曉得阿幸和阿道的年紀。

告訴她這件事的，是很關照新吉的一位同行老前輩。這人也熟識阿六，年紀足夠當阿六的父親，是個平和穩重的人。看到阿六忍俊不禁的模樣，他溫和的臉上浮現陰影，繼續說道：

「阿六，這一點都不好笑。妳不知道自從新吉死後，我花了多大力氣想讓孫八打消這個念頭，但實在是擋不住了，只好把事情告訴妳。」

孫八這男人本性不好，讓他纏上了將是天大的麻煩。

「如果是那種好吃懶做、只會花天酒地打老婆的蠢貨，也還容易對付。他卻不是。他工作挺認眞，不碰賭也幾乎不喝酒，只是……」

嫉妒心極重。

「唉，妳又笑了。是啦，男人愛吃醋，這種無聊橋段連戲臺子上都不演，反正事不關己啊。可是，一旦發生在自己身上，恐怕就笑不出來了。」

孫八至今娶過三個老婆。其中兩個過門不到一年，好不容易才從他手裡逃出，撿回一命。剩下的那一個，則是某天就突然不見蹤影。

「我想八成是被他勒死，丟進大川裡了。」

「他到底是怎麼個吃醋法？」阿六問，心裡微微發毛，但仍半帶著笑。

「什麼飛醋都吃。好比老婆叫賣水的來，裝水時不免聊幾句天氣眞好，才這樣他就大發脾氣，掄起拳頭打得老婆不醒人事。又好比到管理人那裡繳房租，行個禮笑笑，說句道謝的話，這就不得了，大罵妳這賤貨竟背著我向管理人拋媚眼，妳以爲是靠誰在吃飯過日子……」

前輩正色說，那實在不尋常。

「更糟的是，阿六，新吉還在世、和妳恩恩愛愛時，孫八就對妳有意思了。逢人便講：要不是新吉，阿六早直奔我的懷抱。我自認不是沒見過世面的膽小鬼，但新吉走得那麼突然，我整個人直打哆嗦，心想那搞不好是孫八咒死的。」

「聽我的勸，不管孫八對妳再怎麼好言軟語相勸，絕不能信以爲眞。妳要一口回絕，最好帶著阿道她們搬家，絕不能理他。」前輩殷殷勸誡後，第二天孫八眞的就找上阿六的雜院來了。

阿六已有心理準備，一見面，孫八的聲音確實溫和，對阿六和女兒們露出的笑容和善有加，但阿六卻將他眼底深處暗藏的冷酷看得一清二楚。老天保佑，惡鬼退散！阿六盡可能平靜地告訴他，自己沒有再婚的意思，低頭行了一禮。

「這麼說，阿六，妳的心還在新吉身上？」

孫八的聲音有些變了，戽斗的下巴用力突出來。

「爲死去的丈夫守寡，也守不出一座貞節牌坊。」

「但連他的份一起努力工作，養大孩子，是我的責任。」

「所以啊，妳一個女人家太吃力了，才說我來幫忙照顧妳們母女呀！」

「你的心意我很感謝，但我靠自己就行了。」

儘管面帶笑容，阿六仍不讓步。

「做一天算一天的活兒，要怎麼過日子？」

「我找到幫傭的工作了。」

雖不必告訴他這事，但阿六仍忍不住說溜了嘴。

不是別的地方，正是那家餐館「平河」。就在最近，阿六巧遇以前和新吉同在廚房工作的夥伴。談起離開以來的境遇，對方大為同情，幾天後還特地來訪。

「把你倆趕出去，老闆娘也很後悔。老闆娘說，那時候因為你們還在幫傭，就在店裡私下亂來，看到只覺討厭，沒料到你們不是玩玩，竟真的成了家。新吉的事很遺憾，阿六也很苦吧。所以呢，老闆娘問，阿六願意，要不要回店裡？管吃管住，孩子也可以一起帶去，妳覺得怎麼樣？」

眞是求之不得。這或許是新吉冥冥之中保佑，阿六也才能在此時拿出強硬的態度。聽完她的話，孫八唔了一聲，嘴角撇了下來。接著，從頭到腳看遍阿六全身，才不勝惋惜般離去。

阿六心想好不容易將這凶神惡煞打發走了，沒想到不久便聽到孫八大鬧「平河」的消息，嚇得她魂飛魄散。據說，孫八硬闖平河，大喊「我是阿六的男人、你們廚房的王八蛋竟敢勾引阿六，我絕不放過」，把廚房搞得天翻地覆，連前來阻止的掌櫃也被毆成重傷。

阿六臉色發青，連忙趕到「平河」。儘管對方肯聽她拚命解釋，但工作的提議就此取消。「平河」表示，要她跟那豺狼虎豹般的男人斷得一乾二淨，否則別再接近「平河」一步。

「我跟孫八一點關係都沒有！是他一廂情願胡思亂想！」

阿六嗓子叫啞了也沒用。「平河」雖蒙受重大損失，但就算向當地的岡引報案請求逮捕孫八，只要孫八一口咬定阿六是他的女人，這便是一樁情感糾紛。岡引非但不會有好臉色，還會堅持不給錢便按兵不動。這筆錢當然不能讓「平河」出，可阿六又沒錢。

如今阿六後悔莫及，只怪自己看輕了老前輩的忠告。

另一方面，孫八一陣大鬧斷了阿六的去路，心裡想必十分得意，三不五時便到雜院轉轉。以碰巧來到附近爲由，一天要露上好幾次面，臉上滿是得逞的笑，還帶點心糖果給阿幸和阿道。孩子年幼不懂事，自然吃得開心，阿六一怒斥，孫八便正中下懷般上前當和事佬。

「孩子都喜歡吃甜的，妳一個女人養家，過日子都不容易了，哪供得起她們愛吃的呢！孩子難道不可憐？」

阿六出門工作時，孫八會擅自進雜院，或帶孩子們出門，行爲愈來愈肆無忌憚。他總是殷勤問候左鄰右舍，說我們阿六平常多虧照顧云云，不知內情的鄰居便當孫八是阿六的男人。不管阿六怎麼辯解，都只換來訕笑。

某天，阿六出門回到家，只見孫八老大不客氣地坐在屋內，讓阿道坐他在膝上，摸著阿幸的頭，正在對她們講話。

「哦，妳回來啦。」

孫八不懷好意地笑著抬頭看阿六，那是雙蛇的眼睛。摸著阿幸頭的手往下滑，來到下巴處。多年來挑擔賣油，將那雙手鍛鍊得結實無比，要折斷阿幸柔弱的脖子，想必不費吹灰之力。

阿六發起抖來。

她寧死也不要嫁給這種人，但照目前這個樣子，想逃也無處可逃。再拖下去，孩子們的處境會愈來愈危險。

這陣子阿六白天當通勤女傭，晚上到飯鋪端菜送飯，這當中還抽空接了打掃縫衣的零碎活兒。鎮日擔心受怕連帶也影響了身體，某一晚終於撐不住，在飯鋪裡倒下了。見人人爲她擔心，這份溫情令她決了堤似地吐露一切。在場有位客人是在日本橋做小生意的老人家，說自己的朋友正在找一名管吃住的女傭，但條件嚴苛，找不到合意的人選。他認爲只要肯答應對方的條件，帶著小孩應該無妨，問阿六願不願意，他可以代爲說情。阿六當下便表示願意。

尋找女傭的那戶人家，位在六本木芋洗坡頂。偌大的獨門獨院，只有商家的夫人獨居在那兒。對方的條件如下：

「工作主要是照顧夫人，但一切都須由女傭獨力服侍，煮飯、打掃、洗衣等，全部一人承攬。住在府裡，除日常生活所需外，不許外出，亦嚴禁至寺廟參拜神佛。即便有家人在外，也一概不許互通音訊。」

還附加了一項有些故弄玄虛的條件：

「以往流傳過不利於本府的傳聞，使得近鄰至今仍謠言不斷，當不予理會。」

這些條件確實不尋常，但阿六毫不在意。禁止外出的條件對只想隱藏行蹤的阿六來說，反倒求之不得。

「孩子若是教得好，不給人添麻煩，帶著也行。怎麼樣？要試試嗎？」

哪有拒絕的道理。阿六甚至沒和雜院管理人打聲招呼，第二天便將新吉的牌位揣在懷裡，牽著孩子們的手，爬上了芋洗坡。

然後，她見到了葵夫人。接著便過了三年。

二

葵夫人交代天黑前會回來，出門去了。山藥泥擱久了不好吃，還是等夫人回來再做吧。

阿六埋頭做起家中瑣事。賣菜的大叔留下來，拆掉空米袋生了火，正在烤地瓜，還說祕訣就是片刻不離地守在一旁。烤地瓜的甜香四溢。教她怎麼在院子裡整地種菜種地瓜的，也是這位大叔。

這屋子原是當地富農的宅邸。據說二十年前家道中落，一家離散，大宅便成了空屋，任憑荒廢。直到葵夫人的老爺五年前租下來，才重新整修復原。換句話說，阿六來到此地時，葵夫人本身也才住了兩年，但這兩年便已換了三名女傭，沒人待得住。

阿六一來到這裡，葵夫人就親口將這些女傭的事告訴她了。她們每個人最初都表示不怕那奇特又嚴苛的條件，對宅邸之豪華、風景之恬靜、女傭房之整潔素雅與日照良好而欣喜不已，發誓絕不離開，要爲夫人賣命。然而，快的才兩個月便前來請辭。

「三個人各自提出不少理由，但講白了，就是怕得不敢待在這裡吧。」

葵夫人說著，直瞅著阿六，眼神似乎是深感好奇，又露出一絲促狹的神氣：她們都怕得逃走了，妳呢？

阿六不爲所動。無論這大宅裡有什麼，與孫八那毒蛇般的眼神比起來，總好上幾分。

「請問夫人，她們怕的，與這宅裡的傳聞有關嗎？」

阿六抬起頭，看著夫人的眼睛。夫人點頭。

「那麼，是些什麼樣的傳聞呢？」

「用不著我說，附近的人遲早會告訴妳的。」

「夫人說的是，但您交代要對附近的風言風語不予理會，所以想斗膽請教夫人。」

聽到阿六堅定的回答，葵夫人首次展露笑顏。「妳眞的想知道？我先警告妳，從這裡逃走的三個女傭中，有兩個和妳一樣帶著孩子。她們兩個都表示：我自己怎樣都能忍，可是爲了孩子著想，再也不敢待在這裡。」

這種啓人疑竇的講法，讓阿六打了個冷顫。她硬是叫自己想起孫八那雙讓人只想早日忘卻的眼睛，爲自己打氣。

「請問究竟是什麼樣的風聲？」

葵夫人說了：傳聞，這房子裡有盜子魔。

「盜子魔……？」

「是啊，會把小孩抓走吃掉的妖怪。」

那是很久很久以前了。建起這屋子的富農，代代都以毒辣手段苛待佃農，佃農們日積月累的怨氣不知不覺化成了盜子魔，在這屋裡作怪，吃掉那些將來要繼承富農的孩子們，讓這一家斷了後。

「聽說這屋子空了後，沒了可吃的孩子，卻留下了盜子魔。如今那妖魔仍在這屋裡，饑渴得眼露異光，每到夜裡就在屋內徘徊。」

分明是個可怕的故事，葵夫人不知爲何卻講得很愉快，眼裡帶笑。

「好恐怖的故事。可是夫人，您不相信眞的有盜子魔吧？」

葵夫人有些吃驚地睜大了眼，然後仔細打量阿六。

「妳相信嗎？」

「不知道，我也想不出盜子魔是什麼樣的妖怪。但，比起不知長什麼樣的盜子魔，糾纏我的人更可怕，所以……」

葵夫人沒多話，隨即傾身向前，專注地看著阿六。夫人先前眼眸裡的好奇已消失，阿六只感到默默支持的溫柔。

阿六一咬牙，將孫八的事說了出來。葵夫人一語不發，聽完後馬上站起身。

「那好，我先讓妳看看這個家吧。鋪蓋收在壁櫥裡，拿出來曬一曬，妳們晚上好睡。」

「可是，夫人……」

「我很中意妳。如果是妳，一定待得下去。」

於是，阿六在大宅裡住了下來。

她不覺得每天的工作辛苦。這裡的確是個寬敞的大宅，但要服侍的只有葵夫人。房間雖多得數不清，眞正使用的也僅有少數幾間，學會整理的先後順序後，打掃起來並不費事。

然而，好一陣子她仍惶惶不安，不知這次能否眞正甩開孫八，總提心吊膽。到新的土地，看見新奇的新事物，阿幸和阿道很想到外頭去，但阿六將兩人帶在身邊，絕不讓她們離開視線。

就這樣過了快半個月，某天，阿六去收拾晚飯時，葵夫人說道：

「看樣子，沒有可疑的人在附近徘徊，阿六，我看妳可以放心了。」

接著，親切地盈盈一笑。啊，原來夫人一直在爲我擔心——阿六心裡一陣溫暖，雙手扶著榻榻米，向夫人深深一拜。

「是，託夫人的福，謝謝夫人關懷！」

兩人相視而笑。

「對了，阿六，妳還記得盜子魔的事吧？」

「記得。」

「這些日子，妳有沒有看到什麼可疑之物？」

「從來沒有。」

「也沒有聽到不尋常的聲音？」

「沒有。」

「孩子們呢？」

「兩人都過得很愉快，一點兒也不害怕。」

葵夫人滿意地點點頭。

「妳害怕那個叫孫八的，時時刻刻都驚疑不定，想必連睡覺的時候都豎起耳朵吧。但妳卻什麼都沒看到，什麼都沒聽到，是不是？」

「是，正如夫人所說。」

葵夫人向阿六招招手，要她坐到近前。

「阿六，盜子魔根本不存在。」

「是編出來的故事嗎？」

「不，以前大概眞的有吧。吃掉富農孩子的傳聞恐怕是眞的，只不過那一定是有人假藉盜子魔之名幹的，和我們一樣是活生生的人，絕非妖魔鬼怪。」

葵夫人說，一定是有人一心想毀掉這富農一家，痛恨繼承血脈的孩子。

「不過，那是有血有肉、再尋常不過的人才對，而那個人已不在這屋裡了。先前那三個女傭一住下來，就怕得胡說八道起來，什麼在走廊上看到可疑的影子，長了利爪的手從井邊伸出來，半夜裡聽到舔嘴咂舌的聲音。她們看到、聽到的其實是自己腦子裡的幻影，但她們卻一點兒都不明白。可是阿六，妳不一樣。妳知道什麼是眞正的恐怖，不會爲根本不存在的幻覺迷惑。」

這話聽來稱讚，但阿六卻莫名緊張。葵夫人淡淡說著，表情卻極爲嚴峻，彷彿是在勸誡。

「所以，阿六，以後妳大可放心在這裡過日子。我雖不希望妳靠近那些愛嚼舌根的人，但既然不需要擔這種心了，妳倒是能慢慢和附近的人認識認識。」

接著，順帶提起般加上一句：

「對了，明天有客人，晚飯準備兩人份，也要備酒。」

隔日，她頭一次見到老爺來訪。老爺的年紀大約五十有半，面如冠玉，氣宇非凡，講起話來嗓音悅耳得令人心醉。此時阿六才終於明白，原來葵夫人似乎是這位體面老爺的金屋阿嬌，而葵夫人在此之事，萬萬不能讓老爺府裡的正室知道。不得接近好說閒話之輩，不准與外部互通音訊，都因這事必須嚴加保密。

阿六與賣菜大叔熟絡、會與酒行夥計聊上幾句後，又多認識了老爺和葵夫人一些。據賣菜的大叔說，老爺有錢得不得了。酒行則說，老爺對酒相當講究，有時會要求送上江戶難得一見的名酒。

「一定是大商人啦。」

老爺來訪時，阿六只是開門迎接，送上酒肴便退下。收拾殘席是隔天早晨的事，且不管阿六多麼早起，老爺都已回府。儘管老爺與葵夫人有時會外出數日，但老爺從未在這屋裡過夜。

老爺造訪多半是在前一天通報。有一個十五、六歲乖巧的小夥計，應該是老爺所聘，幾乎天天上門。來了，就規規矩矩照交代的在夫人面前問候，諸如今日是否有事吩咐？身子是否安好？老爺的消息便由這小夥計通報。阿六既不知這小夥計的名字，也從未被引見。小夥計到了，便領他到夫人房外的緣廊下，回去時則送他走，如此而已。他見了阿六，總是恭謹地行禮道擾，而阿六也回禮道勞。她不奉茶，小夥計也不討水喝。阿六心想不該亂打聽，也就不多問。

老爺有時一連二十天都沒來上一次，有時沒幾日便來。若相隔太久，即便葵夫人的樣子一如往常，阿六也會暗自焦急。

因爲老爺不在時，葵夫人的日子平靜歸平靜，卻太寂寞冷清，幾乎鎮日都在自己房裡度過。夫人常做針線，做的是老爺的衣物。有時爲解悶，也會看看繪雙紙和黃表紙（註），畫畫水墨畫，抄抄經書，但不時會停住，怔怔望著屋外。

不管是和服鋪還是梳妝鋪，進出屋裡的商人來過一次換一次。大概是想避免與同一家鋪子長久往來。葵夫人對衣物及飾品都偏好華美精緻，但不會頻頻添購，而看戲出遊也絕不單獨成行。

阿六不敢多問，但或許是察覺了她心中對這悄然寂寥生活的疑惑，夫人一度主動提起：我搬到這裡前，過的日子熱鬧忙碌多了。

「我曾離開江戶好長一段時間，住在京裡。在那邊我也主持過生意，還四處旅行呢。」

「那您現在也這麼做不好嗎？」

一聽這話，夫人略帶落寞地笑了。

「就是搞壞了身子呀，整個人突然就氣怯了。我會搬到這裡，也是老爺看我實在悶悶不樂，想說換個地方心境或許會開朗些，才安排的……只不過我也開始覺得，窩在這屋子裡，就這麼平平順順、糊里糊塗地老去也不壞……」

「總之，就是上了年紀啦。」夫人百般嫌棄似地說。

阿六從小便是做活兒做到動不了，卻又有一餐沒一餐的，身邊從未見過「悠閒度日的老人」這等享福事。葵夫人閒得發慌又寂寞的表情，反過來看，其實是富裕的象徵，讓人欣羨不已。但阿六還是有些同情葵夫人。

無論如何都無法和老爺同住嗎？夫人與老爺在一起的時日似乎不短，要長相廝守卻仍困難重重嗎？兩人之間沒有孩子嗎？葵夫人看來是喜歡孩子的。

即使阿幸、阿道又笑又鬧，夫人也從無慍色。或許是因屋子大而不太在意，但討厭孩子的人只要一丁點聲響，也會破口大罵。夫人卻完全相反。若阿六為了孩子們做出太過荒唐的事而大笑，或不聽話而狠狠責罵，事後夫人必定會這麼問：

「剛才妳們在笑些什麼？」

「聽妳又罵得厲害，怎麼啦？」

阿六告訴夫人是如此這般，夫人也會一起笑，或勸她別為這點小事大聲叱責孩子。

夫人也很關心阿六的一雙女兒。阿道眼睛不太好，看不清小東西，阿六爲此十分煩惱。夫人告訴她，要阿道每天曬太陽、多吃菜葉，很快會有起色。一試之下，果眞好轉了。也是夫人說，有教書先生在前頭法春院借了佛堂辦私塾，尤其擅長教女孩子家的規矩禮數，要阿六帶孩子們去看看，還幫忙寫信引薦；爲了讓阿六能每月付束脩，薪俸也改爲提前分期發放。多虧夫人如此關照，女兒們寫字做針線都比阿六強。

也不算借用賣菜大叔的話，但對我們母女而言，夫人眞正是觀音菩薩——阿六微笑著想。

阿六到院子想劈柴。日頭還很高，但夫人遠行回來習慣先入浴。將柴薪備妥，便可隨時燒水。

賣菜大叔正拿著樹枝翻弄堆成一座小山的稻草，看地瓜烤得如何。

「火候差不多了，能讓孩子們吃剛烤好熱騰騰的地瓜了。」

大叔笑著這麼說時，阿六看到院子樹籬外出現了兩道小小的人影，就在法春院通往這大宅的緩坡盡頭處，應該是阿幸和阿道。

「正好回來了呢。」

才說完這句，阿六便住了口。那確實是阿幸和阿道沒錯。她倆身上穿的，是她將夫人給的舊衣改縫的。

然而，不只是她們，還有個大人跟在身後。不，那人正夾在兩人中間，一手牽起阿幸，另一手

註：繪雙紙發展至後期，封面有紅、黑、青黃之分，黃色封面者稱爲黃表紙，印刷講究，內容也日趨成熟，成爲一般大眾的讀物。

牽起阿道，一搖一晃地往這裡走來。三人逐漸靠近，阿六能看清楚那人究竟是誰了，也看得見那人牽著阿幸與阿道，一臉抓到蛇般的表情。

阿六手裡的柴薪卡啷落地，滾落腳邊。

「阿六。」

孫八以親暱的態度對她說。

「好久不見了，找得我好辛苦啊。」

三

葵夫人儘管略帶倦容，仍愉快返家。夫人這一天似乎相當盡興，還帶回做成菊花模樣的黃、白糖果給阿幸和阿道。

夫人立刻看出阿六的臉色不對。明知不該讓夫人為這種事操心，阿六卻無法保持沉默。

「他是怎麼找到這裡的？都三年了，究竟怎麼會……」

夫人微微蹙眉，說道：

「就因為已經三年了，他一定是花了許多時間才找到的。」

「他居然連孩子們上法春院都知道……」

「一定是很早以前便查出妳們在這裡，然後躲起來窺探。今天八成也是看到阿幸她們到法春院，才跟過去的。」

阿六雙手緊抱身子。光想起孫八的眼神，那聲音、那說話的樣子，便忍不住發抖。

對於阿六帶著孩子們從他眼前消失，孫八腦子裡似乎自有一番解釋，否則也不會臉上堆著笑，講出那種話了。「阿六，對不起，都是我不好。妳是爲我著想吧？以爲不能帶著孩子跟我在一起。妳是體貼我，怕一下子要多養阿幸和阿道，我會太辛苦。可是我一點也不在意，我把阿幸和阿道都當成親生的。」

誰會這麼想啊！這人到底有多不要臉？

「那妳怎麼回？」

「我自然告訴他『你弄錯了，我完全沒有和你在一起的意思。我在這戶人家幫傭，和孩子三個人過得很幸福。你不要再來招惹我們』。」

「然後呢？」

「他不懷好意地笑著，說什麼『別逞強了，阿六的眞心都寫在臉上，我看得出來』。」

阿六好氣，恨不得抄起木柴打孫八，打到他皮開肉綻，打到看不見那令人作嘔的賊笑爲止。

「但，今天他還是乖乖回去了？」

「是的，剛好賣菜大叔在，他才沒亂來。」

「他有沒有說明天再來？不，就算不說也一定會來。」

「他要帶錢來。」阿六咬緊嘴唇。「他說，反正妳一定是向主人家借了錢，我幫妳付清。我回答沒借錢，他竟說不可能，叫我別客氣。還說他也想幫阿幸、阿道買新衣服。」

「居然讓孩子穿這種舊衣服，所以我不是早講了嗎？妳一個女人家養不起孩子的。」孫八輕浮地笑了。然而，他面無表情，死氣沉沉的，眼裡沒有一絲笑意，瞳孔又黑又冷。阿六光想到自己的模樣映在那雙眼裡，就怕得直打哆嗦。

「妳帶著孩子，三人搬到我隔壁房間。」夫人吩咐道。

「可是……」

「現在不是客氣的時候。門戶要關好。還有，暫時別讓孩子們上法春院了。我明兒個就寫信給老爺，請老爺派人過來。」

「我不能這樣麻煩夫人……」

話還沒完，夫人便打斷她。

「這不是爲了妳一個人。明天，孫八八成會來還清妳的債務，我倒要見見他。我可是妳的主人哪！不過，要單獨見這妖怪般的男人很危險，身旁得先安排一個可靠的人。」

「這樣他就會知難而退了嗎？」

「光是威嚇恐怕沒用，明天我會告訴他，阿六向我借了五十兩。這五十兩是什麼名目，隨便編造都行。只要湊不出這五十兩，我就不讓阿六和孩子離開這屋子一步。」

五十兩是筆天大的數目。這麼一來，孫八也不得不知難而退了吧。一個挑擔叫賣的油販，一輩子也賺不了這麼多錢。

阿六安心了幾分，但葵夫人彷彿看穿了她的心思，繼續道：「但是阿六，要放心還太早。看樣子，這男人比妳想像的更危險。接下來他一定會說，妳被債務綁住眞可憐，和我一起逃吧。就算妳不願意，也會硬把妳帶走。假如帶不走，也會抓阿幸、阿道當要脅。有了孩子當人質，妳便不得不屈服，何況孩子更好下手。」

阿六不由得捂住嘴，猛盯著葵夫人。

「妳覺得我這女人事不關己，就烏鴉嘴講風涼話？」夫人嘴角帶著苦笑。

「不、不，我怎麼會！」阿六連忙搖頭。「不是的……我只是覺得，夫人也許比我更清楚那男人會幹出什麼壞事。」

夫人收起笑容，正色深深點頭。

「是啊，像孫八這種人，我或許比妳了解得多——不如說，我更了解暗藏在人世間那些鬼怪的恐怖可畏。」

有那麼一瞬，夫人的眼神望向遠方。

「凡是想要的東西無論如何都要弄到手，爲此不擇手段，且什麼事都只想到自己。這種妖魔鬼怪到處都有，我看多了。儘管我一點都不想見。」

夫人的說法，聽起來似乎想起了什麼人。

「反正呢，阿六，妳千萬不能掉以輕心。像我剛才講的，孫八這人很危險，小心是不嫌多的。」

阿六垂下雙眼。「可是夫人，您不用爲我這麼費心……不，我不值得您這麼費心。只要我離開這裡，到別處去——離開江戶，逃得遠遠的——這是最妥當的。所以，我想向您請辭……」

打從一開口跟夫人提今天這件事，阿六便有覺悟：在這裡的日子就此結束，要告別這屋子，也要告別夫人了。

然而，夫人卻不容她說完。

「這是什麼傻話。」

阿六像挨了巴掌般嚇了一跳。

「妳要逃到哪裡？帶著走不了幾步路的孩子，沒工作沒住處沒人投靠。要離開江戶？妳長這麼大，出過江戶一步嗎？沒有吧！」

夫人說的一點也沒錯。新吉還在的時候，兩人講好等孩子大些、腳步穩了，想到川崎走一趟，去參拜御大師（註一）。但終究沒成行。

「妳現在要逃，也只能逃到大川（註二）底，拉著阿幸、阿道的手，噗通一聲跳進去。我怎能讓妳做出這種傻事！無論如何都要走的話，那妳自個兒請吧，孩子我幫妳帶，要這樣嗎？」

阿六自然做不到，夫人當然也深知這一點。她抓住阿六的肩，使勁搖晃。

「妳不能示弱。遇到這種人，逃也沒用，不正面解決是擺脫不了的。」

「要、要和他硬拚嗎？」阿六的聲音一定是軟弱沙啞得不像話，葵夫人像個女光棍般咋舌道：

「啊啊，眞拿妳沒辦法。」

「阿六，妳難道不會不甘心嗎？」

當然不甘心。自己明明什麼壞事都沒做，卻被逼得走投無路，飽受要脅，如何能甘心。

「妳這孩子……實在是太老實了。」

夫人不知怎地有些猶豫，稍稍瞥開目光喃喃道。

「不光是妳，最初要妳留意孫八、說孫八對妳心懷不軌的那位叫賣前輩也一樣。他年紀比妳大得多，難道什麼都沒發現嗎？」

「夫人是指什麼？」

「阿六，我問妳。」

夫人忽地嘆了口氣，直視阿六。

「假使妳能平靜地在這裡過日子，我也不想多提什麼。如今看來是沒辦法了，我就跟妳說了吧。妳至今從沒懷疑過妳丈夫的死因有異嗎？」

阿六愣住了。新吉的死因？

「聽妳談身世時，我便覺得奇怪。昨天還好好地幹活打拚的人，年紀也還輕，不會走得那麼突然。打從妳丈夫在世時，孫八早暗地打妳的主意，是吧？那麼爲了得到妳，他心裡起了想除掉妳那礙事丈夫的念頭，也就一點都不稀奇了，不是嗎？」

阿六說不出話來。那天晚上——新吉發著抖回來，冷得直打顫，臉色蒼白，只講了句「頭痛得不得了，要去躺一會兒」，便再也沒起來了。

「孫八用了什麼手法，細節我們無從得知。也許是對他下了毒，也許是對他拳打腳踢。身上沒傷痕，不能保證沒受致命傷，尤其頭部挨了打是看不出來的。」

啊，或許眞是如此。難道眞是如此……

註一：此處指的是金剛山金乘院平間寺。

註二：指隅田川流經東京（江戶）吾妻橋後的下游。

「新吉這個人，聽妳講起來，應該是老實又不多話吧？那天晚上他可能與孫八起了什麼衝突，怕妳擔心便沒說。當然，他本人也萬萬沒想到會就此死去吧。」

阿六雙手按住自己的喉頭。不這麼做，她一定會放聲大叫。可還是掩不住沙啞地嗚咽。

「我……我怎麼這麼糊塗……」

「別這樣。如今才後悔，只會讓妳丈夫傷心。妳要挺起胸膛，好好睜大眼睛，放手一搏。不但是爲了保護孩子，也是爲你丈夫報仇。」

葵夫人美麗的臉上泛起了熊熊鬥志，雙眼發亮。阿六無言注視著葵夫人，感覺眼前一陣模糊，用力點頭。於是眼淚滾落，模糊的雙眼復又清晰。阿六用力握住夫人按在她肩上的手。

四

賣菜大叔想必是看出昨天阿六神色不對，隔天一早便來訪。

阿六主動把事情說了，大叔也同意阿六最好多加小心，但對於暫時要孩子待在家裡不出門一事，卻有些不以爲然。

「關在家裡未免悶煞人，阿幸、阿道也太可憐。至少讓她們上法春院吧？我來接送。」

大叔的親切令人感激，但相反地，大叔明明親眼見到孫八，卻不認爲事情有阿六和葵夫人想的嚴重。阿六不禁有些失落，大叔畢竟也是男人。若大叔以爲阿六和孫八如今雖鬧翻了，但過去阿六有段時期並不恨孫八，兩人是男女關係——這極有可能——大叔若眞這麼以爲，也讓人心有不甘。

小夥計照例來了，葵夫人立即讓他帶了信回去。不到一個時辰，便有客人上門，自稱是奉老爺之命前來。那是個形如槁木的老人，滿面皺紋，下巴尖削，髮髻鬆扁，但笑容及聲音慈祥和藹。阿六通報後，葵夫人接見老人，開朗地說道：

「哦，老爺派你來呀，那眞是好極了、好極了。」

葵夫人與老人不勝懷念般互相問候。夫人看來極爲高興，見阿六端茶點入內，像小姑娘似地活潑招手。

「阿六，妳來。從今天起，這位老爺子要住下幫忙。」

老人轉向阿六，懇切地自我介紹，說叫久兵衛。

「像我這樣的老頭子也充不了保鑣，但總比一家上下都是女眷強。」

「外表看起來或許不怎麼可靠，但久兵衛可是見多識廣，熟於人情世故。」葵夫人燦然一笑。

「要對付孫八那種人，光拳腳厲害沒用。有久兵衛在，就萬無一失了。」

「夫人，別把我誇得太好啊。」久兵衛笑著打斷。

阿六不置可否地微笑。這位應該是老爺身邊的人吧？是掌櫃的嗎？

或許是看出了阿六的疑問，葵夫人繼續說道：「久兵衛從前在老爺的餐館當掌櫃，也爲老爺的租房當過管理人。不但會照顧人，口風也緊。妳大可放心好好依靠他。」

夫人的面孔突然顯得年輕許多，她和久兵衛大概是多年舊識吧。兩人一定是自葵夫人年輕時便已熟識。接著，久兵衛要求看看屋子，阿六便與老人獨處。阿六先爲久兵衛介紹兩個孩子。阿幸和阿道都不怕生，但爲了昨天的事都緊張得笑不出來，然而久兵衛很快就讓孩子們放鬆下來。

「從今天起，妳們眼前這個老公公要暫住這屋裡，幫忙阿幸和阿道的媽媽。萬一到茅廁的路上，不小心撞見了這張皺巴巴的臉，可別嚇哭啊。」

老人對隔間與門戶特別留意，另一方面，也大加讚賞阿六在後院耕作的那一小方菜園。

「在此借住期間，我也來學學種菜好了。」

然後，他望著地瓜綠油油的葉子，開口問道：

「從夫人信裡，我大致了解事情的梗概，但最好聽阿六親口說一次。」

阿六便說了。久兵衛很懂得怎麼聽話，阿六幾乎不必爲如何表達苦惱。久兵衛爺眞的是照顧人慣了，她心想。

「這可眞傷腦筋哪。」

久兵衛骨瘦如柴的手交抱胸前，皺起眉頭。

「很久以前，我也遇過相似的情形。男人眞會惹麻煩。」

「當時您怎麼做呢？」

「千方百計把人趕走了。」

「不危險嗎？」

「就是絞盡腦汁，讓事情避開危險啊。」久兵衛講完，便微瞇起眼看阿六。「阿六，妳該不會給過那個孫八錢吧？」

「給錢？怎麼說？」

「好比——我都明白了，請收下這些錢走吧。」

阿六用力搖頭。「沒有，我沒道理這麼做。」
「孫八也不曾這樣暗示過妳？」
「不曾。」
阿六認爲，如果只是要錢事情反倒好辦，久兵衛卻不贊同。
「沒這回事，會向女人要錢的男人一樣有危險之處。」
「比爲了得到看上的女人，而害死那女人丈夫的人更危險嗎？」
久兵衛微微一偏頭。「這樣比較也沒意義。阿六，這些話千萬不能對孫八說，不能逼問他。而且，從現在起，妳不可和孫八交談。他跟妳搭話，妳就裝聾作啞。我會跟孫八解釋，讓他明白妳爲什麼要這樣。」
我會向他表明，我是這裡的管家。
「孫八若眞要拿錢還妳的債務，就由我來見他，告訴他妳預支了五十兩的事。再來就看孫八會怎麼做了。」
接著，久兵衛便理所當然般談起了屋內事務如何分攤，阿六內心十分過意不去。
雖已是秋茄成熟時分，那天卻異常悶熱。用過中飯後，先前曾來過一次的日本橋某和服鋪，派了三個人扛著一口大桐箱來，被領到夫人房間。這多半也是事先安排的吧。久兵衛說道：
「這些人得待上好一會兒，我趁這時候出去一下。」
之後便揮汗出門了。直到傍晚，老人總算返回時，葵夫人已決定裁製三套和服及腰帶。
「孫八相當狡猾。」久兵衛在灶下對阿六說。「我去過幾處自身番和木戶番（註），那傢伙都先安排好了。」

先不提日本橋商家林立那一帶，此處以民宅和武家宅邸居多，外地人若頻繁造訪，便容易引起自身番和木戶番的注意。

「孫八一個月前便查出妳們在這裡。還沒在妳們面前現身，就來過好幾次，察看妳們的情況。他對木戶番編了一套周詳的說詞。」

內容不外乎老婆帶著孩子離家出走躲在這一區，都怪自己胡亂借錢，老婆害怕討債的上門才逃家，但現在不必擔心了。自己希望能破鏡重圓，卻又沒臉見老婆，想看看老婆孩子現在過得如何。基於這般情由，這陣子會常在這附近打擾，還請多多包涵……

不用說，孫八去拜訪時自然沒忘記帶上一瓶酒與點心禮物。

阿六又氣又驚訝。「好聰明的頭腦，怎麼能睜眼編出這些瞎話！」

「會做這種事的男人——也不見得是男人——準備都很周全。」

「那未免太周全了！」

「想撒謊騙過別人，無論腦袋有多不靈光，都要豁出去。」久兵衛微微一笑。「謊話說得不夠徹底，反而麻煩。」

那別有深意的語氣，令阿六不禁有些在意。那講法，彷彿透露著久兵衛自身的騙人經驗老到。

「既然他已有如此完善的布置，便無法拉攏轄區的岡引了。當不知雙方何者所言屬實時，奉行所的公役和岡引不會介入這類仲裁，因爲這是管理人和房東的工作，累死也賺不了一文錢。」

「這麼現實？」

「就是這麼現實。」久兵衛斬釘截鐵地回答，然後語氣稍微和緩了些：「我倒認識一個不是這樣的奉行所公役，但遠水救不了近火，只怕老天爺也不許我去請他幫忙。」

又是這種讓人在意的說法。但久兵衛恐怕也不是講給阿六聽的，那近似自言自語。

當天晚飯後，葵夫人房裡的話聲久久不歇。時而是久兵衛靜靜地笑，時而是葵夫人爽朗地笑，又是悄然無聲，又是喁喁細語。兩人有時還把聲音壓得極低，散發出極為隱晦、機密的氣息。

暫時撇開切身的麻煩，阿六無法不再次推想葵夫人的身世。莫非，夫人與老爺的關係並非「金屋藏嬌」便能解釋，而是有什麼非隱瞞到底不可的祕密？

或許是想著事情入睡的緣故，那天夜裡，阿六做了一個奇怪的夢。

夢境是在這個屋子裡。不知為何，四周漆黑一片，空無一人。黑暗中，阿六沒拿燈燭，孤伶伶地待在長長的走廊上。心裡雖明白這是夢，但那早已熟悉的屋內情景，卻如此鮮明而清晰。做著夢的阿六，對夢裡自己無所事事地呆站著感到不安。葵夫人在哪兒？阿幸和阿道呢？

不久，阿六發現夢裡的自己並非單獨一人。

走廊盡頭有道漆黑的影子蹲伏著。那是道好大的影子，是人的模樣。雖比周遭的黑暗來得深沉，但影子的線條融入其中，看不清輪廓。只知道那影子將身子縮成一團，似乎是雙手抱頭蹲著。

「什麼人？」

註：門衛值班小屋。江戶時代為維護町的治安，每一個町均設有町大門，由門衛負責開關門與巡邏。

夢中的阿六問。

「是夫人嗎？還是久兵衛爺？」

看來不像孩子們，因爲身軀的大小……不，那也不會是夫人和久兵衛。頭太大，背也太寬了。這東西不是人。

夢中的阿六驚懼地發覺時，那漆黑的人影忽地站起。幾乎觸及天花板的身量，隆起的肩頭，手腳的關節像瘤般突出。還有，絕不會看錯的，頭頂上那形狀駭人的兩根角。

是盜子魔！

「妳看到了。」

妖魔的黑影以低沉懾人的聲音發話時，阿六醒了，流了一身冷汗。

五

或許是爲了吊阿六胃口，兩、三天過去，孫八仍未出現。久兵衛沉著老練，對這情況沒多說什麼，只忙著細細檢查屋內各處，找出需要修繕的地方。一些阿六疏忽之處，諸如倉庫天花板有些微漏雨、空房地板底下的橫木開始腐壞等，一找到便記下修理所需的時日與費用，很是勤懇踏實。據說他當過管理人，應該是往日扎下的工夫吧？

賣菜大叔一臉開朗，覺得那男人的事是阿六太多慮了。

「鑽牛角尖不是好事啊。」

孩子就是孩子，討厭的東西不在眼前，阿幸和阿道便又如往常般開開心心地，不時想到外頭玩耍。即便阿六不答應，賣菜大叔也悠哉地講著「沒關係、沒關係，去吧！」完全沒了警戒。

「大叔，孫八可能在等我們鬆懈下來。」

阿六這句話，大叔也一笑置之。

「別這樣，阿六，何必這麼擔心？不會有事的啦！聽老人家的準沒錯。」

結果，孫八又過了三天才來。眞的來了——這麼一想，阿六反而鬆了口氣，但這又讓她一肚子火。無論來與不來，孫八都一樣令人心煩。

孫八一副興高采烈的樣子，要說是意氣風發嗎，總之是趾高氣揚，一張臉抬得老高，開口道：

「籌錢意外多花了點時間。抱歉讓妳久等了，阿六。」

久兵衛叮嚀過，要她別理孫八，立刻帶進屋裡見他，因此阿六忍住滿腹怒氣，領孫八入內。

「這樣妳的債就能還清了。去收拾收拾東西，馬上跟我一起走，也叫阿幸和阿道準備一下。」

進房前，孫八眉飛色舞地對阿六耳語。

久兵衛以眼神示意阿六迴避，阿六立即退下，專心打掃洗衣，但仍不時停下手邊工作，豎起耳朵聽久兵衛房裡的動靜，卻一點聲響都沒有。孫八沒高聲咒罵久兵衛，反而令阿六感到害怕。她逃也似地回到井邊。

過了半個時辰，或者更久一些？阿六覺得旁邊有人，一看，孫八就在身後。他一把抓住阿六的肩頭，阿六不禁大叫一聲，手上的井水吊桶一鬆，水花四濺。

「阿六，是眞的嗎？」

孫八的臉色變了，像黏了一張溼透的宣紙，死板泛青。他眼神空洞，眼底卻暗藏冷酷惡意。

「什麼眞的假的？」

阿六背對著井，使勁站穩腳步。

「預支啊。妳的債務有五十兩，是眞的嗎？」

抬頭一看，久兵衛已來到後門，鼓勵阿六般望著她，以一貫沉穩的表情與聲音吩咐：

「阿六，送客。」

然後轉向孫八，微微頷首。

「那麼我失陪了。」

久兵衛從後門消失了，一定是打算躲起來偷看吧。阿六深吸口氣，迎面盯著孫八的眼睛點頭。

「是眞的。」

「怎麼可能！妳怎麼會借錢借到五十兩？」

孫八不知羞恥地靠近，阿六連忙躲開，別過頭免得他呼出的氣吹到臉上，也把他的手從肩膀推開。

「爲了做生意，還有種種花費。」

「妳上當了！」

「我才沒有，夫人和久兵衛爺都不是那種人，不但把大筆錢借給遇到困難的新吉和我，還說可以一輩子慢慢還。」

孫八呸的一聲，往腳邊吐了口口水。「少胡謅了！我挑擔賣油比新吉久得多，做那種小生意，哪用得到那麼大一筆本錢！」

「誰胡謅了！」阿六也大聲回嘴。「借錢這種大事，我幹嘛要亂說！」

孫八第一次被阿六的氣勢壓倒，退了一步。阿六覺得好痛快。

「可、可是……」

「新吉死後，就像你講的，靠我一個女人家要養孩子實在不容易。債務又一步步增加了。但，夫人和久兵衛都稱讚我是盡心盡力地在做事，也從沒半句責備。我眞不知該如何報答他們的恩情。」

「所以，就算花上一輩子，我也要在這裡全心服侍，還清債務。」阿六堅定地表明。「孫八，事情便是這樣，就當和我無緣吧。五十兩這麼大筆債，我不能要你背。這麼做我也沒臉見死去的新吉。」

孫八退了半步，仔細打量阿六，從頭到腳都不放過。這感覺簡直像被溼黏的手撫過，阿六全身發癢，但也明白此時移開視線就輸了，便牢牢定住脖子不動。

「阿六。」孫八喚著靠過來，又像在耳語。「跟著我逃吧。」

阿六頓時再也忍無可忍，雙手將他一推。「休想！」

「爲什麼？哪有這種沒天理的事？五十兩妳一個人怎樣也還不了，妳被騙了。跟我一起逃走吧！好不好？孩子們也帶著。」

「逃得了債，卻逃不了背負的恩義。」阿六斷然回道。「要我對夫人和久兵衛爺做出忘恩負義的事，我辦不到。我要在這裡服侍夫人，直到老死。孫八，你就當阿六已經死了。」

阿六猛地行了一禮，直奔後門。進門後，反手唰地關上，只見久兵衛和葵夫人都在那裡。

「噓！」葵夫人在唇前豎起手指，以小得幾乎聽不見的聲音誇道：「阿六，幹得好。」

久兵衛從灶前小格子窗的縫隙向外望。阿六也走到他身邊，一起觀察外面的動靜。

孫八還戀戀不捨地站在井邊，朝後門看，似乎隨時都會過來。但不久便往旁邊地上砰地踢了一腳，轉身離去。

「走了……」久兵衛低聲道。「但願他會就此死心。」

「那個人說『跟我一起逃』。」

阿六這時才感到陣陣寒意，打起哆嗦。

「是啊，我早料到了。」葵夫人平靜地說。「往後他也許還會煩著妳，要妳跟他走。在這男人眼裡，我和久兵衛是貪婪的高利貸，阿六是個債務纏身的可憐女人。救出這樣一個女人，一起私奔，多英勇俠義呀！」

接著，葵夫人總算露出平日燦爛的笑容。

「不過，這麼一來便正中我們下懷。下次孫八來提這件事，久兵衛就會到番屋告狀：這男人不是好東西，教唆我們府裡預支了大筆工錢的女傭賴帳逃跑，番屋的人也不能不管了。」

原來是這樣安排的啊，分成前後兩段。阿六終於鬆了口氣。

「謝謝夫人，謝謝久兵衛爺。」

「阿六，妳謝得太早了。」久兵衛說道。「向番屋告狀時，我們必須提出預支借款的正式證明。那種東西多少張都做得出來，但五十兩這麼大筆錢借去做什麼用，要再多想想，和妳套好話才行。爲了不讓番屋的人起疑，得編造幾可亂眞的名目，爲此，妳死去的丈夫會被抹黑成私下嗜賭成性，或是花天酒地不成才……」

久兵衛相當過意不去地縮起雙肩。

「死人不能辯解，卻要妳丈夫背上無中生有的汙名。阿六，這樣妳也願意嗎？」

阿六以不輸葵夫人的爽朗笑了。「不要緊的。我那口子一定會說，如果這樣能讓阿六和孩子們安心過日子，我被講得再難聽都不算什麼。嗯，是啊，他就是這麼體貼。」

葵夫人與久兵衛對望一眼，調侃道：「阿六，妳現在還愛著死去的丈夫？」

阿六毫不遲疑地答了「是」後，雙手捂住臉。哎喲，瞧瞧她，臉紅了呢——葵夫人開朗的聲音，在灶下高高的天花板迴響。

六

然而，孫八沒有現身。

阿六每天在日曆上做記號。記了一輪後，阿六忍不住想：難道事情解決了？五十兩這筆天大的借款，對孫八那自以爲是的走樣腦袋也效用十足？

那天一大早，秋雨便滴滴答答地下。這幾天突然變冷，今早更能感到那股深深秋意。或許正是這樣，阿幸一起床就噴嚏連連，鼻水流個不停。

「看來是感冒了。今天是到法春院的日子，不過就請一天假吧。」

阿六讓阿幸睡下，但阿道卻精力十足，吵著要到外面、要到法春院，說什麼也不聽。不得已，阿六只好送她去。要出門接回阿道時，賣菜大叔正好擔菜來。

「我去幫妳接吧。」大叔說道。「阿道一個人在外面走動，還是太危險了。不過阿六，這接送要持續到什麼時候？」

對大叔嘲弄般的笑臉，阿六也報以一笑：「眞對不起大叔。不過，就到我滿意爲止吧……」到滿意爲止。當阿六懷著忐忑不安的心情問久兵衛「您能在這裡待到幾時呢？」他也是這麼回答。

「事情是擔心不完的。這個嘛，到我滿意爲止吧。」

那天很忙，來了兩個木匠，整修久兵衛在屋裡找出的一些不盡妥善之處。似乎有些修繕比預料中費事，連葵夫人也前來查看，一塊兒高談闊論。看到夫人一副生氣勃勃、樂在其中的模樣，阿六很高興。與其自個兒孤伶伶的，像這樣掌管家中大事才更適合夫人。

阿六這雀躍的心情沒過半天，便如同冷水當頭澆下般煙消雲散。賣菜大叔的兒子臉色大變，喘著氣跑來。

「我爹受了重傷，被人用門板抬回家，全身是血，半死不活的。昏過去前，緊緊揪著我的手直喊阿道。請問，這指的是你們這裡的阿道吧？我爹常提起……是阿六的女兒阿道沒錯吧？」

阿六頓時有如五雷轟頂。阿道？阿道怎麼了？

「這麼說，阿道沒跟大叔在一起？」

「應該要在一起嗎？」

阿六尖聲喊著阿道，在屋內四處尋找，但就是找不到人。她去法春院就沒回來了。

而賣菜大叔受了重傷，性命垂危——

是孫八幹的好事！

「不必到處找，等那個男人來就好。」久兵衛說的一點也沒錯。過沒多久，孫八踏著輕鬆愉快的閒散步伐來找阿六。兩人又在井邊談。

「怎麼了，阿六？看妳一臉鐵青。」

「阿道不見了。」

阿六由於氣憤和恐懼，聲音顫抖，連話都講不好。

「哦，這可不得了。被拐走了嗎？」

「是你帶走的吧？」

孫八吐出帶有餿水味的氣息，緊盯著阿六不放。

「是又如何？」

「你到底想怎樣？阿道在哪裡？」

「寄放在我朋友那裡。告訴妳，怎麼找都是白費力氣。我的人面廣得很。」

「阿道沒事吧？」

「現在沒事。」孫八哼笑般說完，整個身子靠過來。

「阿六，我不會虧待妳的，跟我私奔吧！這不難，妳現在馬上牽著阿幸，離開這屋子就行了。

什麼欠債，走了還能拿妳怎麼辦。」

阿六咬緊牙根，她知道孫八接下來會說什麼。

「妳不跟我走，這輩子就再也見不到阿道了。妳寧可這樣？把還債和阿道放到天秤兩邊量一量，哪個重要？」

從得知賣菜大叔的壞消息到現在，短短的時間內，久兵衛已簡潔迅速地對阿六下了指示。孫八來了後，先以言語攏絡他，拖延時間，只要一晚就好。

「阿六，妳的心情我明白。讓阿道在那男人身邊待一晚，實在令人難以忍受。這我非常清楚。但妳要忍耐。而且，在妳還沒表明態度前，那男人絕不會對阿道下手，這樣他才有籌碼叫妳離開這屋子了。所以妳要忍耐一晚。我保證，只要一晚就好。」

即使如此，阿六仍哭求著，要久兵衛讓她去番屋報案。只要說孫八拐走女兒，番屋的人再怎麼不通情理，也一定會把那男人抓起來。

然而，久兵衛搖頭。「的確，這次番屋也會採取行動吧。要逮住孫八輕而易舉，但走了這一著棋，那男人無論遭到什麼嚴刑逼供，不管是石壓還是倒吊，恐怕都不會吐露阿道的所在。那孩子藏在哪裡只有孫八知道，若不問出來，就算能把他關進牢裡，依舊是妳輸了。這一點他心裡清楚得很。」

「您是指，我和阿道會活生生被拆散？」

「對，沒錯。在孫八看來，這是最好的報復。」

要安撫自己的心，從沒像這次這麼難。阿六雙腿蠢蠢欲動，只想四處奔走找尋阿道；雙手陣陣發癢，只想掐住孫八的脖子。要克制自己，比死還難過。但阿六竭力忍住了。用力一抬下巴，看著孫八的雙眼說：「我現在沒辦法離開這屋子。附近的人都聚集起來，正四處找阿道，事情鬧得很大。要是我離開這個屋子在外頭走動，一定會引人側目。」

請你等一個晚上，明天天亮前再來一趟——阿六如此懇求孫八。

「到時候，你一定要把阿道帶來。要是沒親眼看到那孩子，我怎麼知道她平安無事？不，先別提她的安危，我根本不曉得你的話是眞是假。」

「別傻了。我哪有閒工夫帶阿道來這裡？難道妳不相信我？」

「不是不相信你……但，這就是做母親的心情呀！」

接下來這句話，阿六寧死都不想說，但仍使盡吃奶的力氣繼續，甚至還將手放在孫八的手肘上——葵夫人吩咐她要這麼做。

「孫八，你想成爲那兩個孩子的父親，就得體諒我的心情。」

孫八的嘴角放肆無恥地咧開了。

「做父母的心情是吧。唉，眞拿妳沒辦法。」

「那，你肯帶她來了？」

「不成，那可不行。」孫八似乎以阿六的懇求爲樂。「不過，要是妳明天跟我一起走，馬上帶妳去找阿道。這樣總行了吧？」

「可是……」

「我不能帶她來。妳傻了嗎？妳不知道我爲了帶走阿道，費了多少力氣。」

阿六憤恨得幾乎喘不過氣，好一會兒什麼話都講不出口。她頹然垂下頭裝作失望消沉，卻已用盡全力。

孫八拍拍她的肩。「別擔心，明天就見得到了。」

「那孩子是不是很怕？有沒有人照顧她？」

「妳放心，我怎麼會虧待她呢！」孫八親熱地環住阿六的腰。「像妳說的，我很快就要當阿幸和阿道的父親了。」

孫八一走，久兵衛與葵夫人顧不得氣到發抖的阿六，匆匆展開行動。不一會兒，久兵衛叫來轎子，交代夜裡會回來便出門去了。葵夫人將阿六與阿幸喊到自己房內，等阿六好不容易哄發燒的阿幸入睡後，緊接著談起下一步。

阿六難以置信。這樣的計謀當眞行得通嗎？也太異想天開了。不談別的，這世上眞有人能辦得到嗎？就算有，能一經召喚就來幫忙嗎？

「我——不，是我家老爺的人面很廣。」葵夫人露出魄力十足的笑容，「這麼說有些對不起孫八，但我家老爺見過的世面比孫八多得多，門路也多，當然錢也多，這點小事容易得很。」

「可是……」

「妳就等著看吧！然後，妳要照我們的話去做。成敗就看這事兒了，阿六，妳要好好地幹。」

半夜，久兵衛總算回來了。驚人的是，他還帶著五、六名男女，推著裝載了大批行李的車。

「我們要借用這幾位的力量。但，一切都由我安排，阿六妳完全不必操心。」

久兵衛解釋時，帶回來的那群人已分頭卸下行李，搬進屋內。數一數，共是五男一女。那女人年紀不小，卻仍豔光四射，經過阿六身旁時，以篦子挽起的奇異髮型散發出獨特的香味。

阿六心想，會是藝人嗎？同行的男子也不像一般人，而且每個人的身手都很輕快。

接下來整晚，阿六全副心思都用來與葵夫人商討。夫人說這叫「排練」。

「我想，反正妳也睡不著，就不勉強妳休息了。倒是得將明天要跟孫八講的話、做的動作好好練習一番，別弄錯了順序才好。」

夜漸漸深了，阿六動不動就想起阿道，忍不住掉淚，夫人鼓舞她、激勵她，顯得堅強無比。她態度是那麼冷靜，阿六甚至覺得她有些無情。

那六名奇異的男女在屋內四處喀嗒喀嗒、叩咚叩咚地忙個不停，直到天亮。他們在廊下一隅組起細竹片，似乎在做什麼機關，還有些紙糊的東西。無論做些什麼，阿六都猜不出個所以然來。

七

漫長的夜晚過去，天漸漸亮了。

葵夫人親手煮了飯，做了飯糰。阿六也想幫忙，但手不停發抖，腳也站不穩，什麼忙也幫不上。最後是葵夫人俐落地獨力完成，連那群男女的早飯都是夫人準備的。

「一定要讓身體有力氣。來，就當是吃藥，多少吃一個。」

在夫人力勸之下，阿六好不容易吃了一個飯糰。食不知味。一想到阿道不知道有沒有東西吃，不禁悲從中來，後半個飯糰簡直是和著眼淚吞完的。當朝霞為東邊天空添上顏色時，孫八悄悄到了。滿屋子的人大氣都不敢喘一口，好讓他能大膽來訪。

「準備好了嗎？阿幸呢？」

阿六絞著雙手說道：

「事情……變得有些奇怪。」

「奇怪？怎麼了？」孫八揚起眉毛。「難不成有岡引跑來？」

「不，不是這樣。」阿六不安地回頭看後門。「孫八，我跟你講，這屋子從以前就有個可怕的傳聞。」

阿六匆匆說出盜子魔棲息在這屋子裡的事。

「那又怎麼樣？」孫八十分不耐煩。

「所以夫人以爲阿道不見了是盜子魔作祟呀！」

阿六雙手握拳，急得直跺腳。這不是在演戲，她恨不得立刻搶回阿道、痛打孫八、挖他的眼珠、拔他的舌頭，焦慮得坐立難安。

「然後，昨兒晚上，夫人找來傳聞很靈的祈禱師，半夜開始做法，要召喚出盜子魔加以驅除，說這樣阿道就會平安回來了。」

孫八卻骨碌碌地轉動眼珠說：

「既然這樣，屋子裡一定鬧哄哄的吧？那不是正好，妳可以趁隙逃走啊。」

「但要召喚盜子魔，夫人怕阿幸會出事，便把那孩子帶進她房裡，關在壁櫥呀！所以我沒辦法帶那孩子出來。」

孫八噗哈一聲，大吐一口氣。「搞什麼？眞是笑死人了。什麼盜子魔，根本就是編出來的，怎麼可能有那種妖怪啊！」

「就是啊。」阿六嘴裡附和，內心卻不停咒罵：怎麼沒有？就在這裡，就在我面前。不就是你嗎？你就是如假包換的盜子魔！

「怎麼會搞成這樣啊……」

面對大感頭痛的孫八，阿六癡纏般哀求：「拜託你，幫忙把阿幸帶出來。我沒你那麼能隨機應變，一定馬上會被發現。我要先走一步。」

「咦，妳要先走？」

「我先走，等你帶出阿幸，行吧？」

孫八似乎瞧不出阿六有幾分眞心，遲疑了一會兒。

「眞要這樣？」

「嗯，當然。我該在哪裡等你？與其隨便找地方會合，不如乾脆就約在阿道那裡。分頭進行別人也比較不會注意。喏，可以吧？阿道在哪兒？」

孫八望著阿六的眼睛，想看出個端倪。阿六祈禱自己不要洩露眞心，但願自己能夠打心底撒謊。

「也對，這樣比較好。」孫八應道。阿六高興得快暈過去。

「阿幸在最裡面那個房間的壁櫥。阿道在哪裡？」

她抓著孫八的袖子問，他壓低嗓音，在阿六耳邊很快地說：

「向島一座叫元橋的橋邊，有家澡堂叫當湯，我寄放在那裡的二樓。我出來的時候，還睡得正熟。」向島元橋橋邊，當湯二樓。阿六複誦，牢記在心。

「那我這就去！」

「妳的行李呢？」

阿六用力將袖子一甩，做勢要打孫八。「死相！我可是要躲一筆五十兩的債！人能脫身還不夠嗎？缺什麼，將來你會買給我吧？」

孫八整個人頓時如陽春雪融般酥了。

「那當然，包在我身上！」

「小心點，從那個後門進去就行了。」

孫八東倒西歪地跑向後門，作戲似地背著門口，身子貼在牆上，細聽裡面的動靜後，才緩緩開門潛入。門沒關，便消失了身影。

阿六咕嘟一聲吞下口水。

唰！後門關上了。

「阿六，阿六。」

隨著叫聲轉身一看，樹籬後有個年輕人探出頭。

「我聽到了，向島的當湯是吧。」

「是的！」

「我是自身番的捨松，事情我都聽久兵衛爺說了。我這就跑一趟，請放心。」

久兵衛的安排眞是滴水不漏。阿六深深行了一禮，說道：「萬事拜託！」

捨松快步離去後，阿六轉往後門。

（這可是精采萬分的好戲，妳別錯過了。）

既然葵夫人這麼說，當然要瞧瞧。阿六嘴一抿，直奔後門。

阿六悄悄溜進屋內，立刻發覺有股腥味。這是什麼？簡直像吃剩的魚餿掉的味道。

阿六躡手躡腳穿過泥土地，爬上廚房，躲在走廊一角。擋雨滑門仍緊閉著，屋內該是一片漆黑才對，但走廊盡頭的房間透出蠟燭搖曳的黃光，爲走廊帶來些許亮光。

轟嗡！

有聲音，腳底傳來震動。阿六不由自主地按住胸口，一顆心快從嘴裡蹦出來了。

轟嗡！轟嗡！轟嗡！

阿六又驚又怕地探出頭，看見了難以置信的情景。

一道漆黑巨大的人影，頭上長著角，和夢裡看到的怪物一模一樣，而那怪物就在走廊盡頭。

轟嗡！腳都發麻了。這是腳步聲，那怪物走動的腳步聲。

盜子魔的腳步聲。

接著粗啞沉悶的聲音震動了牆壁和天花板。

「是誰在叫我？」

是盜子魔在說話嗎？

「叫醒我的是什麼人？」

鏘鎯鏘鎯鏘鎯！鈴聲響起，衣物劇烈摩擦，接著一個冷冽的女聲開始吟誦。是咒語。

「嗡、馬卡、索拉、瓦、吉塔力、吉塔力、桑、哈、崆、喔列愛阿、索來阿，吾乃鬼道巫女傳人……」

盜子魔的影子從走廊消失，進入房間。阿六爬也似地在走廊上前進，用力咬緊打顫的下顎，僵了好一會兒，才伸長脖子往房裡看。

房內到處點著蠟燭。燭光中，昨晚那個發出異香的美女一身白色裝束，雙手捧著一長條縫綴無數鈴鐺的布，手舞足蹈地跳著。邊跳繼續念誦咒語。

「嗡、馬卡、索拉、瓦，無名者，聽令前來！吾乃鬼道巫女傳人……」

「為何叫醒我？」

阿六猛一仰望天花板。盜子魔巨大的影子，不知何時已附在房裡天花板一角，宛如一隻龐大的蜘蛛。

「為何呼喚我？」

白衫美女的誦咒聲戛然而止，搖動鈴鐺將布一揮，抬頭看了天花板的黑影後，深深一禮。

「為冥府魔道獄卒追討者，踞於黃泉盡路阻道之無形者，今有求於爾。懇乞歸還爾掠劫之幼靈。爾所欲者乃無垢之魂，然該魂尚屬人世，即欲懲其誤闖爾影之無禮，掠劫而去乃令眾生一味驚恐之愚行。」

天花板上的黑影顫動。

「此屋乃本魔居處，擅闖者一概食之無赦。」

眞有此事？阿六屏息，直到痛苦得呻吟喘氣，才發現自己原來忘了呼吸。

這就是盜子魔——原來眞的有盜子魔，眞的就棲息在這屋子裡。

「踞於黃泉盡路阻道之無形者，莫非已忘卻爾誓從阿彌陀淨土之約？」

白衣女子朗聲吟道：

「爾非危害此地之影，乃為此地求光明者。依亙古之訓，爾應落足何處？爾何故偏離淨土之路？何故猶疑迷途？」

怎麼有種吹泡般的聲音？阿六正覺奇怪，才發現孫八就癱倒在圍繞著白衣女的燭光圈旁。只見他張開了嘴。

「我猶疑，」頭上的黑影仍微微顫動，「乃因此屋有血腥之氣，有我等同胞生靈之氣。」

巍巍顫，顫巍巍。阿六抬頭看，總算明白那是因爲妖怪在笑。

「妖魔眷屬所在之處，即我落腳棲息之處。此血腥乃我等同胞之鐵證。」

白衣美女露出震驚的神情。鏘！搖動了鈴聲。

「既如此，彼亦誤入魔道，誤上歧路，乃過失之證。阻道之無形者，應掠劫者乃為爾之同胞。我等未抵黃泉、無力窮究六道之人，以此血肉之軀，欲救落魔障之道者亦不可得。復懇乞以爾之力絕此歧路，消災解難，速返黑影應在之處！」

阿六看到天花板上的妖魔影子，似乎猛然探出了身子。

「既如此，此乃歸我所有。」

生了利爪的手愈伸愈長，直往癱倒在房裡一個勁兒發抖的孫八去。

「將此嗜食人血之我等同胞，奉予此影乎？」

「然！」美女的聲音凜然響起。「將此殺人凶手之血，奉予鬼道眾之長！」

孫八大叫一聲，試圖逃走。他嚇得使不出力氣，拚命抓著榻榻米往後退。巨大的黑影追上他那窩囊的模樣，籠罩其上。

「不是我，不是我！我不是殺人凶手！」

「掙扎無用！來路不明之人！」美女回頭指著孫八。

「你已無路可逃！將你靈魂所浸淫的不淨之血，奉予鬼道眾！」

這時，阿六看見了。盜子魔原本在天花板一角的黑影，輕輕降落在房裡。形體大得必須仰望，而那突出頭頂的角之下，黃色的眼睛猛然大睜。

「救命啊！」

孫八魂飛魄散的叫聲，讓阿六不禁雙手掩耳。

「這帖藥下得太重了些。」

久兵衛訕訕笑著。葵夫人正品味著剛泡好的清香的茶。

大夥兒都在夫人房裡。演完那齣大戲後，曾做爲舞台的這個房間已收拾妥當，屋內各處都焚著香，但仍有一絲腥味。

「讓那男人就此發瘋，番屋辦起案來想必相當棘手。」

葵夫人對久兵衛這句話露出滿意的笑容。

「這樣也好呀，久兵衛，反而更安心呢。孫八再也不能為非作歹了。」

阿幸與阿道在隔壁房，親熱地睡在同一個鋪蓋裡。這樣阿道一定會染上阿幸的感冒，但兩人不想分開，阿六也沒辦法。阿六坐在唐紙門敞開的門檻處，一會望著夫人，一會又看看阿道她們。

「不過呢，我也希望他的腦子能轉醒些，好好招出把賣菜大叔打得半死及害死新吉的罪行。」

那群不可思議的男女已離開此處。

到頭來，一切當然是場大陣仗的戲，是戲法表演。而那群男女，據說是箇中好手。

「那六個人以前是表演戲法與幻術的戲班子，在東兩國相當出名。」葵夫人告訴阿六。「最拿手的，便是利用幻燈機搭配機關人偶變出來的大型幻術，但壞就壞在戲法太高明了，遭官府盯上，再也無法在江戶城內表演賺錢。但老爺看了後，欣賞他們高明的手法，多年來做為他們的後盾。那些人也感激老爺的恩德，因此儘管這回事情如此緊急，也樂意接手。」

戲法與幻術啊。原來那盜子魔的黑影也是做出來的？即使聽夫人這麼講，阿六還是半信半疑。在她看來，那真的是盜子魔現身，異形妖魔真的從陰世降臨，將在人間作惡的孫八稱為「我等同胞」帶走。

而且，那異形妖魔和阿六夢裡出現的盜子魔分明一模一樣。

「接下來的事，由我包辦。」久兵衛說著，對阿六微笑。「阿六，妳再也不必擔心了。」

「阿六好像還在出神呢。」

葵夫人笑了。

「妳該不會覺得孫八落到那個下場很可憐吧？」

「哪裡，我怎麼會。」阿六連忙搖頭。「只是，實在太逼眞了，讓我一心相信盜子魔眞的來過。」

「哎呀，這邊也有個藥下得太重的！謎底都揭穿了，還在夢裡醒不來。」

後頭有人叫門，聽聲音是賣菜大叔的兒子。阿六想起身應門，久兵衛卻阻止了她。

「我來吧。阿六就待在這裡。妳現在還一刻都不想離開孩子吧？」

久兵衛一走，葵夫人便放下茶杯，轉頭面向阿六。

「講眞的……阿六，妳還好吧？」

「我、我沒事。」阿六端正姿勢。「謝謝夫人。無論我怎麼謝都不足報答夫人的大恩。」

阿六伏地一拜，葵夫人什麼都沒說。良久，阿六抬起頭，夫人正看著阿幸和阿道的睡臉。

「這點小事，不必放在心上。多虧了妳和這兩個孩子，我過得很開心。」

「可是……這些安排，一定花了夫人不少工夫和錢。」

「或多或少吧。不過，錢我多得能拿去賣，老爺也一樣，妳不必覺得虧欠。」

「而且呀，」夫人微笑道：「很久以前，那戲班的人就答應要幫我一個忙。方式雖然和這次不同，不過呢，相較之下，這樣好多了。」

「幫夫人的忙？」

「對。我呀，希望能用那種幻術騙過某個人。」

夫人講得輕鬆，眼睛卻突然溼了。那模樣阿六沒錯過。

「阿六，這屋裡眞的沒有盜子魔。今天妳看到的是假的，妳就照往常那樣，放心留下來吧。」

說實話，依阿六當時的心境，很難立刻回答「是」。她的心……對，正像那鬼影般巍巍顫顫。

所以，她只是默默點頭。

「眞的，我保證，再沒比這更確實的了。」

葵夫人自言自語般喃喃道。

「這裡不會出現可怕的妖魔，因爲，已住了比妖魔更可怕的東西。」

「咦？」阿六看著夫人。「夫人？」

「呵呵呵。」夫人抿嘴而笑，然後像傾訴祕密般，將手掌圈在嘴邊：

「阿六，我呀，是幽靈。」

「夫人是……幽靈？」

「對。而且，」夫人有些遲疑，又看了阿幸和阿道的睡臉一眼，小聲繼續道：

「我比盜子魔更壞，我是個拋棄孩子的母親。」

阿六什麼都不敢說，覺得最好裝作沒聽見這句話。將來夫人一定會後悔告訴阿六這件事——阿六心裡這麼想。另一方面，內心深處卻隱隱不安起來。

幽靈。拋棄孩子的母親。

葵夫人寂寥的現在，與不欲人知的過去。

久兵衛回來了。「阿六，賣菜大叔醒了，保住一命。葵夫人，看樣子沒事了。」

「啊，那眞是太好了。」

與滿面笑容的夫人相視點頭後，阿六撫著胸口。啊，眞是太好了。事情眞的就此結束了。

「夫人，今晚想吃什麼？」

阿六問道，設法露出笑容。

「阿六會多準備夫人愛吃的。」

「哦，是嗎。那就讓妳請客囉！」

「對了，明天或後天，老爺應該會來。」夫人說道，因爲這陣子老爺出了一趟遠門。老爺一定是特意這麼安排，等孫八的事解決了才來。阿六深深感到過意不去。不過，已經結束了，一切都恢復原狀。

對，恢復原狀了。夫人的過去，不欲人知的隱情，都不是阿六能夠過問的。

無論內心多麼悲傷不安……

眞心三昧

一

井筒平四郎感到很爲難。

平四郎周身擺著以秋季當令食材烹製的各色菜肴。想必阿德是把家裡的器皿全搬出來了，盤子、碟子、漆碗，形形色色不一而足，有的甚至缺了角。

阿德的滷菜鋪今日公休，灶裡也沒生火。灶前坐著睜圓了眼的小平次，望著眼前的豐盛菜肴。阿德一樣也給了他筷子盤子，但他什麼都還沒碰。沒想到他不是個貪嘴的人。另一方面，平四郎則是從頭吃到尾。菜肴極爲可口，令他愈吃愈起勁。

吃了好一會兒，這才爲難起來。

「大爺，很好吃吧？」阿德說道。

阿德有如廟前的金剛仁王像般矗立在一旁，挽起的袖子露出壯碩的手臂。

剛才將巡視市街順道經過的平四郎喊進來時，阿德的樣子和平常沒什麼兩樣。這陣子平四郎爲瑣事奔波忙碌，上次造訪阿德的滷菜鋪已是四天前的事了。聽到阿德「大爺大爺」地喊，自然大爲高興。即便沒喊他，他也打算去吃個滷菜。

然而，等在那裡的卻是阿德熄了火的鍋子，及這一桌好菜。

平四郎與阿德是老相識了，自阿德還住深川北町的鐵瓶雜院時便是熟人。由於種種情由，鐵瓶雜院已不復存在，因身爲地主的築地湊屋——參鮑翅盤商——拆掉雜院，改建成大宅。

而這「種種情由」，平四郎曾深入其中。阿德同樣也深入其中，只是方向與平四郎略有不同。此事在他們心裡各自留下傷口，但這傷口的所在仍舊略有不同。

阿德是鐵瓶雜院最老資格的房客，眾人仰賴她的程度不輸管理人。將住處與賴以爲生的滷菜鋪，移到這位於柳原町三丁目南辻橋邊的幸兵衛雜院，眼看也快一年了。這一年當中，阿德在這幸兵衛雜院同樣地照顧眾人，備受倚賴。

總之，她天性如此。

阿德熱心助人的個性，加上她可口的滷菜，不管鋪子開在何處，生意都同樣興隆。對此，平四郎當成自己的事一樣高興。像阿德這般勤奮的人能有好報，是大太陽底下難得的好事。

阿德在鐵瓶雜院裡，先是與結縭多年的丈夫死別，之後雖有一名叫久米的女子相伴，但爲時甚短，其後還爲她送終，如今又是形單影隻。無論精神如何健旺，隻身一人，總伴隨著一絲寂寞，加上阿德並非始終是一個人，更顯得格外孤單。

因此自阿德移居幸兵衛雜院以來，平四郎不知暗示過多少次，勸她不如趁機擴大買賣。僱了人、爲新的生意動腦用心，日子自然會熱鬧起來。

柳原町三丁目比起鐵瓶雜院所在的深川北町，更靠近本所深川這片新生地的外圍。商家鋪子當然也不少，但信步而行，便可見片片菜園，地主大宅和武家別邸也散落此間。依平四郎看來，阿德不僅可用以碗計價的滷菜做市井小民的生意，也可試賣外燴或飯盒賺這些大宅的錢。憑阿德的手藝綽綽有餘。而且，幸兵衛雜院雖較鐵瓶雜院來得小，房客也少，但也因此，阿德租的外雜院房間相當寬闊，要多設口灶、包吃包住僱個幫手，應該也不成問題。

阿德分明不可能不懂平四郎的暗示，卻推三阻四故作不解——如今我也不想賺什麼錢，只要夠過日子就好了。平四郎一說做生意不光是爲了錢，阿德便裝傻「噢，大爺，那你講講還能爲什麼？」

因此，平四郎見阿德起勁地喊他，邊應著「來了來了啥事」，邊往店內一瞧，看到席上擺滿了各式菜肴時，眞是又驚又喜，心想阿德終於開竅了，拿著筷子的手輕快地在杯盤碗碟間來去，吃一樣誇一樣，讚不絕口。

但過了一會兒，平四郎便發現他愈稱讚，阿德的臉色就愈難看。不止表情改變而已。平四郎誇了一盤，阿德便用力握緊拳頭；吃了兩盤，阿德坐在空酒桶上沉吟；掃光四盤的時候，她終於站起來，雙手扠腰。

然後，凶巴巴地逼問：「大爺，很好吃吧？」

「嗯，很好吃。」

平四郎別無他法，老實回答。阿德來到一屁股坐在席上的平四郎面前，壓倒他般俯視著他。

「每一樣都很好吃吧？」

「嗯。」平四郎舔著筷子尖笑了。

「但妳的表情倒挺可怕的。」

灶前的小平次縮著脖子，心裡肯定正在暗叫「嗚嘿」。

「妳是怎麼啦？不滿意自己做的菜嗎？每一樣都很出色啊，真的很好吃。」

「有這麼好吃？」

「當然啦，不管是烤的炸的涼拌的，全都好吃極了，不輸八百善和平清。這絕對能賣錢。我就說，阿德的手藝光賣滷菜太可惜，我的眼力果然不錯。不對，不是眼力，應該是舌力吧。」

平四郎耍起嘴皮子，阿德卻笑也不笑。別說是笑了，她甚至轉身背對平四郎，「啊」的一聲大嘆，重重往先前坐的空酒桶坐下，整張臉都脹紅了。

看樣子，阿德在生氣。

平四郎斜眼偷看小平次，小平次也同樣看著平四郎。他是跟隨平四郎的中間，對平四郎忠心耿耿，但膽子比平四郎還小，萬一要是阿德失控大鬧，他定會一個箭步先往大街上逃，再大聲呼救。小平次的忠義便是如此忠義法。

「怎麼？阿德，妳被妖怪附身啦？」平四郎開玩笑。「到底是怎麼了？」

阿德沒回答，連臉都變成金剛仁王了。

阿德較平四郎年長，平日不怎麼敬畏平四郎，常口沒遮攔，有時似乎連平四郎是奉行所公役都忘了。只不過，平四郎知道他不須擺出官差的架子，阿德早用她自己的秤掂過他的斤兩，對他青眼相待，因此他從不把阿德的態度放在心上。

——話雖如此，阿德這個樣子不尋常。

阿德一張嘴兩端猛往下垂，來回瞪著那些菜肴。然後，發牢騷般道：

「燉茄子，炸小芋頭芡味噌，滷香菇雞蛋蒟蒻。」

一樣樣邊說邊指。

「大爺吃得心花怒放的那串雞肉丸子，用的不是普通的雞，是鵪鶉哪，鵪鶉。別有一番風味，很別緻吧！然後，那條小魚是紅葉鯽魚，在琵琶湖那邊才抓得到，一到秋天鰭就會變紅，才得了這個名字。在京都醃過稍加風乾，要特別進貨才買得到。那是沾上甜鹹醬汁去烤的。」

小平次「嗚嘿」一聲，極爲感佩。

「好花工夫啊。」

「既花工夫又花錢。」

「很了不起啊，阿德。」平四郎再讚一聲。「妳幾時學會這麼多道菜的？」

「我說啊，大爺……」

阿德深深嘆了口氣，臉上的火紅也退了。

「這些沒一道是我做的。」

「不是妳做的？」

「對，是別地方買來的。」

平四郎與小平次對望一眼。

「這眞是大手筆。妳怎麼會一時興起，請我們來打牙祭？」

「光是用了雞蛋的菜色就有三道之多。」小平次說道。對他而言，鵪鶉和罕見的鯽魚都比不上雞蛋，雞蛋才是最奢侈的。

「一點都不大手筆。」

「買這麼多還不算？」平四郎往大堆菜肴一揮手。「這裡至少有二十道吧？肯定要花不少錢……」

講到這裡，平四郎突然閃過一個念頭。「妳中了彩票是不是？哪裡的？中了多少？」

阿德搖頭。「我才不會買什麼彩票，這一點大爺也知道吧？」

的確，阿德向來認定想靠彩票發橫財的人都不是好東西。

「大爺，你猜這些是花多少錢買的？」

「我猜不出。」

「這全部啊，」阿德揮揮圓滾滾的手臂，「和買我一整鍋的滷菜，是一樣的價錢。」

原以爲小平次定會喊一聲「嗚嘿」，他卻笑了出來。「大爺，阿德姊是想哄我們啦。」

平四郎沒笑，因爲他發現阿德撇下了整個嘴角，一臉隨時會哭出來的樣子。

「人家這樣賣，我的生意根本不用做了。」

阿德不是在發脾氣，而是一味地懊惱。

阿德的競爭對手半個月前才搬進幸兵衛雜院。幸兵衛雜院面向大路的外雜院只有四戶，其中最靠邊的是阿德，而那家小菜館則開在另一頭的邊間。

那小菜館主人是個女人，名叫阿峰。歲數不明，但顯然較阿德年輕（那是裝年輕啦——阿德恨恨地說），穿著打扮聽說也很華麗。

平四郎一離開阿德那裡，站著思索了一會兒，便往幸兵衛家走去。他想在見阿峰本人前，先聽聽管理人怎麼講。這位生意手法豪闊驚人的房客，背後有些什麼，管理人一定知道。

因爲這是管理人的職責所在。但姑且不論職責，平四郎知道幸兵衛原本就是個對銀錢很精的老人。說得好聽是「精」，其實應該說「貪」才對。簡言之，就是頭唯利是圖的老狐狸。年紀已七十好幾，個頭小，又瘦如槁木，總是怯懦地眨巴著眼睛，但絕不能因此對他掉以輕心。每眨一下眼睛，幸兵衛內心深處的那把算盤便滴答作響，平四郎都聽在耳裡。

一去，幸兵衛在家，說是感冒，穿著好幾件衣服，還裹了頸圍。滿屋子濃濃的烤蔥味，想來是塞在頸圍裡吧。這確實是個保暖喉嚨的好法子。夏天的蔥雖硬得不能吃，卻能做爲藥用。

幸兵衛有個叫阿園的老伴，但這幾年腰腿下盤出了毛病，連獨自起臥都成問題，自然無法打理家事，因此幸兵衛與女兒夫婦一起生活。他這個叫阿秋的女兒和父親截然不同，是個好脾氣的女人。聽到父親與平四郎的談話聲，急忙從後頭灶下趕來招呼，拿坐墊請客人上座，連聲說著「屋裡亂眞不好意思」，一面動手收拾，好不勤快。

「妳不用忙，何況一點也不亂。倒是喜一好些沒？」

喜一是阿秋的丈夫，是專爲繪雙紙製版的雕版師，雕工絕佳，平四郎也頗有耳聞。喜一受聘於通油町那家江戶數一數二的繪雙紙鋪鶴屋，聽說許多繪雙紙作者都指名要他雕版。

但喜一半年前便爲無法根治的針眼所苦。患部就在右下眼瞼，好了又長、好了又再長，一直無法根治。喜一的技術純熟，這毛病雖不至於妨礙他的工作，但總是令人心煩。

這件事平四郎是從阿德那裡聽來的。愛照應人的阿德實在同情喜一和阿秋，到處打聽對眼病靈驗的神社，找尋能治針眼的藥。

「哎呀，連井筒大爺都爲我們操心，眞是不好意思。」

阿秋剛才可能在揉麵團吧，一雙手白點斑斑，有禮地鞠了個躬。

「託您的福，這幾天好多了。要是這次能根治就好了。」

或許是感冒畏寒，幸兵衛縮頭縮腦，模樣比平時更寒傖了。聽女兒殷勤地應答，一臉不屑。這也是從阿德那裡聽來的，據說幸兵衛非常反對女兒嫁給繪雙紙的雕版師，所以阿秋當年離家時，形同與喜一私奔。那是將近二十年前的往事了。

幸兵衛和阿園除了阿秋，還有兩個兒子，但雙雙早夭，能依靠的就只有阿秋。因此當老伴臥床不起，幸兵衛身旁無人，寂寞又不便，才總算跟女兒和解，叫女兒回來——就幸兵衛這方是如此。但對喜一和阿秋而言，喜一賺的錢足夠兩人生活，根本不必硬從日本橋搬到深川外圍。然而，夫婦倆還是放不下年邁的父母，便答應同住。

據說喜一捨不得往返通油町和深川的時間，工作忙時，會在店裡的工坊一連住上好幾晚。他和阿秋即使在旁人眼裡也是對鶼鰈情深的夫妻，心中其實不願這樣吧，但他仍爲了雙親忍受不便。女兒女婿分明這麼孝順體貼，幸兵衛卻至今仍動不動便擺臉色。眞是個令人傷腦筋的老頭，平四郎暗自苦笑。

「妳娘好嗎？」

「還是老樣子。」阿秋開朗地笑了。「雖然躺著，針線活兒還是靈巧得很呢！娘還說，我的眼睛不好也不打緊，眞想和喜一換一換。」
原來岳母是站在喜一這邊的，只見幸兵衛對這句話露出了不悅的眼神。
「井筒大爺很忙的，別在這兒窮耗大爺的時間。還有，客人來了要馬上奉茶才對。」
啊，是是是。阿秋答著，和顏悅色地站起身。候在平四郎身後的小平次機警地說「我也來幫忙」，儘管阿秋推辭，還是跟著到灶下去了。
「你感冒躺著養病，我還來打擾，眞抱歉。」平四郎打開話頭，將坐墊拉到屁股底下。
「也沒躺著，只是有些畏寒而已。」
幸兵衛眨著眼回道，內心可能在算計什麼吧，平四郎總覺得他眨得比平常更快。
「外雜院新開的小菜館啊……」
幸兵衛眨眼的動作頓了頓，才又開始眨，感覺像是「來了，我就知道」。幸兵衛可不是個糊塗的管理人，心裡多半早料到遲早會有人——未必是平四郎——爲此事來訪。
「做生意眞是海派啊，連我都大吃一驚。那麼豪華的菜竟賣那樣便宜的價錢，眞不知本錢怎麼合算？」
幸兵衛的小眼看著平四郎，連聲咳嗽，然後緩緩問道：
「您聽阿德說的？」
「嗯。」平四郎坦率承認。「阿德懊惱得很，說生意做不下去了。」
「也難怪。」
「那麼，你也覺得阿峰的作法有問題？」

「當然。早知道那女人做生意這麼亂來，我絕不會讓她踏進這雜院一步。」

平四郎端詳著幸兵衛的表情，想起了久米的面孔。久米這女子大半輩子都靠賣春度日，後來在鐵瓶雜院是阿德幫她送終的。

久米是個妓女沒錯，但胸無城府、率眞可愛。她在幸兵衛雜院住了多年，卻一文房租都沒付過。換句話說，是幸兵衛和久米交易，讓久米免費住在這裡。

然而，幾年前幸兵衛終究抵不住歲月的浪濤，無法再「買」久米了。如此一來，交易便無法成立，久米於是搬到鐵瓶雜院。久米是怕自己繼續住在幸兵衛雜院，每付一次房租，管理人就會跟著感到身爲男人的面子掛不住，基於同情才搬家的。

這個久米也已不在人世了，牌位由阿德供著。每個月到了祭日，阿德便會喃喃地說，依她那種個性，閻羅王一定會很疼她的。

久米雖令人懷念，但眼下得先擱在一旁。平四郎思考著：幸兵衛曾有與久米交易的「前科」。既然如此，遇上阿峰這女人，幸兵衛是否也與她做了某種交易，所以雖事前便問出她要做什麼生意、明知紛爭難免，卻依舊讓她住進雜院？照道理也不無可能。

但，至少就眼前這張臉看起來，幸兵衛似乎當眞心下忿忿。

「我早就好生叮嚀過那女人，告訴她同一棟外雜院裡還有阿德的滷菜鋪，要她確實答應不會妨礙彼此生意，卻……」

「你勸過了？」

「當然。」幸兵衛瞪大眼睛，跟著又咳起來。

「我說，依她的作法，阿德會倒店，而且再怎麼想，這樣做生意也太奇怪了。結果那女人竟回嘴，還回得頭頭是道。」

——管理人，我想人情世故您是最懂的，但做生意您就是門外漢了。生意要做得好，不光靠賺賠，最重要的是先做出口碑。這種鐵定賠本的生意，我也不打算一直做下去，只會做到這一帶都知道有阿峰這家小菜館而已。

——再說呀，管理人，便宜的東西賣得貴是沒良心，貴的東西賣得便宜，又有什麼不對？

——我的小菜館招來客人，這些客人自然也會光顧旁邊阿德姊的鋪子，阿德姊絕不會吃虧的。這點，她一定很快就會明白。

平四郎摸摸下巴，拔下一根剃漏了的鬍子。

這女人還眞強悍。而且，講的話挺有道理的。

「她說鐵定賠本？」

「是，她這麼說。」

「那麼，她應該有足夠虧本的資金吧。就是靠這筆錢貼補，她才能用現在的手法做生意。」

那鋪子再海派，規模充其量不過是外雜院的一間房，又新開張，不管是青菜鋪還是魚鋪，更別提鶴鶉了，都不會讓這樣的店家賒帳，每次進貨定都得付現。

「阿峰獨身嗎？」

「是，她本人是這樣說的。」

「有孩子嗎？」

「沒有。」

「有傭人嗎？」

「兩個，都是女的。其中一個還是孩子。」

「她們眞的都是傭來的嗎？」

「這個嘛，看來不像家人，且她們都喊阿峰『老闆娘』。」

這麼一來，兩人的工錢也是由阿峰付了。

「房租呢？」

「啊？」幸兵衛睜大了眼，接著眼睛又快速眨動。

「照她那種做生意的法子，想也知道不可能賺錢。看在你眼裡，會擔心阿峰付不出每個月的房租也是當然。這你確認過了嗎？」

幸兵衛將下巴埋在頸圍裡咳嗽，卻是乾咳。

「怎麼樣？」平四郎追問。

幸兵衛不情不願地招認：「……我要她先付了半年份。」

「原來如此，再加上一點紅包，是吧？」

幸兵衛沒作聲，但等於是默認了。平四郎得意地賊笑。

管理人眨巴著眼睛，撥動內心的算盤。想必是在驗算——確實收了紅包，自以爲得了好處，但若得看平四郎如此奚落的臉色，大受其辱，那包「紅包」的分量究竟夠不夠？

「那，阿峰是打哪裡來的？」

平四郎這一問，又讓幸兵衛止住了眨眼，撂了嘴角。

「就是喜一。」

女婿的名字在意想不到的地方出現。

「喜一？」

「是他拜託我的，說阿峰是鶴屋的貴客，因爲某些緣故想搬家，死求活求要我幫忙。」

「那麼，介紹信呢？」

那是收房客時的身分證明。

「是鶴屋出的。」

這就怪了。商家鋪子給客人方便並不稀奇，但喜一不是鶴屋的夥計，是請來的雕版師。雕版師與繪雙紙作者走得近不稀奇，但與客人應該少有接觸才是。阿秋知道這件事嗎？平四郎暗自思忖，接著站起身。看情況，最好先瞧瞧阿峰那女人是何等模樣。

「打擾了。這個時期的感冒不容易好，你要多保重。」

平四郎來到外面，小平次也立刻跟上。平四郎細細打量中間這張熟悉的圓臉。

「沒奉茶。」

「我想大爺應該喝不下了。」

「嗯。你和阿秋說了什麼？」

「我問她，這邊阿峰的小菜館生意如何。」

幹得好。「那？」

「據說有口皆碑。不過，阿秋和雜院裡的女眷們都覺得對不起阿德，誰也不買。」

「眞有義氣，阿德命不錯啊。」

平四郎晃蕩回幸兵衛雜院。沒經過阿德家前，特地從後面繞，再回到阿峰的小菜館前。門半掩著，應該不是歇業，而是還在準備吧。此時中午已過，離傍晚又還有一段時間，說早不早，說晚不晚。

炊煮的香氣從門口傳到大路。看得見燒烤的煙，也聽得見裡面女人咭咭呱呱的談笑聲。

平四郎吩咐了小平次幾句，自己躲到附近的消防儲雨桶（註）後面。小平次看他躲好了，便探頭到小菜館門內，叫聲「有人在嗎」。立刻便有年輕女孩出來，但聽小平次問起這裡的老闆娘，便又進去，喚來一個身材嬌小、膚色白皙的中年女子。她髮髻梳得小小的，粗紋和服下襬收得較短，俐落別緻。那身打扮在平四郎看來，顯得相當能幹勤快，但不時露出的纖細足踝卻又別具風情。

「哎呀，官爺您辛苦了。我們是新來的，還請多關照。」

阿峰向小平次行禮。聲音略微沙啞，但說起話來老練世故。

「不必這麼拘禮。我想問問，妳這小菜館也做飯盒嗎？」

小平次努力擺出威風的派頭。阿峰高興得呵呵笑，一口答應，表示多少個都做。

「那麼，近期內可能要麻煩妳，到時就拜託了。」

「謝謝官爺！」

不止阿峰，其他女子也同聲唱和，活力十足。

小平次一回來，平四郎便沿著來時路離開了幸兵衛雜院。阿峰眞是風韻不減的佳人，此其一。

儘管喜一老實且疼老婆，有個難伺候的岳丈不免令人心生厭倦，此其二。兩者像湊得到一塊兒又湊不到一塊兒，當然是湊不到的好，但若一個不慎，似乎又會湊在一起，眞教人安不了心。

二

在擔任現在的本所深川方臨時迴前，平四郎有長達十五年的時間，官拜諸式調掛。諸式便是察看物價、監管不當買賣的職司，所以平四郎對買賣還算了解。

平四郎匆匆回到宿舍，在自己的書案前坐下，攤開紙磨了墨，想算算做出一桌阿德請他吃的菜色，究竟得花多少本錢。

這一算便入了神，中途似乎聽到細君喚他，但嫌麻煩，便來個相應不理。

突然間，一隻手從肩頭伸過來，嚇了他一跳。

「姨爹，這裡加錯了。」

是弓之助，平四郎的外甥。他是細君那邊的親戚，身爲男孩卻有張美麗非凡的臉蛋，不僅如此，腦筋也極聰明。

「原來是你啊，你來做什麼的？」

註：日文漢字爲「天水桶」。江户民宅密集且爲木造，一旦發生火災往往災情慘重，因此多於街角、店頭、廟宇或屋頂放置木桶，內儲雨水以備消防滅火。

弓之助無辜地答道：「姨媽幫我通報，叫了好幾次姨爹都不應，我便候在一旁。」

「什麼時候進來的？」

「正好是姨爹在……」弓之助看著平四郎寫的東西說道，「計算鵪鶉進價的時候。這進價會不會太便宜了些？這陣子所有鳥禽肉都很貴呢。」

「你怎麼連這都知道？」

弓之助的家是名為河合屋的染料盤商。

「禮尚往來乃為商之道。」

「那，你覺得該是多少？」

弓之助從平四郎手裡取過筆來，改了幾處價格，均是往高處改。如此一來，阿峰的生意怎麼算都會大虧特虧一事，就更明白了。

「順便也把這裡加錯的訂正。還有，這裡的乘法也錯了。」

「你不但會測量，連算術也拿手啊。」

「測量和算術是分不開的。不過姨爹，您為什麼不用算盤呢？」

「我討厭算盤。」

這時，突然有人「呼哇」地打了哈欠。

平四郎一回頭，發現唐紙門前端坐著一個紅衣少女，又是一驚。

「呀啊！」

於是少女伏拜在地，問候道：「初次拜見姨爹，甥女名叫阿豐，向姨爹問安。」

平四郎匀了匀氣。「我剛那聲『呀啊』不是招呼，是嚇了一跳。」

「姨爹，是我們失禮了。」弓之助說著，向少女膝行一步。「豐姊姊，請抬起頭來。」

豐姊姊？平四郎看著弓之助。「這小姑娘是誰？」

「對不起，沒爲姨爹介紹，有失禮數。這位是我堂姊。」

「啊？」

「我的堂姊，想來是初次拜見姨爹。」

「拜見姨爹。」阿豐再次伏拜。

「好，妳進來些。眞是嚇死我了。」

「您以爲大太陽底下有姑娘的鬼魂現身嗎？」

弓之助笑嘻嘻地與阿豐並肩而坐。堂姊弟長得不像也非奇事，但阿豐姿容平庸，不禁令人同情，平四郎暗嘆相像些又何妨。她年紀看來比弓之助大上幾歲。只是弓之助美得太過分，無論什麼美人，站在他身旁都要相形失色。平四郎的細君是這麼評斷的：

「無論男女，過分美麗都會令本人自誤。但弓之助的美，不僅自誤，還會誤人。」

阿豐一張臉傻愣愣的。平四郎都還沒說什麼讓她愣住的話，可見她天生如此。平四郎的同儕朋輩中，也有人長了一張隨時都在吃驚的臉，當他眞正吃驚時，就變成一副哭相。不過呢，世上還有些人笑的時候看起來像在生氣，因此他們也不算太不幸吧。

「對不起，打擾姨爹做事。」弓之助說道。

「我沒在做什麼怕打擾的事，而且也做完了。那，有什麼事嗎？」

「聽姨爹這麼講，我就放心了。對吧，豐姊姊。」

阿豐仍是一臉傻愣，慢了一拍才重複道：「聽姨爹這麼講，我就放心了。對吧，弓之助。」

平四郎想起以前不知上哪兒參拜時，在供奉神明的洞窟裡擊掌而拜的事。洞窟石壁回彈自己擊掌的聲音總是晚了一步，也就是回聲。

「豐姊姊現在正爲一件事煩惱。」弓之助解釋。

「是，我現在正爲一件事煩惱。」阿豐接著說。

「我們到處找人商量過了，仍想不通。」

「是，仍想不通。」

「然後，我提起姨爹，豐姊姊便說想請教姨爹的高見。」

「是，我說想請教姨爹的高見。」

「所以，你就替她帶路了？」平四郎打斷回聲。

「是的。」

「我倒不認爲幫得上忙，不過，妳在煩惱些什麼？」

弓之助看著阿豐，意思是要她回答。但阿豐只是望著弓之助，不開口。

弓之助的視線回到平四郎身上，說道：「是親事。」

「親事？阿豐的嗎？」

「是的。」

「那不是値得恭喜嗎？」

阿豐看看平四郎又看看弓之助。

「不値得嗎？哈哈！那就是不滿意這門親事了？」

「也不算是吧，豐姊姊。」

「也不算是吧，弓之助。」

平四郎心想，阿豐這姑娘腦袋的東西，是不是很多地方計算錯誤了？連弓之助都改正不了。

「豐姊姊並不討厭提親的對象。」

「是的，我不討厭提親的對象。」

阿豐是弓之助叔父的女兒，是河合屋的分家，一樣做藍染生意。聽到提親的男方是通本町的胭脂鋪，平四郎笑了。

「藍配紅，不正好？」

阿豐一點笑意也沒有。這一來連弓之助都尷尬起來，爲難地笑了。

「阿豐很怕生嗎？」平四郎問。阿豐依然沒有反應。她和弓之助坐在一起，宛如人偶和人偶師。只不過這對組合與眾不同，人偶師比人偶來得漂亮。

「豐姊姊不懂人情世故。」弓之助說明。「拜見姨爹前，我也是這樣。」

才不。打第一次踏進這屋子，弓之助對人情世故便已熟得不能再熟。

「也罷。那麼，阿豐雖不討厭提親的對象，對親事卻也不感興趣？」

「是的。」

「有其他心儀的人？」

「不是的，豐姊姊妳說是嗎？」
「不是的，弓之助。」
「那，爲什麼不願意？」
在平常，這正是平四郎會打趣的地方，但今日爲了阿德的事，他有些不耐煩起來。
「豐姊姊不討厭男方，卻也不喜歡。」
弓之助察覺平四郎的不耐，在阿豐發出回聲前，緊接著道：
「不如說，還不懂喜歡一個人是怎麼回事，不知道那是什麼感覺。豐姊姊煩惱的是該不該就這樣出嫁。」
平四郎總算弄清楚了。這是姑娘家常有的煩惱。
「這個嘛……」平四郎抓抓頭子，要正面回答這個問題，眞令人有點發窘。
「想知道喜歡一個人是怎麼回事嗎？」
「是的。」弓之助與阿豐同時傾身向前。從那熱切的表情看來，平四郎心想，弓之助本人也很想知道這個問題的答案。
「你是幾歲來著？」
或許是因突然被問到不相干的問題，弓之助瞬間挺直了背脊。
「去年十二歲。」
答得眞精確。「我不是這個意思。那，今年是十三了？」
「今年要滿十三。」

離正式成年還早。但市井之子向來早熟，平四郎想起今年夏天，岡引政五郎家的大額頭元氣盡失時，政五郎曾懷疑「是否鬧單相思」。結果是政五郎多慮了，但他的擔心卻不無道理。大額頭應該也是十三歲。既然有人懷疑大額頭鬧單相思，那麼猜測弓之助對男女之情感到好奇，也不算牽強才是。

「你認為呢？」

弓之助頓時有些慌張。「姨爹是問……？」

「你認為喜歡一個人會怎麼樣？」

美少年的神色有些尷尬。「我不知道。」

「不知道就想一想啊。」

「姨爹……」

「你應該猜得到的。」

去年湊屋發生的那件糾紛——造成鐵瓶雜院種種騷動的核心，弓之助比平四郎更早察覺並掌握眞相。那也是一樁因好惡愛憎衍生的麻煩。弓之助能夠理解的話，想必應該知道。

弓之助突然一副孩子氣模樣，搓搓鼻子。「喜歡一個人，大概會想跟那個人一直在一起吧。」

「嗯，然後呢？」

「想和那個人快活地過日子。」

「還有呢？」

「想看見那個人的笑容，當他遇到困難，會想幫助他。」

平四郎的視線轉向阿豐。「如何？明白了嗎？」

阿豐的表情依舊傻愣，但這次是真的呆住了。她第一次不看弓之助，望著平四郎。

「過去妳有過這種心境嗎？」

「沒有。」

「是嗎？不過，以後也許會有。如果不討厭男方，就值得一試。」

「那麼，討厭一個人又是怎麼回事呢？」

阿豐直接問平四郎。平四郎笑了。「就跟剛才講的相反。既不想和那個人在一起，不能一塊兒快活過日子也不在乎，不想看他的笑容，他有困難也能袖手不管。」

阿豐纖細的手按住臉頰，春蔥般的指尖優雅而美麗。這姑娘的手長得很好。

「我……胭脂鋪的少爺有困難，我也不痛不癢。」

「那當然了，你們現在還是不相干的人啊。」

「成了夫妻就會不同嗎？」

「這就得看情況了。既然每個人都說這是門好親事，答應了也不會太糟吧。嫁過去，怎樣都合不來的話，離緣回家就好。」

弓之助大急。「姨爹，這未免太不負責任了。事情沒這麼簡單吧！」

「那可不見得。哎，你們要是住在雜院的一般老百姓，我也不會這麼講。但河合屋生意興隆，阿豐家也很有錢吧？」

看她那雙沒拿過比筷子重的東西的手，及那身繡著優美繡球圖案的窄袖和服，便一目了然。

「生活富裕的話，人生也能重來，不是嗎？」

弓之助不知為何洩了氣，小聲答「是」，也許想起了不少事情吧。

「但，我還是⋯⋯希望能喜歡上人。」阿豐回道。「那叫為情所苦是嗎？我苦苦思慕妳——多希望有人對我說這句話呀！我也好想說說看。」

繪雙紙和黃表紙看太多了。平四郎試探地問：「阿豐，妳知道通油町的鶴屋嗎？」

「知道！」

這是至今最響亮、最有活力的回答。果然。平四郎暗自伸手撫額。

「我告訴妳，那些故事都是編出來的，那種事可不常有。」

「眞的嗎？」

「當然是眞的。我也一樣，從沒說過那種話。還不是聽身邊人的勸，娶了連面都沒見過的老婆，照樣好得很。」

阿豐愣愣地睜大眼想了想，問道：「那麼，姨爹喜歡姨媽，對不？」

「也不是什麼喜歡討厭的。」

「那麼是什麼呢？」

「方便吧，嗯。」

「那麼，您沒對姨媽說過『喜歡』嗎？」

「誰會說那種話啊！對一個無鹽醜女⋯⋯」

正要發笑的剎那，一個響亮的聲音插進來：「相公。」

平四郎僵住了。端坐在敞開唐紙門處的不是別人，正是細君。

「原、原、原……」

他想說「原來妳在啊」，但舌頭轉不過來。

平四郎的細君也曾是紅顏佳麗，現在雖已大不如前，但仍有人盛讚她是美女。細君秀麗的臉蛋像女兒節人偶般微笑，說道：

「政五郎爺已等上好一會兒了。」

政五郎相當惶恐，眞不愧是個擅於看場面的人。他進房時，平四郎正拿袖子搧臉，面紅耳赤熱得很。但井筒家只要聽到暮蟬叫聲，細君便會收起團扇，因此現在沒別的東西可搧。

「啊，嚇得我折了好幾年的壽。」

政五郎向流著冷汗的平四郎道歉。

「小的來的眞不是時候。」

「不要緊、不要緊，別介意。不過，你竟然會來找我，也眞難得。」

政五郎頭頂依舊剃得油亮光潔，氣色也佳。這個夏天酷熱非常，但這人恐怕與苦夏中暑等無緣，厚實筆挺的肩膀也一如往常。

「原想將寫好的信託夫人代轉，但因大爺在家，夫人便代爲通報了。」

「何必寫信，用不著這麼拘禮啊。」

由於同爲同心的亡父不用岡引，平四郎多年來也就循先人慣例。後來在鐵瓶雜院那陣騷動中認識了政五郎，雙方才開始往來合作，但那也是最近一年的事。平四郎完全拿政五郎當熟人看待，但政五郎還是客客氣氣的。嘴裡喊著「大爺、大爺」繞過院子直接走到廊下那種事，他可從沒做過。

「有件事想借用大爺的力量。」

政五郎正襟危坐後，開口道。

「常盤町三丁目一家叫有馬屋的筆鋪，大爺可曉得？」

平四郎一時想不起。「不曉得，是賣有馬筆的嗎？」

有馬溫泉名產有馬筆，在江戶少有店家銷售。將有馬做爲商號，可見——

「店主是有馬人。」

「在深川算是新來的吧。」

「是的，還只是第一代。但做生意老成持重，名聲不錯。」

這有馬屋除了稀有的筆外，還有另一個賣點，即店裡的姑娘。

「是主人夫婦的獨生女，名叫阿鈴，本是個十八歲的姑娘。」

平四郎注意到了。政五郎的「本是」與剛才平四郎開細君玩笑時不同，顯然不是口誤。

「那位阿鈴怎麼了嗎？」

「在自己起居的房間裡，將腰帶繩套到門框上的橫木，上吊死了。是前天一早發現的。」

死者留了遺書，雙親也注意到女兒這十天來精神頹唐。

「自縊一事確然無疑。」

「仵作怎麼說？」

「結果相同。」

既然如此，就沒官差衙門和岡引的事了。然而，政五郎的眼神卻因謹慎而顯得深沉。

「雙親也是看了遺書才知道，原來阿鈴一直偷拿家裡的錢。」

不等政五郎說完，平四郎便猜到了。

「給男人是吧。」

「是的。看樣子是被惡劣的淫棍騙了。而且，阿鈴懷有身孕。」

遭受甜言蜜語矇騙，不但人財兩失，且一懷孕就被拋棄——是這麼一個案子。

「可憐歸可憐，事到如今也無可奈何了。」

「我也是這麼說，但……」政五郎皺起濃眉，「有馬屋夫婦堅持要揪出那男人，讓他受到應有的制裁，怎麼也勸不聽。」

「所以希望你幫忙？」

政五郎點點頭。「寶貝女兒被糟蹋的心情我明白，且這種人不嚴加懲治，勢必會故技重施。最好是將他拘提起來，讓他吃吃連哼也哼不出聲的苦頭，給他一點教訓。」

平四郎也贊成。「那，你打算怎麼做？」

「阿鈴似乎是在習藝歸途偷空與男人相會，兩人之間有書信往返，信盒裡留著男人捎來的幾封信。我想模仿阿鈴的筆跡，寫信誘出那男人。」

阿鈴自殺身亡，死訊並未公開。家人要悄悄將她火化埋葬，所以不必擔心男人知道阿鈴已死。

「但，他會上鉤嗎？那男人已經跑了不是？」

「從留下的信看來，男人是因阿鈴要他一起私奔，被逼急了。一旦私奔，往後從阿鈴身上就榨不出一毛錢，還得平白帶著一個累贅。」

於是，政五郎計畫在誘出男人的信中，表示有馬屋的雙親已同意兩人的婚事，雖礙於面子無法讓他們繼承店鋪，但要他們先成家，設法讓他們能過日子。

有馬屋是小有財產的筆鋪，男人知道這點。父母一算之下，阿鈴偷拿的錢，前前後後約有三十兩。這類淫棍一貫的手法是，只要女人上鉤，便榨到不剩一滴油水為止。若讓他相信還能從阿鈴身上撈到錢，要再叫他出來應該不是難事。

「我知道了。」平四郎說著往膝上一拍。「我只要在場嚇嚇他就行了吧？」

「是的。一切都由我們安排，大爺只要勞動大駕，待我們逮到男人後，扮個黑臉就成了。」

「有意思，我也想逞逞官威。」

此時，這回記得緊緊關上的唐紙門喀啦一聲開了。早該回家的阿豐和弓之助還在那裡。阿豐仍舊是那張愣愣的臉，但或許是緊張，下巴顯得很尖。

「姨爹。」阿豐喊平四郎。

「您那計畫，需要年輕姑娘吧？」

「豐姊姊，別提了。」她身旁的弓之助驚慌失措。

「為什麼要阻止我呢？說最好有年輕姑娘當誘餌的，不就是弓之助嗎？」

政五郎看了平四郎，又轉頭看身後兩人。「啊，河合屋的少爺。」

「您好。」弓之助彎腰問候。

「對不起，您和姨爹談重要的正事，我們卻來打擾。」

「這倒不要緊……」

平四郎搶先引介：「這位姑娘是阿豐，我外甥女。」

「是我的堂姊。」弓之助接著道，臉上一副「所以責任在我」的表情。

「我叫政五郎，爲公家辦案做事，平日受到井筒大爺許多照顧。」政五郎有禮地向阿豐自我介紹。「那麼，阿豐小姐，您的意思是要當誘餌？」

阿豐上前說道：「是的。無論地點在哪兒，要將那男人叫到約定之處時，有個年輕姑娘假扮成阿鈴姑娘比較妥當吧？只要借穿阿鈴姑娘的和服，背對眾人就行了。趁那男人疏於防範、親熱地靠過來時，頭子等人蜂擁上前逮住他即可。」

政五郎微微一笑。「阿豐小姐眞聰明，我們正準備這麼做。但這等動粗之事，不能讓小姐參與。」

政五郎的話聲溫和，卻很堅定。只有膽大沉著的岡引，與老練的管理人才有這樣的語氣。即使如此，阿豐仍不爲所動。姑娘家的死心眼，連弘法大師的錫杖都點化不了。阿豐轉向平四郎。

「姨爹，請讓我幫忙。」

「豐姊姊……」

阿豐不理會拉著她袖子的弓之助，繼續道：

「那男人騙了阿鈴姑娘是不是？說他喜歡她、愛慕她，卻不是眞的，是不是？」

平四郎答道：「對，正是如此。」

「他為錢撒了謊。」阿豐說道。「那男人並不想看到阿鈴姑娘的笑容，不想和阿鈴姑娘在一起，阿鈴姑娘遇到困難也不想幫忙，但他卻裝出很想的樣子，是不是？」

「是啊，阿豐。」

阿豐凜然抬眼，臉上原有的嬌憨消失得無影無蹤。

「既然這樣，我想見見那人。我想問他，怎麼做得出這種事。那是假的『喜歡』吧？我想知道，為什麼他要作假讓阿鈴姑娘信以為真。」

平四郎明知政五郎很為難，仍應道：「好，就這麼辦吧。」

阿豐臉上充滿光彩。

「大爺……」

「抱歉哪，政五郎。你就當省下找年輕姑娘當誘餌的工夫，給我個面子吧。」

這次要誘捕的不是殺人犯，危險不大。那麼，不如趁機讓阿豐這個看多了黃表紙而滿腦子美夢的小姑娘，親眼瞧瞧男人的可怕與冷酷、男女相悅的「喜歡」之情所伴隨的齷齪與危險。要是不開導她，她很可能會回絕親事繼續做夢，日後或許會成為欺騙阿鈴這等人的絕佳獵物。這正是防範未然、對症下藥的好機會。

「唉……」弓之助嘆了口氣。

「這樣的話，我也來幫忙。我來當豐姊姊的護衛。」

其實，弓之助也懂劍道。

三

政五郎既然來了，平四郎便託他辦另一件事：請他約鶴屋的喜一到政五郎老婆開在本所元町的蕎麥麵鋪。

喜一平時也很忙碌，平四郎又要他瞞著岳父和阿秋前來，因此過了三天才見到他。

約定時間是上午，喜一如同他老實正經的人品，比約人的平四郎早到許多。蕎麥麵鋪還沒開店，平四郎到時，他正露出溫和的笑容，與政五郎的老婆聊天。

平四郎擦著汗道歉，喜一打斷他，說道：「今天特別溼熱，像是夏天又回了頭。」自己卻一點也不顯熱。他身上穿著粗細條紋相間的和服，袖口縫了一圈防汗套，一派工匠模樣。雙手有許多刀傷，看來都是舊傷，想必是學藝時代留下的吧。

喝過水喘了口氣，平四郎隨即發話：「岡引約談，你一定嚇了一跳吧。」

喜一笑了，笑聲悅耳。他並非美男子，若要分類，恐怕離平四郎較近，而離弓之助遠些。更何況現在長了令阿秋憂心的針眼，右下眼瞼腫了一塊。即使如此，這嗓音還是很討喜。

「由於聽說是大爺要問話，小的沒太驚慌。多半是要問小菜館阿峰的事吧？」

既然知道，平四郎就好開口了。

「我問過你丈人了。」

喜一縮起肩膀。「真是對不起阿德姊。」

「別放在心上，你也沒想到阿峰做生意會那麼亂來吧？」

「是啊……小的原本聽到的是要開飯盒鋪，不零賣，有人下訂再做。阿峰本來是外燴鋪的老闆娘，小的也就相信她的說法……」

平四郎明白了。

「果然之前就在做這行了。所以她是收了原本的生意，才移到幸兵衛雜院。有什麼原因嗎？」

喜一為難地動動眉毛，平四郎便說：「今天在這裡聽到的話，我不會洩露出去。既不會告訴阿峰本人，也不會對你老婆、丈人提上半句。」

喜一更加為難了。「大爺，您告訴阿秋不要緊，她都知道。」

平四郎笑了。「那真是再好不過了。老實說，我原先有點懷疑。因為阿峰姿色實在不錯，我還怕你跟她之間有什麼瓜葛呢。」

「絕對沒這回事！」

這下喜一真的慌了，小小的眼睛游移，不知為何望向平四郎身後。平四郎也朝後面看了一眼。那是店裡一角，有座小小的裝飾架，擺著零碎的吉祥物。招財貓，七福神的寶船，漂亮的千代紙墊上貼著驅蟲符，頂著小竹簍的紙偶祈福犬。

喜一將視線從架上移回，說道：

「阿峰原本和丈夫兩人，在西國橋西邊開一家叫『角屋』的外燴鋪。他們提供煙花遊船的宴席菜小有名氣，前年夏天小的東家宴請客戶，便是找他們做，是那時結的緣。」

「原來她有丈夫啊？」

「是的，本來是有的。大約今年春天吧，聽說離緣了。」
詳情喜一不清楚。「她們夫婦倆有兩個孩子，看來和樂圓滿。」
阿峰將孩子留在丈夫身邊，分手時還要求一筆錢，丈夫也付了。
「因爲角屋是由阿峰主持，算是分財產吧。」
事實上，阿峰一離家，角屋便撐不下去，前夫只好把鋪子收了。
「她做菜的本事確實了得。」
恢復單身的阿峰，先在親戚家借住了一段時間，無所事事，但不久便提起要開飯盒鋪。爲此才來找喜一，問兩國橋這一頭、本所深川附近有無好租房。那是初夏的事了。
「阿峰先前就知道你丈人是雜院管理人嗎？」
「不，這個……」喜一有些吞吞吐吐。
「阿峰會委託你，可見你們交情不淺吧？」
喜一又看向裝飾架，眼裡不知爲何帶著苦澀。
「阿峰不僅會做生意，也很會照應人，外燴鋪人面又廣……所以，當初不是小的去提，而是小的朋友向阿峰打聽，才起的頭。」
這幾句話聽得平四郎一頭霧水。或許是看出這點，喜一緊接著說：
「是這樣的，小的和阿秋商量，想領養孩子。」
於是，裝飾架之謎解開了。喜一以苦澀眼神看的，是頂著小竹簍的祈福犬，那是爲幼兒驅魔的吉祥物。

「這裡的老闆娘說，那祈福犬是人家送的。」喜一微微一笑。

「我也在廟前大街和夜市地攤上看過。我家沒小孩，倒是沒買過。」

領養小孩可不像撿貓狗回家那麼容易。況且，喜一和阿秋都希望最好是領養剛出生的嬰兒，更是難上加難。

平四郎明白了。阿峰人面廣又愛照應人，確實是拜託這類事情的好對象。

「原來如此，所以你就去拜託阿峰，和她熟起來了。那，孩子的事怎麼樣？有眉目了嗎？」

喜一搖搖頭。「還沒……」

「你丈人知道這件事嗎？」

「不知道。若讓老人家知道了，肯定不會有好臉色，所以我們沒提。」

阿園就罷了，幸兵衛冥頑不靈，對沒血緣的孫子，免不了話裡帶酸帶刺。否則，管理人這工作多的是門路，喜一與阿秋也不至於委託外人。

「阿峰說，被你們這麼好的夫妻領養，對孩子也好，我一定會盡力辦成這件事，包在我身上。能生孩子是好事，但有些人生了卻養不起，或懷了見不得人的私生子不知如何是好，與其被這種不負責任的女人養育，不如讓你們帶，孩子也幸福。」

喜一的聲音變小了。

「我知道這不是件容易的事，也一直都沒有消息，但阿峰還是拍胸脯答應了。我們拜託人家這樣爲難的事，實在不好拒絕幫忙找房子。」

喜一眞是個老實人，阿峰想必深知這一點。

「那麼，你只介紹她租屋，其他的事都不知道了？」

「是，幫不上忙眞對不起。」喜一行了一禮。

「用不著道歉，光這些話，就幫上不少忙了。」

平四郎這麼說，喜一反而沉思了一會兒，壓低聲音道：「有些話，小的不敢亂講……」

喜一表示，阿峰會做那不惜虧本的生意，是爲了早日贏得口碑，讓柳原町有這麼家小菜館的事遠遠傳開。

「房子的事談妥後，阿峰對小的表示，爲了要讓全本所深川都知道有這麼家新鋪子，能否特地請有名的畫師畫成繪雙紙。小的告訴她，這麼做得花大筆銀兩，請名畫師作畫，成品本身價碼也很高，對打響鋪子名聲沒幫助，勸她不要這麼做。」

但阿峰說，錢的話她有，堅持無論如何都要早日贏得口碑。她從丈夫那裡分到財產，就算用光這筆錢也不要緊。

「小的便提了，既然如此，只要東西賣得便宜就行了。若是能便宜買到精緻可口的東西，什麼都不必多做，客人自然會口耳相傳，別說本所深川這一帶，全江戶都會知道。」

阿峰聽了大喜，拍手稱好。結果卻成了喜一教唆阿峰，他才會覺得萬分對不起阿德吧。

平四郎將雙手攏在袖裡，緩緩點頭。

先贏得口碑——做小生意當然要以此爲目標。只不過，若僅僅要贏得口碑，現在的作法太過火了。不必便宜到那種地步，只要較其他店家物美價廉，用不著亂來便能獲得好口碑。江戶仔講究吃，即使是一般收入不豐的工匠職人也一樣，任誰對美食都感興趣。惹眼的鋪子一開，江戶仔絕不會錯過。然而，阿峰卻如此大張旗鼓。換句話說，阿峰就是這麼著急。這中間顯然另有隱情，但喜一確實提供了好線索。

「謝啦，不會再勞煩你了。」

看得出喜一鬆了口氣。

「只是啊，讓我再多嘮叨一句。明知是雞婆……算我多管閒事吧！」

「什麼事呢？」

平四郎笑了笑。「領養孩子的事，別太過執著了。孩子是上天的恩賜，養子也一樣。你那個治不好的針眼，」說著，指指右眼，「也許就是為領養孩子的事心情鬱結，化成病發出來的。」

喜一一臉如夢初醒的表情，然後，沮喪地眨著眼微笑道：「是啊……也許大爺說的對。」

離開政五郎的蕎麥麵鋪，平四郎繞到佐賀町的河合屋。平四郎好歹是主人的連襟，又是定町迴，一露面，掌櫃便大驚小怪，一個勁兒地勸他「裡面坐」，好不容易推卻並找了弓之助出來。

「前面的木戶番開始賣甕烤地瓜了，我買給你吃。」

「是姨爹自己想吃，拿我當幌子吧。」弓之助儘管嘴裡這麼說，仍興沖沖地跟來。

「你剛才在做什麼？」

「練習算盤。」

眞乖，不愧是商人的孩子。

弓之助身著小紋薩摩的單衣（註一）窄袖和服，應該是父親不穿的衣服改製的吧，但就一個孩子來說，是極好的衣物，再加上出類拔萃的臉蛋，惹得路上的婦女不分老幼頻頻回頭。她們先是爲弓之助的美吸引，接著便訝異於奉行所公役身邊竟帶著這樣的孩子，心中不禁胡亂猜測：會不會是賣色拉客時被捕了？眞可憐。

木戶番的甕烤地瓜不巧賣完，下一甕得等上半個時辰，兩人大嘆可惜。平四郎改買麥芽糖給弓之助。看弓之助樂不可支的模樣，平四郎腦海一角閃過一個念頭：他果然還是個孩子，要懂男女情愛太早了。

或許是聽到喜一想領養孩子，平四郎也驀地想起要弓之助繼承井筒家的事。這事兒還沒有定論，但弓之助的雙親與平四郎的細君都很起勁，平四郎也樂見其成。只是，考量到究竟是成爲商人，還是屈居於三十俵二人扶持（註二）的小官吏，對這孩子才是最幸福的，平四郎便猶豫不決。別人的事說得好聽，什麼「孩子是上天的恩賜」，輪到自己時卻大爲苦惱。人就是如此任性。

在長椅上並肩坐下後，平四郎將阿峰的事講給弓之助聽。

弓之助樂滋滋地含著麥芽糖，一邊嘴角露出棒子，口齒不清地問道：「那麼，依阿峰目前的作法，口碑愈響亮，賠得愈多？」

平四郎從弓之助嘴裡取出麥芽糖。

「對。而且打響口碑後，該在什麼時候改回市價，時機很難抓。」

一開始能便宜買到好東西，之後回到正規價錢時，顧客會覺得平白吃了大虧。這是人性，處理不當的話，反而會流失客群。

「一定是明知故犯，但……」弓之助轉動著麥芽糖，「無論如何，都不是懂生意的人會做的事。」

「嗯，我也這麼想。」

雖是從丈夫那兒搶來的財產，但既然不是聚寶盆，便有用盡的一天。

「這個叫阿峰的人，會不會打一開始就沒考慮到這家小菜館的將來？」

平四郎揚起亂糟糟的眉毛。

「什麼意思？」

「她想闖出名號，是要藉此找人，而且希望能盡快找到。啊，這是亂猜的。」

不過，弓之助的亂猜經常猜對。

「找人？」

「正確地說，不是找，而是想讓對方來找她。爲此不管做什麼都好，只要打響名聲，人家便很容易找到了吧？」

平四郎看著弓之助。這形狀漂亮的腦袋瓜裡，到底裝了什麼？唯一能肯定的是，絕非麥芽糖。

「我想，那個人一定熟知阿峰的手藝，再不然就是與先前她和丈夫開的外燴鋪有關。姨爹，她

註一：小紋爲和服布匹的織染法之一，整匹布以同一細碎圖案重複，無上下左右之分。薩摩爲薩摩藩（今日本鹿兒島縣西部）島津氏的代表花紋，爲大小不規則的點狀。單衣則是沒有裏襯的和服，僅在六月至九月期間穿著。

註二：俵、扶持均爲江戸時代以米計價的武士俸祿單位，三十俵二人扶持換算後約爲十三兩八。

的菜您吃過不少吧？」

「嗯，對。」

「其中是不是有些難得一見的菜色？我想那多半是阿峰自己想出來的。內行人一聽，馬上知道那家鋪子是阿峰開的。」

也許是那道烤鵪鶉丸子，也可能是京都買來的紅葉鯽魚。這兩樣平四郎以前都沒吃過。

「這樣啊……」

若以此解釋，阿峰最初想請知名畫師將自己鋪子畫成繪雙紙的主意，便完全吻合了。

「她知道那個人在本所深川一帶。」

「是的。小菜館將來如何，等目的達成後再想即可。像姨爹說的，要是漲價不成，搬到別處另起爐灶就行了。只要手邊的錢沒用完，應該不難吧。」

「唔……」平四郎沉吟。

「這個計畫與阿峰夫婦離緣一定有關……」

再怎麼樣，時間都接得太巧了。這兩件事應該是同一樁。

弓之助又將麥芽糖含進嘴裡，口齒不清地說：

「這我就不知道了，因爲我是個孩子。」

這時，烤地瓜的香味傳來。

「姨爹。」

「啥事？」

「聊著聊著，地瓜就烤好了。」

「是啊。對了，阿豐呢？今天有沒有到你家玩？來了就叫她出來吧！女孩子最喜歡地瓜了。」

「豐姊姊不吃地瓜的。」

弓之助說豐姊姊正處於花樣年華。原來如此，倒是我粗心了。平四郎仰天而笑。

四

平四郎鼓足了勁出門，準備直搗黃龍，最後卻整個洩了氣。因爲阿峰一口承認自己的意圖，爽快得令人若有所失。

弓之助果然猜對了。阿峰感慨地表明，以如此誇大的手法開店博取名聲，是希望能引起某個人的注意。

小菜館裡女人們忙東忙西。阿峰請平四郎到席上，但才剛坐下，便立刻有人跑來，一會兒請阿峰試味道，一會兒問燒烤的火候是否恰當。每回阿峰都俐落地指點，向平四郎道歉「女孩子們沒規矩，還請見諒」，平四郎擺手要她別在意。

「是我不好，在鋪子裡忙的時候上門。」

平四郎面前奉上了熱番茶和幾種醬菜，還有一道蒸糕，據說皮是用山藥泥揉製的，吃起來口感細滑，也是阿峰親手做的。清甜高雅，相當可口。

阿峰自己也是個可口的女人。即使近看，她的女人味仍不減。髮油芳香怡人，不膩不澀的肌膚在黑色領口的襯托下，顯得嬌豔動人。

「大爺眞是好眼力，小女子惶恐。」

阿峰彎腰行了一禮。

「我的身世實在羞人，但這便說給大爺聽。其實，大爺，我正在找失散的孩子。」

那是阿峰在與外燴鋪的丈夫成親前，十五歲時生下的兒子。

「我年輕不懂事，懷了沒有父親的孩子。」阿峰眼裡泛起淺淺淚光。「即使如此，我還是想獨力撫養。我父親是個嚴厲的人，這也難怪，他雖是個小商人，也算小有成就，很在乎面子。孩子一落地，便送給別人養了。」

就此一別，未能得見。

「我一天都沒忘記過他，總念著他現在怎麼樣了呢？過得好不好？他一定很恨我這個無情的母親。」

阿峰十八歲時與前夫在一起，很快有了喜訊。兩人經營的外燴鋪生意也出奇興隆。有了錢，生活也寬裕了。然而，過得愈幸福，就愈掛念當年送養的孩子。

「然後啊，大爺，我一輩子也忘不了，四年前梅雨季剛過的一場大雨，雷聲轟隆隆地響，雨大得像老天爺往地上倒水。那孩子……就這麼突然地來到我的外燴鋪。」

孩子十六歲了。養父母亡故，臨死前，告訴他親生母親的名字與這家鋪子。孩子哭著說，明知如今來找母親或許不受歡迎，但至少想看母親一眼。

「我那時的心情，簡直像飛上了天，高興極了，卻又覺得悲傷難過，心酸可憐……」

阿峰一面說，一面掉下大顆淚珠。

「孩子瘦巴巴的，日子過得很苦。養父母境況一直不好，那孩子連字都不太會寫，當時是靠打零工勉強混口飯。我便做菜給他吃，凡是我想得到的全做了。然後告訴他，從今天起，你就和娘一起住在這個家，什麼都不必擔心。」

阿峰拿出懷紙（註）拭淚，平四郎一直盯著她看。

「那孩子叫什麼名字？」

「呃，晉……晉太郎。」

「名字是妳取的嗎？」

「不，是養父母取的。孩子生下來還不到七天，就硬生生被帶走了。」

阿峰與晉太郎淚眼重逢時，丈夫不在。後來丈夫回到家，大爲震怒。

「說什麼妳在外面跟哪個臭男人生的兒子，不准踏進我家一步，凶得不得了，不管我再怎麼道歉懇求都沒用。」

阿峰與丈夫大吵時，晉太郎或許是無法承受，轉身便離開了。

「從此行蹤不明。」

阿峰垂頭喪氣，吸著鼻子。

「我有多麼恨我那口子，大爺，請您一定要體諒。」

註：對折放入懷中的和紙，用途類似現在的手帕。

平四郎摸著長長的下巴。今天沒有剃漏的鬍子。「是啊。」

雖然他也很能體諒做丈夫的心情，但並未說出口。

「就算是和他沒血緣的孩子，也不必劈頭冷酷地對待人家。不是有血有淚的人會做的事。」

「妳們夫妻之間從此有了疙瘩？」

「是我對他心死了。」

「所以離開了家？」

「是的。」

「留下和丈夫生的孩子？」

「我想，孩子們和我那口子在一起能過得舒服些。」

然而，分手後丈夫不但被要走了財產，還失去阿峰這個能幹的幫手，鋪子很快就倒了。

「丈夫和孩子現在過得怎麼樣，妳可知道？」

「不，我不知道。我也是狠下心才離家，斬斷了一切留戀。」

平四郎又摸起下巴。阿峰已擦乾了淚，端坐在一旁。

「雖只有短短的片刻，我和晉太郎卻聊了很多。」阿峰接著道：「那孩子吃了我做的菜，說他這輩子從沒吃過這麼好吃的東西，開心得不得了。我高興極了，指著每一道菜細細告訴他，這道是這麼做的，這道娘下了這樣的工夫。那孩子應該都記得，所以……」

「所以妳才會想，若開了小菜館聲名大噪，而且一手掌管這家小菜館的老闆娘雖不年輕，卻是個美人——晉太郎要是聽到這個消息，一定會來尋妳。」

阿峰行個禮說：「大爺講的一點也沒錯。」

「重逢時，那孩子說他住在本所深川這一帶，我才過了兩國橋到這邊來。」

弓之助果眞正中紅心。

「好，我知道了。」平四郎拍了一下手。「找到晉太郎，妳生意就不會再這麼亂來吧？」

「是的，這個自然。」

「既然如此，我也來幫忙，盡快找到他。晉太郎長什麼樣？不然，把人像畫出來發給番屋吧！」

「哎呀，這也太勞師動眾了，」阿峰笑著說，「哪能這樣麻煩大爺呢！況且，特地畫人像，好像在追緝犯人。」

「會嗎？不過，至少得告訴我長相。」

「這個嘛……」阿峰如姑娘家般地以手指抵住臉頰。「身高比我略高一些，我想現在還是很瘦吧，但相貌可不寒傖。」

平四郎嗯嗯點頭。

「長得相當俊俏呢！」阿峰似乎很高興，雙眼發亮，肌膚顯得更加光澤亮麗。

「有沒有什麼醒目的特徵？」

「唔……這就難了……」阿峰蹙起眉頭。

「像是斑啊、痣啊，傷痕什麼的，有沒有麻子？」

「沒有麻子。對了，說到痣，脖子右側有一顆。」

阿峰指著自己的脖子。

「就在這裡。」

「連痣也長在這麼撩人的地方啊。」

阿峰揚聲笑了，拿袖子作勢要打平四郎。「討厭啦，大爺，那可是個十六歲的少年呢！」

「那是四年前，現在已是二十歲的大男人了吧。」

「呃，是呀。」

平四郎爲可口的醬菜和糕點道了謝，說聲「要是和鄰居的糾紛擺不平，就來找我」，便離開了阿峰的店。阿峰顯得相當快活。

這回，平四郎不閃不躲，像要讓人知道他是從阿峰的店裡出來，直接從外雜院前走向阿德家。

阿德正送一個端著大碗滷菜的孩子出門。

「幫家裡跑腿是嗎？好乖啊。妳今天有開店做生意啊。」

「哦，是大爺啊。」

阿德一臉不悅。

「還是有些客人光顧，而且不做事就沒飯吃了。」

平四郎雙手揣在懷裡，朝阿峰的鋪子揚了揚下巴。

「我去探過了。」

「喲，是嗎？」阿德似乎咬緊了一邊的牙根。「大爺也喜歡那些菜肴嘛。」

「菜是好吃，但那老闆娘有問題。」

阿德睜大了小眼睛。磨損的領口與阿峰大異其趣，顯得寒酸，但在阿德身上卻恰如其分。

「既然有客人，妳就照常繼續做生意吧，不用理會那家小菜館。」

「大爺，你查出什麼可疑的地方了嗎？」

平四郎搖搖頭。「不清楚。但，妳最好不要和那邊扯上關係。就算聽到什麼——無論是好是壞，都要裝作沒聽到。」

阿德直瞅著平四郎，然後說：「嗯，我明白了。」

走在前往幸兵衛雜院的路上，平四郎愁眉不展。

雖是多管閒事，還是向喜一透個口風吧。知道阿峰那麼做的原因，他也會安心點吧。只是，要警告他別太把阿峰的話當眞，其中的分寸很難拿捏。

那女人講的不全是謊話，平四郎這麼認爲。

找人多半是眞的，這一點正如弓之助所推測。但她要找的人，應該不是孩子。與離散的孩子重逢的說法，恐怕從頭到尾都是編出來的。阿峰在找的，必定是更可疑、不便明言的人物。

找出她的前夫與孩子，一問就知道了。可是平四郎以爲不必這麼費事，也覺得這麼做挺蠢的。她一定是拋夫棄子離家，去問那種家務事根本是自找麻煩。若阿峰眞有個襁褓中便失散的兒子，且念念不忘，那麼當她答應爲喜一找養子時，就不會講那樣的話：

「懷了見不得人的私生子，與其被這種不負責任的女人養育，不如讓給你們，孩子也才幸福。」

這種話，她應該打死也說不出口。若她爲不得不放棄孩子而傷心透頂，那麼懷胎十月卻將親生孩子送養的母親是什麼心情，她不可能不體諒。

阿峰這個女人，多半擅長信口開河，見人說人話，見鬼說鬼話。這可視為長袖善舞的證明。但，出口的話要是只虛不實，便不會留在說者心裡，往往會前後矛盾。

——眞是個討厭的女人。

阿峰這碼子事，不去理睬遲早也會有結果吧。就平四郎而言，當下他能做的，便是提醒容易同情別人、凡事都爲他人盡心盡力的阿德，及心地正直、不善分辨眞僞的喜一與阿秋，要他們別被那些說辭欺騙，當心不要遭到利用，如此而已。

嘖！平四郎咂了咂舌。老天爺也太糊塗了，竟讓那種女人在世間爲所欲爲。

五

然而，或許是平四郎的怨言上達天聽，老天爺開眼了。與阿峰談完五天後——政五郎來通報有馬屋阿鈴一事，男子上勾了。阿豐與她的護衛弓之助已著手準備，平四郎也連忙趕過去。

阿鈴當作密會之處的，不是船屋也不是幽會茶房，而是石島町一戶小町屋。一問之下，原來獨居在此的老婆子以前待過有馬屋，阿鈴還包著尿布時便認識她了。在令人懷念的可愛阿鈴小姐請求下，老婆子出借二樓的一間房供他們幽會。

老婆子還不知阿鈴已死，一聽政五郎解釋情由，佝僂的背彎得更加厲害，嗚咽啜泣。一面說對不起老爺太太，又說叫賣舊衣的兒子生意不好，只能靠小姐借房時包給她的金子度日，分明是在為自己開脫。

阿豐身上穿著借來的阿鈴和服。那是一件大格紋裡繡著花朵圖樣的窄袖和服，據老婆子表示，阿鈴很喜愛這件衣服。

「哦，情況如何？」

聽平四郎招呼，阿豐仍是頂著一張傻愣愣的臉應道「啊，姨爹」。雖只在前幾日見過那一面，卻一點兒都不生分。

「豐姊姊好講究，」候在一旁的弓之助說道，「連髮油用的都是阿鈴姑娘特地從京都買的！」

「很好，氣味是相當重要的。」

平四郎等人躲在隔壁房，準備等男人一出現，靠近假扮阿鈴的阿豐時，便一擁而上。弓之助則說：

「我躲進壁櫥裡。」

「躲在阿豐裙襬下不是更好？」

弓之助羞得脖子都通紅。「姨爹有時候太愛開玩笑了。」

「哎呀，會嗎？」阿豐毫不在乎地應道。「我不在意呀，弓之助。」

接著就要掀裙，政五郎連忙阻止。這幹練的岡引都急得冒汗了。

準備萬全，不久男子來到，逮人的戲碼轉眼便演完了。唯一與計畫有出入的，便是平四郎拉開唐紙門的時間比原先商量好的早太多，但這也是不得已。

「阿鈴，我好想妳啊！」

阿鈴的心上人一進房，就吊兒郎當地這麼說。話聲一落，便聽到阿豐尖叫。身爲姨爹，也難怪他在情急之下不顧一切衝出來。

遭政五郎與其手下制伏，被自壁櫥躍出的弓之助拿頂門棍抵住下巴，那男子仍對這一切感到莫名其妙。即使政五郎告訴他阿鈴已上吊身亡，他仍一個勁地驚嚇，不明所以。

不愧是淫棍，模樣俊俏，但眼白混濁無神、皮膚粗糙，看樣子就知道過的不是什麼正經日子。他一明白狀況，便慌忙開始辯解；一知道辯解無用，便大吼大叫，稱自己是某旗本的若黨，町奉行所和岡引沒資格綁他（註）。

「憑你這軟腳蝦也當得了若黨！」平四郎往他的腰間一打，回頭看阿豐。只見她一臉慘白，平四郎生怕她是不是坐著便昏了過去。

「喂，阿豐。」

阿豐發著抖，眼睛死盯著男子，然後，打顫著牙齒開口：

「你不喜歡阿鈴姑娘嗎？」

阿豐說得太快，對方沒聽明白。男子不屑地斜眼瞧著她，問政五郎：「這醜八怪是誰？」

「豐姊姊才不是醜八怪！」弓之助將頂門棍使勁一按，男子唉唉呻吟。

「阿豐……」平四郎抱起阿豐的肩。阿豐眼眶溼了，平四郎感覺得出她內心激動，似乎隨時都會撲上前抓住那男子的領口猛搖。

「阿鈴姑娘懷了你的孩子，你不愛惜她嗎？阿鈴姑娘是眞心的，她心裡只有你啊。」

男子哼了一聲。「反正人都死了。但那可不是我下的手，岡引沒道理綁我。」
「你到底向她要了多少錢？」弓之助質問。「像你這種人不配當男人！」
「訓人嗎？憑你一個小毛頭？」
政五郎不知為何沉默不語，臉色如凍僵般難看，手下也驚訝地看著頭子。
平四郎注意到政五郎看的是被捕男子的脖子。
他脖子的右側，有顆顯眼的黑痣。
一陣戰慄爬過平四郎的背。
「喂，你這傢伙。」政五郎低聲道，「除了有馬屋的女兒外，還幹了其他壞事吧。」
「我什麼都沒做。」
「你以為地方大，在別處幹的壞事就不會洩底嗎？告訴你，人像和通緝令早傳遍全江戶。你去年年底，勾引了日本橋油盤商的少奶奶不是？」
不曉得什麼原因，男子僵住了。
「我、我……」
「那少奶奶自店裡帶走了巨款，被發現遭勒死在不忍池的幽會茶屋裡，錢則不翼而飛。茶屋的女侍說，和她一起進房的男人，右邊脖子上有顯眼的黑痣。」
這回男人的臉轉眼變得慘白，旁邊的平四郎幾乎聽得見血色褪去的聲音。

註：「若黨」為武家中位階低的家臣，具有武士身分，因此町奉行無權管轄。

「你是殺人犯？」阿豐叫道。「啊，天哪！弓之助，這個殺人犯竟抱住我！」

「看樣子，我們得好好聊聊了。」

政五郎一揚下巴，手下便笑容滿面地將那男人拉起來。平四郎突然一伸手，抓住男人的肩。

「你叫什麼名字？」

男人眼珠亂轉，卻不回答。

「是不是叫晉太郎？」

政五郎推了他一把。

「我、我叫晉一，大爺，不是晉太郎。」

平四郎抓著他的肩好半晌，才用力一推。

「原來如此，果眞好俊俏。」

在傳馬町也會備受疼愛的。平四郎這麼一說，晉一首次臉色大變。

（那孩子叫什麼名字？）

（呃，晉……晉太郎。）

無論多麼巧妙的謊言，都無法憑空捏造。就像金平糖需要芥子當糖芯，以此許眞實爲基礎，才能編出通篇謊話。晉一一被帶走，阿豐便哇的一聲哭出來，撲進平四郎懷裡。

「沒事沒事，」平四郎撫著阿豐的頭髮，「妳表現得很好。不過，還是殘酷了點，對不起啊。」

「我、我……」

「什麼都別講了，妳一定嚇壞了吧。」

「阿鈴姑娘……好可憐。」

阿豐嗚嗚哭個不停。弓之助橫眉豎眼的，氣呼呼地說那種人應該用草席捆起來一腳踹進大川裡。平四郎也把他抱過來，摸摸他發熱的頭。

平四郎考慮了好幾天，甚至覺得放手不管也好。

但最後仍造訪了阿峰的小菜館。這回他沒進屋，直接在門口叫阿峰出來。

「晉一不會來了。」

就這麼一句話，堆在她臉上的媚笑消失了。看得出阿峰內心的明顯動搖。

「大爺，您在說什麼？」

平四郎不理會，繼續道：「他出不了牢房。不久，也將告別人世。」

「我——」才吐出這個字，阿峰便崩潰了。「大爺，您知道那人的消息是不是？那人在哪裡？怎麼提到牢房？他做了什麼？」

平四郎不答，自顧自地說：「妳背著丈夫和他相好的事情敗露了吧？所以才離緣的？」

「才不是私通……」

「妳丈夫也真剛強，一度趕跑了那個淫棍。然而，妳卻自己去追晉一，沒追到還想找他。真傻，那種淫棍情夫，早點忘記就什麼事都沒了。」

阿峰的雙頰失去顏色，只有眼睛發出異光。

「我找的是失散的孩子，不是情夫。」

露出的牙齒有如獠牙。

「是嗎。那好，儘管做妳的賠本生意，直到錢用光為止吧。做到妳說的那個晉太郎念著媽媽，找到妳這家鋪子為止。」

平四郎轉身要走，阿峰卻拉住他的袖子。

「那人怎麼了？」

「淫棍也只能走淫棍該走的末路。」

「那人才不是淫棍。」

平四郎沉默地看著阿峰。不知為何，有那麼一瞬間，她和阿豐哇地哭出來的臉重疊了。

「他對我是認真的，我們是真心相愛的。」

所以她才會拋夫棄子。若阿峰依舊無怨無悔，別人也莫可奈何。

「那麼，妳就為他用上這份心吧。倘若妳相信沒了錢，只有一顆心，晉一仍會高興，便儘管把妳能給的全給他吧。所謂的愛，不正是這麼回事嗎？」

想看到那個人的笑容、想和那個人在一起，那個人遇到困難時，想幫助他。

所謂的愛，應該是這樣才對。

阿峰拉住平四郎袖子的手無力垂落，即使如此，這要強的女子仍咬著嘴唇，一語不發。

阿豐仍無法決定該不該答應這件婚事。

弓之助拿著破舊的竹刀下了院子。平四郎在緣廊上看著他。

「你的劍道，是與一般有別的防身術。」

「可是一樣管用啊。」

弓之助嘿的一聲，朝正面虛擊。

「我好想給那個叫晉一的人一擊啊，姨爹。」

「用頂門棍嗎？那你得向阿德學。」

哎呀，在練習嗎？細君端著茶點露面。

「這是弓之助帶來的。喏，相公，很罕見吧！這是外郎餅，聽說是京城的糕點。」

「日本橋的大增屋只有秋天子日才賣。是人家送的，但我娘說無論如何都要請姨爹姨媽嚐嚐。」

雪白渾圓的糕點小巧地盛在碟中。一吃，有股淡淡的甜。

「眞好吃。」

「很可口吧，姨爹。」

秋風送爽，夏日不再。再過個十天，只怕楓葉也紅了。

平四郎心想，帶著阿豐和弓之助，去賞個紅葉附庸風雅一番也不錯。對，邀上好一陣子不見的佐吉，走遠一點到王子吧！佐吉老婆阿惠的娘家就在王子七瀑旁。

到時候，就請阿德幫忙準備飯盒吧！

只因怨仇生仇怨，寂寞孤枕難成眠

——小調之一節

終日

一

這五天來，滷菜鋪的阿德那裡有個客人天天上門。

他年紀約三十來歲，個頭小，五官小巧端正，總是滿臉堆了笑。但因眼睛細小，嘴角又下垂，看起來像是哭喪著臉。再加上眉毛稀疏，嘴唇很薄，這種長相的人通常顯得有些刻薄，可是這位客人的眉毛和嘴唇，倒像反映了他的溫和與謙退。

他是個過路客。第一天，他在店頭拿竹籤插起阿德拿手的滷芋頭，津津有味地吃完就走了。隔天便端了大碗來。再隔一天，換拎著一個長柄鍋來，說昨天的滷菜真的很好吃。之後，又空手來店頭，站著吃了一頓。

阿德的個性是天下第一愛照顧人，別人常認爲她愛管閒事，但這僅限在雜院裡。她極少對光顧自己滷味鋪的客人裝熟搭話，問別人做何營生。頂多是客人主動與她攀談、主動表示親近時才回應一下。阿德賣的是滷菜，不是應酬和閒話。更何況，她討厭大白天便賴在滷菜鋪店頭不走、聊天聊個沒完的懶人。定町迴井筒平四郎是唯一的例外。

因此阿德也沒有主動向這位客人搭話。他是個生客，阿德猜他要不是這陣子才搬過來，便是剛開始在這附近工作，但她並未開口問。

這男子看起來挺正派，但依他的身形，做的應該不是靠力氣的工作。阿德猜男子應該是某一行的工匠，但她在遞碗收錢時，卻不經意地瞥見男子的手指和手心，發現上頭有好幾處舊傷，內心不禁微覺奇怪。他右手食指的指甲呈紅黑色，還變了形。什麼工匠職人，手會在學藝時弄成這樣？

而且他總是一身整齊俐落的打扮，手也洗得乾乾淨淨。是年輕時吃了不少苦，如今終於能舒服過日了嗎？說到這兒，他來阿德鋪子的時刻也不一定。有時傍晚來，有時像在等阿德生火開賣，七早八早就露臉。若是做生意，或是受僱於人，應該無法如此隨性。

當然，這些疑問和推測阿德都沒說出口，全悶在肚子裡。

接著第六天，晌午過後男子來了。這回他手上又拎著長柄鍋，開心地一一指著挑選味道滷透了的芋頭和油豆腐。阿德應男子的要求，將滷菜自大滷鍋底翻上來，濃濃水氣登時升起，由店頭飄向大路。今兒又是涼意森森的一天，深秋已至。

提到秋天，前不久井筒大爺才興致勃勃地想約佐吉夫妻到王子賞楓。還誇口「到時候要請妳做個豪華飯盒，當然是我請客」，最後卻無疾而終。那位大爺看起來閒得很，每天也眞的到處晃，但畢竟是貨眞假實的官差，也不能一心只想著遊山玩水吧，會被上頭盯上的。

說到豪華飯盒——阿德使著湯勺，卻分心想著別的事，沒聽到那男子對她講的話。

「啊，不好意思呀，還要什麼？」

男子瞇起小眼兒笑了，回道：

「不了，要結帳。」

阿德為他的鍋子舀了滿滿的滷汁，邊說著「每天都承蒙光顧，今天特別多送你一些」。

「真是太感謝了。」男子從小錢袋裡取出零錢，動作慢得出奇。

「那個，老闆娘。」

一邊遞出零錢，男子隔著水氣看向阿德。

「老闆娘在這裡做生意多少年了？」

阿德眨眨眼地想想。「這家鋪子還不到一年，我是從別處搬來的，不過，滷菜鋪我開很久了。」

「十年、十五年嗎？」

「嗯，是啊。」

男子環視阿德的店一周。越過阿德，視線淨往她身後店內望，然後問道：

「做這一行很難嗎？」

「滷菜鋪嗎？」

「嗯，像要抓住客人會不會很難等等。」

「我也不清楚，不是多了不起的生意啦！」阿德笑了。「只要有一口大滷鍋，誰都能做。」

「老闆娘單身嗎？」

阿德定是一臉訝異，因男子帶著笑，一隻手頻頻在她面前搖晃。

「不是的、不是的，我只是在想，光靠滷菜鋪的收入，夠不夠老闆娘生活。」

「託福，雖賺不了多少錢，也還過得去。」阿德回答，為了結束談話而撈起了鍋裡的浮渣。

「謝謝惠顧。」

然而，男子卻沒有離去的打算。一手拿著裝了滷菜的長柄鍋，神情尷尬地磨蹭著腳尖。

「老闆娘，眞不好意思。」

男子整張臉皺了起來，空著的那隻手摸摸後頸。

「我實在不會講話。剛才不是有意冒犯，其實，老闆娘，我是個料理人。」

阿德將湯勺直接擱在滷鍋裡，睜大了眼。

「哎呀，這倒是沒想到。」

男子嗯嗯應聲點頭。「不曉得老闆娘知不知道？木挽町六丁目有家叫石和屋的餐館，在那一帶是很出名的店，我就是在那裡工作。」

阿德沒聽過那家餐館。像阿德這種住雜院的升斗小民，與餐館這種地方無緣。餐館爲客人提供用餐場所與廚師的廚藝，按客人的要求備齊食材，使用的器皿也很講究。不是富豪權貴，沒法兒在那種地方大快朵頤。餐館和滷菜鋪儘管賣的都是吃食，卻有天壤之別。

「那麼了不起的料理人，還肯賞光買我的滷菜，眞是謝謝了。」

阿德再次凝視男子那張有氣無力的臉。只見他過意不去地微彎著腰，訕訕傻笑。

「請別這麼說，老闆娘的滷菜眞的很好吃。」

「我賣的只是家常菜，是用缺了角的大碗盛著吃也不打緊的東西，和餐館完全不一樣。」阿德露出笑容。「但你肯光顧，我還是很高興。」

「嗯……」男子點頭，換手拿鍋子，視線落在腳邊。聽他這麼一提，他身上的衣服確實高級，草鞋鞋底也是新的。既然是廚師，境況好也不稀奇，難怪他總是一身乾淨整齊的打扮。

「我們店失火，大概有十天了吧。」

是被波及的，並不是廚房失火——他連忙加上這句。

「因此在整修重建的這段期間，我們八個料理人無事可做。老闆原本安排我們暫時到各處餐館和外賣鋪幫忙，但到哪裡生意都差不多，沒辦法整天僱用。」

既然得聘上八名料理人，石和屋的規模想必不小。要請這種店的料理人做臨時工，聘人的一方也很難拿捏分寸，給的薪資不能太低賤，可是太過禮遇的話，自家的料理人又會心生不平。

「那眞是難為你們了。」阿德溫和地說。也許是聽到這句話很高興，男子又露出了皺成一團的笑臉。

「哎，眞的，實在傷腦筋呢！所以東家安排的工作也待不住，一天裡有半天在閒晃。然後晃到這附近，聞到好香的味道，便聞香而來，找到這家鋪子了。」

「原來是這樣啊，那也算是有緣啦。」

阿德在滷鍋口蓋上木蓋，她想陪男子多聊幾句。

「店面燒掉了，你們的日子都不好過吧。」

「嗯。但火勢其實不嚴重，只是東西都燒壞了，又淋了水。我住在店裡，所以連睡覺的地方都沒了。現在就在前面那邊——」他回頭看向身後的路口，「請朋友收留。大家都出門上工去了，白天連個說話的對象也沒有。人還是不能不做事，一不做事，連飯吃起來都不香。」

聽他有感而發的語氣，想來是勤懇人。阿德喜歡勤懇的人，也慢慢覺得這男子不怎麼可疑了。

「只要熬到餐館修好就行了。」阿德鼓勵他。「客人一定也等不及了。」

嗯……男子又以喉音回答。

「話是沒錯。嗯，話是沒錯，可是啊……」

他抬起頭來，又往阿德鋪子裡掃視了一圈。這兒比當初在鐵瓶雜院租的鋪子寬敞得多，但應該無法與石和屋相比吧！只不過是一家窮酸的滷菜鋪，男子的眼神卻近乎憧憬。

「我開始覺得，也許該好好考慮一下自己的將來。我想，這可能是離開石和屋的好機會，開一家這樣的滷菜鋪，或做點小生意也不錯。」

這話絕不能當眞，阿德刻意豪爽地笑了。「哎，這算哪門子抱怨啊！」

「不，我是說眞的。」

「客人，餐館的事我不懂，但要成爲獨當一面的料理人，一定得學藝很久吧？而且也不是想當就當得了的。在那邊連當客人都不容易吧。」

男子看著阿德的圓臉，哭喪著臉笑了。

「的確是有點久啦。我是十歲進石和屋的。」

「那不正是愛玩的年紀？虧你熬得過來。」

「是我娘勸我的，說進了餐館就不愁沒東西吃了。窮人多子，我家也不例外，加上我爹又是個酒鬼，說到底，其實是想少一張吃飯的嘴才被送出去。」

到餐館當學徒，雖是在廚房做事，但自然沒有一開始就會做菜的道理。得從「洗方」當起，工作內容便是什麼都洗，所以汲水也是工作之一——男子解釋道。

「我娘就是怕我這種身形幹不了粗活，才選了餐館。天曉得，用水的工作要費的力氣可大了。頭一天，我的手就因提太多桶水破皮了。手指甲也記不得脫落過多少次。」

男子把長柄鍋放在大滷鍋旁，比手畫腳起來。講的雖是吃苦的經驗，卻顯得很開心。這又合了阿德的脾胃，她喜歡聽這種不帶怨氣、開朗的吃苦談。這位客人手上的傷痕是這樣來的啊，阿德邊點頭邊暗想原來如此。

「洗方又叫『追著跑』，因爲一天到晚被上面的人使喚『喂，去做那個、來做這個』，讓工作追著跑。從跑腿到帶小孩，我可是什麼都做過。然後，好不容易從洗方升上去，就稱做『立回』，幫忙盛盤之類的。這也是一點都不輕鬆啊！一樣被使喚，而且稍微出錯馬上挨打。像我，一天到晚都在挨拳頭。」

立回要升到接下來的「燒方」，需要八到十年的時間，很多人都無法堅持下去。而要經歷再上去的「煮方」，才算是獨當一面的廚師。但——

「廚房裡的長幼順序很嚴謹，最上位的料理人叫做『庖丁人』，比誰都偉大。庖丁人之下的廚師大都看年資，不管手藝多好、多受客人喜愛，一樣不能反抗師兄。」

說到這裡，男子突然住嘴。也許是驀地想到自己的話太冒失，但那感覺更像是突然清醒過來。

「啊，差不多就是這樣子。」他打圓場般地哈腰笑了。「說了一缸子無聊的話。」

「哪裡哪裡，原來你吃了這麼多苦啊，很了不起。這可不是誰都做得到的，嗯，眞的。」

男子不知爲何洩了氣，阿德也就一股腦兒地鼓勵應和。

「別想著要辭掉石和屋，太可惜了。你想太多啦！等餐館蓋好了，心境也會開朗起來。」

男子總算拿起長柄鍋，又搓搓後頸。

「是嗎？但我還是很羨慕老闆娘的生意。」

「別鬧啦，我這種做一天算一天的。」

男子一臉正色，稀疏凌亂的眉毛形成筆直的橫線。

「可是，老闆娘，很多客人整天工作下來，就盼能吃上一頓您的滷菜，每天看看這些客人，和他們講講話，不是很開心嗎？像我，就不會有客人來跟我說『好期待吃到你做的菜』。不僅不能奢望，那些客人都吃慣了美食，舌頭挑得很，唯有批評是一人講上十人份，只在意場面派頭。石和屋是家昂貴的餐館，客人如何吃得起那種館子我不知道，但確實不是流血流汗賺來的。那個價錢可不是血汗錢付得起的。」

他空著的那隻手緊握成拳。

「當然，多虧在餐館裡學藝，我現在會做不少豪華菜色，但卻沒辦法讓我爹娘兄弟吃到。憑我拿的薪俸是吃不起石和屋料理的。這怎不教我懷疑自己二十年來到底在做些什麼！」

對這一番怒氣騰騰的話，阿德不知該如何回答。兩人隔著大滷鍋，在蒸氣包圍中默默無語。

「糟糕。」

男人吸了吸鼻子，回神似地靦腆說道：

「東拉西扯，耽誤了老闆娘好多時間，不好意思。」

小個頭的身量縮得更小，匆匆沿著大路離開了。

阿德在旁邊的空酒桶坐下來，長嘆了口氣。一樣米養百樣人，而這百樣人的煩惱更是千千百百款。風自男子離去的方向掃來乾枯的落葉，掃過阿德的滷菜鋪前。阿德怔怔地看著這些落葉，粗壯的手臂交抱在胸前。

生意啊……

二

那不過是昨天發生的事。

外雜院與阿德的滷菜鋪隔著兩戶有家小菜館，那裡的老闆娘出走了。恐怕是天亮前離開的吧，就此不知去向。

這家小菜館曾是阿德的勁敵，約一個月前搬到這裡開了店，以便宜得離譜的價錢，賤賣精緻昂貴的菜色。小菜館立即大獲好評，門前擠得水洩不通。阿德的滷菜鋪相對大受影響，門可羅雀，甚至還歇業了幾天。

小菜館的老闆娘名叫阿峰，有點年紀了卻風韻猶存，這也是吸引客人上門的原因之一。阿德不賣應酬和閒話，更別說賣色相了。她比阿峰來得年長，姿色壓根兒不能比。縱使心有不甘，但除了眼睜睜看著小菜館門庭若市也別無他法。

然而，所幸最初的熱潮一過，阿德的客人便一個個面帶尷尬地回籠，因此阿德毋須懊惱太久。可那時，阿德卻爲這事氣急敗壞地連累了井筒大爺，發了好一頓牢騷，如今眞讓她悔不當初。

東西賣得太便宜，買的客人或多或少都會起疑。至少誠實的顧客遲早會懷疑其中是否有什麼內幕。俗話說「天底下沒有白吃的午餐」，儘管是小生意，但阿德也做了多年，自然明白這個道理。再說，站在客人這邊想想，也看得出阿峰的小菜館早晚會出問題，用不著自亂陣腳。

小菜館不是由阿峰一人支撐，她還僱了兩個手腳勤快的幫手。就阿德所知，一個是才二十歲的姑娘，名叫阿燦，另一個是剛成年的小姑娘，名叫阿紋。她倆一早起來，不見老闆娘身影，立刻飛奔去找管理人幸兵衛，拉著幸兵衛到自身番報案，說老闆娘被綁走了，還說她們知道誰會幹出如此傷天害理的事。

這「傷天害理的人」有好幾個，頭一個便是阿德。

「那可怕的滷菜鋪大娘，嫉妒我們老闆娘會做生意，做了好多壞心眼的事。」

「那大娘叫阿德是不是？請查一查她。雖然做菜手藝比不上我們老闆娘，可是她手臂看起來很有力，粗得跟樹幹一樣。可能就是她害了我們老闆娘。」

阿燦和阿紋呼天搶地地這麼一鬧，幸兵衛大概是慌了手腳，竟親自來到阿德的鋪子。阿德正準備拿曬乾的地瓜莖做佃煮，看見幸兵衛弱不禁風的乾瘦身影，臉色又差，便說：

「管理人，你別用這種臉色站在灶旁，小心我把你當地瓜莖一起下鍋。」

幸兵衛雖是個精打細算出了名、貪得無厭又冥頑不靈的老頭子，但當管理人不是一、兩年的事了，也算有看人的眼光，心知無論出了什麼差錯，阿德都不會對阿峰下手，所以一開始就氣短了。

於是，幸兵衛將事情告訴阿德。

「是連夜潛逃吧。」阿德說得乾脆。

「妳也這麼想？」

幸兵衛也有同感，露出鬆了口氣的表情。

「她那樣做生意實在太勉強，我早就在擔心了。大概是週轉不過來了吧。」幸兵衛歪歪皺巴巴的脖子。「搞不好，阿峰做生意的本錢來路不正，好比是偷來的，然後有人要追拿她……」

「捲款潛逃，是吧。」阿德接著道。「錯就錯在不該讓這種女人住進雜院。」

幸兵衛臭著一張臉不講話。

「管理人，你這把年紀幾時見閻王都不奇怪，就少收點紅包，多積點陰德吧。」

「我才沒有……」

「那麼，那兩個姑娘，叫阿燦、阿紋是不是？還在自身番嗎？」

「嗯，逢人就說個不停。」

「說我壞心眼，做了什麼壞事對不？」

「說妳在門前掃地的時候，故意把落葉往阿峰鋪子前掃，還整天都像金剛仁王像般大馬金刀地站在滷鍋旁，一臉妖怪夜叉的表情瞪著出入阿峰鋪子的客人。」

幸兵衛說著說著，聲音愈來愈小，也眞可愛。

「天可憐見，我天生就是這麼張醜臉，而且賣滷菜的不站在滷鍋後頭，還能站哪兒啊！」

太可笑了，阿德不禁失笑。

「不如帶著那兩個女孩，查查阿峰的隨身之物啊、錢啊還在不在吧？既然是連夜潛逃，應該會事先偷偷準備。」

幸兵衛垂頭喪氣地離去。過沒多久，竟換成岡引政五郎上門，阿德吃了一驚。這位住在本所元町的岡引，與井筒平四郎交情不淺。阿德也曾一度在井筒大爺的邀約下，前去政五郎老婆經營的蕎麥麵鋪嚐鮮，那湯頭醇厚，美味極了。

政五郎身材魁偉，肩寬膀闊，魄力十足，毫不遜於阿德那口大滷鍋，是個難得的人物。他往滷鍋旁一站，連滷鍋也變得像飯鍋一樣嬌小玲瓏。這要換成井筒大爺的中間小平次，可就截然不同了。小平次讓人想拎住他後領往滷鍋裡放，直滷到軟爛入味。那小平次看來倒眞能滷出一鍋好湯頭，溫溫順順，連去渣的功夫都省了。

「阿德姊，一大早的，眞是難爲妳了。」

政五郎靈巧地動著那兩道活像剪海苔貼上的濃眉，笑了笑。

「就是啊。但沒想到頭子竟會親自出馬，明明不是什麼大事，不知是誰去驚動頭子的啊。」

阿德俐落地奉茶。政五郎拉過一個空酒桶，靠著桶緣輕輕坐下。

「其實，我從井筒大爺那裡聽到了一些那家小菜館的事，便過來看看。」

政五郎說，因爲與上個案子稍有牽連。臉上的表情似乎在問，阿德是否曾聽大爺提過什麼。

「您的意思是，阿峰和有案在身的人扯上關係？」

政五郎沒回答這單刀直入的問題，默默地喝茶。

「大爺只跟我打啞謎似地講過幾句，要我別和阿峰扯上關係，就算聽到可憐的身世經歷，也要裝作沒聽到。」

政五郎緩緩點頭。「很像大爺的作風。那麼，阿德姊便一直照大爺的話做了？」

「是啊。生意方面也還好，雖然還沒完全復舊，但門前的麻雀已經飛到別處去了。」

「那眞是太好了。」政五郎以悅耳的嗓音道。「我們要阿燦、阿紋幫忙，搜了阿峰家一遍，少幾件和服，阿峰放錢的錢兜也不見了。聽說那錢兜裡裝了滿滿的小判（註），向來藏在枕頭內。」

那便是那家小菜館的本錢了。

「好強悍的人啊。」

「既然是自己離開的，我們也就沒理由奔走了。阿燦、阿紋雖然可憐，但也只能關了店，要她們另覓出路。阿德姊不會再無端受連累，盡可放心。」

或許因爲阿德和井筒大爺是老相識，政五郎對她說起話來極爲有禮，反倒教阿德覺得有些不好意思，這個問題便更加難以啓齒——

「果眞和男人有關？」但阿德還是問了。

「我沒仔細看過，但聽說她是個俏佳人。」

「該說是長得合男人胃口吧？不過，做菜的手藝當眞是好的。雖不甘心，但她的本事確實了不起，我是比不上的。」

政五郎笑了，時常受到日曬而呈鞣皮色的臉頰浮現深深的皺紋。「阿德姊用不著喪氣。阿峰那麼做，不過是亂撒些奢侈的吃食，那不是這一帶賺一天過一天的平民百姓吃得起的，不值得欽佩。和阿德姊不一樣。」

政五郎單手啪的往膝上一拍，站起身。

註：江戶時代的金幣，一枚相當於一兩。

「這麼一來，幸兵衛雜院也就一切如常了。事情沒鬧大，眞是太好了。」

政五郎就這樣走了。阿德獨自回來看著滷鍋。客人三三兩兩地上門，其中有些顯然是爲阿峰的小菜館而來，卻撲了個空，疑惑之下才到阿德這裡。

「前面那間小菜館怎麼了？」

遇到客人打聽，阿德也板著臉，說聲「哦，沒開啊？」其他一概不提。

井筒大爺沒露面。講到這兒，昨天也沒來。看來他閒歸閒，有時也是挺忙的——正當阿德這麼想時，八刻（約下午兩點左右）鐘響，兩張熟面孔正好從鋪子前經過。那是井筒大爺的外甥、染料盤商河合屋的少爺弓之助，和他一道的是政五郎的小手下，人稱大額頭的三太郎。

這兩人同齡，是合得來的好朋友。今天也手牽手走著，腳步畫一，啪嗒作響的鞋子似乎也同聲唱著「好朋友、好朋友」。

「喂，弓之助，大額頭！」

阿德大聲喊，兩人轉頭往這邊看。

「啊，阿德姨。」

弓之助活力十足地應聲叫，身旁的大額頭則彎腰行了一禮。

「怎麼沒打個招呼就走過去呢，太見外了。幫大人跑腿？眞乖。你們來得正好，吃了點心再走吧！」

阿德將兩人叫過來，要他們選了喜歡的滷菜，拿竹籤子串給他們。

「怪不得我總覺得有好香的味道，原來正經過阿德姨的鋪子啊！對不起，我們太不留神了。」

弓之助說的話眞教人高興。這孩子漂亮得令人不禁擔心他的未來。井筒大爺曾對阿德透露幾句，似乎有意收弓之助爲養子，讓他繼承井筒家。從大爺的話聽起來，最先是大爺的夫人提起的，說是放任這種長相的孩子不管，將來不會有好事，希望能讓他當公役官差，過規矩老實的日子。

收養弓之助繼承大爺一家是挺有趣的，但對他的將來，阿德倒與井筒夫人持不同的意見。不要緊，即使放任不管，這孩子也不會輕易誤入歧途的。爲什麼呢？因那孩子迷倒的不止女人，連在老人家和大男人之間也所向披靡。光看那見錢眼開的管理人幸兵衛也喜歡他，便可見一斑。一個能使老公公老婆婆爲之傾倒的人，絕不會淪落到當米蟲淫棍。

相對的，大額頭三太郎雖然也很可愛，但他那綽號由來的頭大得嚇人，外表上有些吃虧。可大爺曾說這孩子相當聰明，什麼事都牢牢記在腦裡，還能背誦如流。再加上個性平和穩重、乖巧誠實，跟在政五郎身邊，將來鐵定是個好男兒。

「不過，竟然連我的鋪子在哪裡都忘了，你們也眞是太久沒來了啊。」

「不是的，我們是話說得太高興，忘記走到哪裡了。喏，大額頭，對不對？」

阿德微笑看著兩個孩子。弓之助揣著一個小小的縐綢包袱，大額頭拿著薄紙包起來的三朵菊花，不知道是哪裡摘來的。

「你們要上哪兒去？」

「大島村佐吉兄那裡。」

弓之助伶俐地回答。大額頭是個怕羞的孩子，只默默地頻頻點頭。

「怎麼了？還帶著花……去探病嗎？」

弓之助睜大了圓滾滾的眼睛。「阿德姨沒聽姨爹說嗎？」

上個月，佐吉養的烏鴉官九郎死了。

「今天是頭一個月的忌日。我到墓前拜過了，大額頭還沒有，所以我們一道去。」

哎呀……阿德驚嘆一聲，伸手遮嘴。爲烏鴉數忌日，眞是孩子才有的細心體貼，但阿德也記得官九郎。

「這樣啊，眞教人傷心。不過，官九郎也算是隻幸福的烏鴉吧！」

「佐吉兄也這麼說，」弓之助點點頭，微微一笑，「要我們不可以太傷心。而且，阿德姨，我們去玩的話，阿惠姊會煮栗子給我們吃，所以有一半是爲栗子去的。」

大額頭也連連點頭。

阿惠是佐吉的老婆。心腸好、相貌佳又勤快能幹，與佐吉恰恰是對金童玉女，再相配不過。

「阿惠好不好啊？」

「很好呢！」

「肚子還沒有消息啊？也差不多了呀。」

說完，阿德才發覺這話對孩子們來說還太早了。弓之助將阿德的心思看在眼裡，只顧大吃滷芋頭。但對大額頭而言似乎眞的太早了，瞧他一副什麼都不懂的樣子。

「對了，阿德姨。」弓之助呑下芋頭，抬起天眞無邪的眼睛。

「什麼事？」

「有個姑娘一直站在那裡，凶巴巴地瞪著這邊，是怎麼回事呀？」

阿德伸長脖子往弓之助說的方向看過去。阿燦就站在路旁，一張哭腫的臉正奮力做出凶狠的樣子，對阿德怒目而視。她手上拿著掃把，見阿德看過來，立時退縮，唰唰有聲地掃起地。

「你們待會兒走過那邊的時候，小心別被塵沙落葉掃到了。」

「阿德姨和那人吵架了嗎？」

「我沒那個意思，不過她好像是這麼想的。也難怪，才剛失業，心情自然很激動。」

吃完一大塊南瓜，大額頭說了句「好好吃」。

「很久沒吃了吧！今天還有滷蛋呢！等等，我這就撈給你們。」

當阿德拿湯勺翻動鍋底找滷蛋、孩子們高興地等待時，又感受到了阿燦投射過來的視線。眼睛哭得腫成那樣雖值得同情，但胡亂遷怒可讓人受不了。

一會兒，阿德包好給阿惠的佃煮地瓜葉，吩咐完路上要小心，送弓之助和大額頭出門時，她還是放心不下便隨他們一塊到路旁。果不其然，兩人邁著小小步伐迅速走過阿燦身邊時，她側身詛咒似地嘟起嘴，朝兩人不知罵了什麼。大額頭嚇得頭都歪了，弓之助連忙扯著他的手繼續前行。

一面走，弓之助一面擔心地回頭看阿德。阿德點點頭，揮手示意他快走。

阿德手扠腰，思索片刻。但她也清楚得很，儘管自己懂得拿捏滷芋頭的火候，對控制肚子裡的火氣可不怎麼高明。心裡一拿定主意，便大步向阿燦走去。誰都看得出阿燦的害怕。她縮頭縮腦，一副隨時想逃進鋪內的樣子。既然這麼怕，就別做這種隔空遠吠的事啊！真教人厭煩。

「妳啊！」

阿德繞過去擋在小菜館門前，免得阿燦跑掉。

「對我有什麼不滿，就直接跟我說啊！只有膽小鬼才會對孩子發火，像什麼話。」

阿燦兔子般寒酸的瘦臉上，黑痣特別顯眼。若將弓之助天生的美分給一百個人，阿燦恐怕還是及不上他。此時阿燦只仗著一股氣，內心卻怕得直打顫，花容失色，樣子又更難看了。

「幹、幹嘛！」

怕成這樣還要回嘴，就更討人厭了。

「妳、妳把我、我們老闆娘……」

阿德故意拉大嗓門，把句子斷開來說：「我，把妳們老闆娘，怎麼樣？」

阿德的鋪子和這家小菜館之間的兩戶，分別是梳妝鋪和南北貨鋪。梳妝鋪是還好，但南北貨鋪免不了也受到阿峰小菜館不合常理的作法影響。這兩家顧店的人都興致勃勃地看著她們，路過的人也停步回頭。

阿燦雙手緊握掃把，細瘦的身體簡直像要捲上去地緊靠著掃把柄，一副隨時都會蹲下來的模樣，眼睛泛起了淚光。

「妳說什麼？再說一次來聽啊！」

「妳把我們老闆娘……」說到這裡，阿燦突然哭出來，而且哭聲淒厲得教人魂飛魄散，連阿德也往後退了半步。

「我們老闆娘、我們老闆娘……」

或許是聽到阿燦的哭叫，阿紋小小的臉自半掩的小菜館門後冒出來。她鐵青著臉，也是畏畏縮縮的，身子有一半想替阿燦壯膽，另一半卻想馬上逃進屋裡，拿棉被蒙住頭。

阿燦抓著掃把，阿紋抓著門板。阿德雙手仍扠著腰，卻整個人洩了氣。

就世故這點來看，這兩個姑娘或許比弓之助更像孩子。兩人只是因爲阿峰突然失蹤頓失依靠，又不明白爲何會遭到這種對待，把氣出在阿德身上罷了。

阿德放下雙手，側頭看阿燦。這個嗚嗚哭泣的姑娘，腰帶繫得十分凌亂。定是一早太過驚慌，以至於連衣服沒穿好也沒發現，就這麼穿了一天。

「別哭了，站起來吧。妳算是姊姊吧，阿紋怕得很呢。」阿德說道。「妳們接下來有什麼打算？有地方投靠嗎？有什麼我幫得上忙的地方，我會幫忙的。先告訴妳們，這裡的管理人靠不住，那個人啊，沒了錢就沒了緣。」

阿燦抽噎著抬起頭來，臉像淚水洗過一般。剛才忿恨的眼光消失了，現在的表情就像迷了路的孩子，緊緊抓住柔聲關切的大人的袖子。

「我、我、我們，」阿燦牙關相擊，顫聲道，「不知道、該怎麼辦。」

挨在門板上的阿紋也嚶嚶啜泣起來。

唉、唉，眞麻煩！阿德在心裡嘀咕。我怎麼這麼愛管閒事啊？

三

當天直到日暮西沉，阿德都在清查阿峰的小菜館。一方面得好好掌握阿峰帶走了什麼、留下了什麼，另一方面，若找得仔細點，或許能找出她投奔何處的線索。

阿燦和阿紋幾乎幫不上忙。兩人都很勤快，但鋪子裡的經營管理原本就全由阿峰一人掌握，阿燦、阿紋都只是聽她差遣而已。所以，阿峰一消失，兩人才會如此驚慌失措。

阿德一邊安撫阿燦、安慰阿紋，一邊查找，相當費時費事。到了掌燈時分，阿德雖自認已相當賣力，卻還是不夠徹底。最後，她決定帶著兩人先回自己的滷菜鋪，其他的就等明天，現在先吃晚飯再說，而且也得讓這兩個姑娘吃點東西。

阿德進了小菜館，直到此刻才踏出門，因此完全不知道她在小菜館裡埋頭苦幹的期間，錯過了一場好戲。這才好，萬一她注意到了，依她的個性，也無法袖手不管。

那場「好戲」是什麼呢？

當阿德查看阿峰留下的一切形跡時，黃昏的路上，弓之助和大額頭手拉著手，又是你前我後、又是你撞我我撞你的，撒開小腿狂奔。當然，與來時相同，兩人同時經過了阿德鋪子前。但這回無論阿德滷鍋裡發散出多麼美妙的香味，恐怕也吸引不了他們。

弓之助一臉蒼白，大額頭小小的眼睛睜得如橡子大，轉個不停。弓之助天生的美貌因臉色泛青而更動人心魄，宛如活生生的人偶在路上奔跑，而大額頭下垂的嘴角似乎隨時都會放聲大哭，滿臉驚慌，任哪個有良心的大人看到，都會不由得想輕聲叫住他們問問「喂，怎麼啦？」「究竟發生了什麼事？」一路上真的有好幾個大人回頭出聲叫住他們。

然而，弓之助和大額頭不回頭、不停腳，一個勁地跑。兩人緊握的手太過用力，細瘦的骨節都突出來了。

來到橫跨小名木川的高橋邊，兩人終於鬆開了手。大額頭轉往北，跑向政五郎位於本所元町的家；弓之助則直奔永代橋。距離井筒平四郎所住的八丁堀宿舍，還有好長一段路。

接到急報的平四郎，一把挾起跑得疲累不堪、氣喘吁吁的弓之助，奪門而出。離開宿舍跑到千川府邸時才回過神來，發覺如此緊急時刻若要趕到六本木的芋洗坡，應當坐轎才對。於是平四郎跑進坂本町的木戶番，吩咐叫一頂轎子，順便幫弓之助要了一杯水。

雖不知發生什麼事，但或許是可憐孩子臉都發青了，木戶番的人很機伶，沒給水而是給了甜湯。甜的東西一入口，弓之助似乎也跟著恢復了正常。

「那麼，已經安排政五郎到佐吉家了吧？」

「是、是的。」弓之助點頭。「我是這樣拜託大額頭的。阿惠姊心裡一定很不踏實，我想那邊要是有人來，政五郎頭子在的話絕不會出錯。」

「嗯嗯，幹得好。」

可是，阿惠怎麼不早點通知我呢？平四郎沉吟道。

「我看阿惠姊好像也很想這麼做，但還是有所顧忌吧。」

而且事情是今天中午過後發生的——弓之助終於以他平常的口吻加了這一句。

「阿惠姊雖然心情很不平靜，仍堅強地說，佐吉兄不可能殺人，一定是哪裡弄錯了，應該很快就會回來。可能是認為最好先看看狀況，不要突然通知姨爹，讓您虛驚一場。」

她的心情平四郎明白。平四郎也認為無論如何佐吉都不可能殺人。他是個寧可被殺，也不會對別人下手的人。然而，這件事的內幕不是一般的內幕，被殺的對象也不是一般的對象。絕不會加害他人的佐吉，唯獨在遇上這個人時，不能保證不會有萬一。

「湊屋那邊呢？」

「阿惠姊還沒通知他們，政五郎頭子應該會代爲安排的。」

「嗯，這樣自然更好。」

不過，怎麼會這樣啊——正當平四郎把臉擦過一遍，轎子到了。平四郎理所當然地抱起弓之助進轎，讓他坐在自己膝上，轎子起步向前奔時，他才突然想到：

「我怎麼會帶著你啊？」

「因爲多一個熟人，佐吉兄一定也多一分安心。」

聽了這話，平四郎也釋然了。早先受到驚嚇的弓之助，現在已冷靜下來主導方向，反而是平四郎仍處在一腳踩空的心境中。

趕著出門時，他命小平次跑河合屋一趟，轉告說弓之助會晚歸，目前與平四郎在一起，不必擔心。小平次也應道「我明白了」，便立即趕往佐賀町。若在平時，小平次定會來上一段抱怨，說隨大爺到芋洗坡的應該是身爲中間的我，讓弓之助少爺回去才是正理，這回卻完全不見他有埋怨的意思。果然連小平次也嚇慌了。

佐吉因殺人罪嫌，被囚在芋洗坡的自身番。光這樣就夠讓人大吃一驚了，而遇害的人竟是葵，更是令人震驚，也難怪任誰都無法保持平靜。

再怎麼說，葵出現了——葵與佐吉重逢了，就是個驚人的消息。

葵是佐吉的親生母親，也是築地鮑參翅盤商主人、湊屋總右衛門的姪女。有段時期，葵帶著年幼的佐吉寄身湊屋籬下。總右衛門將自己的妻兒擺兩邊，對葵與佐吉疼愛有加，惹怒了妻子阿藤，於是發生了麻煩的紛爭。阿藤暗施奸計悄悄叫出葵，打算勒死她。

這是十八年前的事了，是非常非常古老的往事。就算是未燼的餘灰，也早已燃盡。

只不過，這把火並沒有燒光，因爲葵撿回了一命。阿藤以爲除掉了這可恨的狐狸精，但想來是女人瘦弱的手臂沒能絞透吧，阿藤離去後，葵轉醒了。

然而，接到來自葵的密報，總右衛門尋思：這次是不幸中的大幸，葵撿回了一命，但只要阿藤妒火不平，難保不會再發生同樣的事。若阿藤發覺自己失手，一定會再度向葵下手，直到眞的殺死葵爲止。

於是他要葵逃離湊屋，將她藏匿起來，並利用阿藤認定已收拾掉葵的現狀，假裝自己一概不知，表面上還對葵爲何私奔離開湊屋感到納悶——奇怪，這究竟是怎麼回事——以掩眾人耳目。

而這齣掩人耳目的戲，是（深信自己）殺了葵的阿藤，爲了在總右衛門面前隱瞞眞相所想出來的，還是一心保護葵的總右衛門提議的，詳情平四郎不得而知。過去一度有機會尋問總右衛門，但他沒有深入追究。無論是何者，都一樣令人不快。

這個漫天大謊確實讓一切暫歸平靜。阿藤解決了葵，一吐心中怨氣，也爲能全面開脫殺人罪嫌而暗自竊笑。湊屋裡原本憂心老爺、夫人與老爺姪女間的恩怨情仇影響店鋪的人，也就此放下心中大石了吧。

然而，失去母親的佐吉卻得留在湊屋，獨自受盡委曲。原本就是寄人籬下，又失去了葵這個保護人，只能在阿藤這可怕女人的陰影之中，低聲下氣地求生存。儘管總右衛門疼愛佐吉依舊，掌握商家內部實權的卻是老闆娘。不過是個孩子，要怎麼炮製都隨心所欲。

過不了多久，佐吉便被送到常進出湊屋的花木匠家當學徒，離開了湊屋。

可是，事情並未就此結束。湊屋總右衛門或許這麼認爲，但人心並非如此單純。最糟的莫過於「葵私奔」這個謊言，在佐吉心裡深深埋下了對母親的不信任感。即便沒有這個謊言，葵本就多情，否則也不至於投靠叔父後，還當著正妻的面，做出與叔父私通這等膽大包天的舉動，所以她在男女關係上，恐怕眞的是個不顧輕重、豪放不羈的女子吧。而且正因如此，才容易捏造出「私奔」這樣的謊言。

但對年幼的佐吉來說，事實是透過流言或因孩子察言觀色的能力得知，還是赤裸裸地攤在眼前、必須親身承受，兩者間何止有天壤之別。

就結果來看，佐吉是懷著對母親的恨意長大的。他不止憎恨母親將他留在湊屋，更深信母親爲了男人，輕易背棄了百般照撫他們的總右衛門，說走就走，是個忘恩負義的女人。

平四郎對此深感不滿。湊屋總右衛門爲什麼不在妥當藏匿葵後，盡快將佐吉送到她身邊，讓母子倆一起生活？若辦不到，又爲什麼沒在佐吉懂事後，向他吐露眞相？

欲欺敵，先欺我。又有人說，千里之堤，潰於蟻穴。若佐吉曉得了眞相，被阿藤得知的可能性也隨之增加。所以總右衛門抱持歪理——一切都是爲了徹底保護葵，才不得不這麼做。然而，從頭到尾都是總右衛門的說辭，而且平四郎認爲這背後隱藏著總右衛門的劣根性——希望自己在佐吉眼裡永遠是遮天大樹，是寬宏慈愛的叔公。

說穿了，阿藤之所以會怒上心頭，想不開以致不惜勒死葵，當初埋下禍根的是誰？

不就是你嗎！

總右衛門有不是，葵也一樣。爲心愛的總右衛門所藏，這樣就幸福了嗎？再也無法見佐吉一面，想也知道湊屋的人會每天對他說「你母親丟下你私奔了」，她難道不心痛嗎？

妳自己的性命和總右衛門間的感情那麼重要嗎？孩子是其次、其三嗎？

這種人不叫母親，只不過是露骨的女人罷了。而不論什麼東西，平四郎就是討厭露骨。

儘管佐吉已成長爲獨當一面的花木匠，至今仍無法完全抹除內心對母親的不信任，及遭到拋棄的悲傷。因此，平四郎在經過去年鐵瓶雜院的事，得知眞相後，一時拿不定主意，也考慮過乾脆將事情的來龍去脈向佐吉全盤托出。然而，這猶豫轉眼便消失了。

佐吉最好照舊不要知道眞相。佐吉有自己的人生，就當葵已經死了，埋葬起來才好。不得不恨母親雖然可憐，但葵這個母親遭孩子怨恨也怪不得人。平四郎是如此判斷的。

之後，佐吉與名叫阿惠的好姑娘成了親。這樣一來，佐吉遲早會當上父親，更不需要知道關於葵的眞相了。平四郎這麼認爲，感到相當放心。

然而——

事到如今，佐吉爲何還會見到葵？他是怎麼見到她的？是誰指引他的？是誰告訴佐吉十八年前的事情眞相？

囚禁佐吉的自身番位於芋洗坡頂。天已全黑，但亮著燈籠，反倒容易找。

這一帶町屋很多。沿著不時上坡又下坡的小路蜿蜒曲折，戶戶毗連。但再往前不遠便是大片雜草，有農地、有武家宅邸的長牆，也有圍繞神社的森林。再過去又是農地，與平四郎熟悉的本所深川或日本橋一帶的景色相去甚遠。人多的地方家家戶戶燈火群聚，少的地方則如天明時分的星星點點分散，剛垂落的夜幕，靜靜地籠罩這一切。

在門外道聲打擾，油紙門便喀啦啦地打開，出來一個筋強骨壯的年輕人，條紋和服的下襬翻起紮進腰裡，雙袖捲起。看來他不是自身番的書記，而是此地岡引的手下。看見平四郎穿著黑色卷外褂（註），睜大了眼睛，連忙行了一禮，但卻聽他說道：

「大爺好……呃，大爺是……」

哪位大爺？對方以懷疑打探般的語氣問道，而且就這麼擋住門口，反手將門關上。

平四郎報上姓名，表示自己的熟人遭到拘留。遣詞用字十分小心，以免對方認爲自己趾高氣揚。即使對方不是身分相當的同心，己方目前處境不利，愼重些總是沒錯。

那年輕人驚訝地張大了嘴，大聲應道：

「哦，哦。」

「您說的是坡上大宅那件命案的凶手嗎？」

這話講得眞難聽，佐吉又不一定是凶手。

「他名叫佐吉，是個花木匠，住在大島。我從他老婆那兒曉得，他被留在這裡的自身番。因爲是熟人，我想先見見他，最好能聽他本人怎麼說，才趕了過來。」

能不能讓我跟他見個面？平四郎笨拙地問。

「唔……」年輕人誇張地歪歪下巴。看來並不是裝模作樣，而是眞的無法決定。

「佐伯大爺回去了，頭子現下又不在。」

他扭動粗粗的脖子，注意了一下後面的動靜，壓低聲音問道：
「那個叫佐吉的，是大爺手下的小者嗎？」
岡引或其手下有時也稱爲「小者」。平四郎立即當場否認。
「不，只是熟人。佐吉爲人老實，是個有手藝的花木匠，規矩得不得了，這點我能保證。」
岡引或其手下之中，很多都是往昔和官府過不去的人。當然也有清白的人，但就比例而言，以前者居多。內行懂門道，曾有相同經歷的人，辦起案來才熟門熟路，自然而然演變成這樣。
平四郎的父親便是厭惡這種事，終生沒親信過一個岡引。對平四郎等兒子們也再三叮嚀，要他們萬萬不可相信岡引這等惡棍。他父親對女人沒什麼節制，但對這方面卻有潔癖。
平四郎因鐵瓶雜院一事與岡引政五郎熟絡後，有事動不動就拜託他，等於不遵守父親的告誡。而且，雖未詳加追問，但也約略猜出政五郎有著相當黑暗的過去。只怕把在陰世的父親氣壞了吧。
但佐吉不同。平四郎認爲這一點有必要大聲澄清，因而極力分辯。無論哪一行哪一業，人們對待同行罪犯都特別冷漠。尤其是岡引之間，已超越冷漠到達殘酷的境地。也許是他們背景中的那份黑暗化爲劇烈的憤怒，向形同辜負夥伴的犯人爆發出來。
平四郎不能讓佐吉遭到這種對待，就連別人以這種眼光看他，平四郎都感到過意不去。因此平四郎據理力爭。

註：同心平日執勤時，身穿輕便和服，外罩外褂，但爲與一般武士有所區別，將外褂下襬向內塞入腰帶，稱爲「卷外褂」。

「佐吉這個人再正直不過了，我實在想不通他爲什麼會受到這種懷疑。他本人現在想必不安得很，能讓我見他一面嗎？」

躲在平四郎身後的弓之助急得扭來扭去。當然，平四郎也一樣著急。刻意放大嗓門說話，也是爲了讓在自身番裡的佐吉聽見。

「你剛才提到佐伯大爺，那麼這一帶的定町迴便是這位佐伯大爺了？」

「是。」年輕手下含糊地點頭。

「我絕不是來妨礙佐伯大爺辦案的，只是聽說熟人遭到殺人嫌疑，吃了一驚，來看看而已。」

既然負責的同心與岡引頭子都不在，斥喝一聲，將這傢伙推開，硬把佐吉帶回去，也是個辦法。這個念頭也在平四郎腦海裡浮現過。若非眼前這名年輕手下看來如此高壯、力大無窮，他或許早就付諸行動了。

然而平四郎不善與人動手，再說，即便此時用強，視案情發展，也怕過後佐吉又被要回去，到時候對方恐怕會將這次的強硬手段加倍報復在佐吉身上。

對，視案情發展。萬一找到不動如山的鐵證，證明了佐吉是凶手……

或者，佐吉是在親手殺害葵時當場被捕……

平四郎不忍想像。

總之，不先問出些什麼，根本無法採取行動。

「這就傷腦筋了。」這高大的年輕人將粗壯的手臂環抱胸前，低聲道。

「井筒大爺的話我明白。可是，佐伯大爺和我們頭子也嚴格交代，要我好好看住他，他如果還是一個字都不肯講，誰來都不准見，不准上茅房，飯也不准給他吃。」

好嚴酷的對待，但還來不及生氣，平四郎先大吃了一驚。

「這麼說，佐吉一句話都沒講？」

平四郎不由得恢復了平常的語氣。也許這樣反而好，只見這名年輕手下突然放鬆下來。

「就是啊，眞的很傷腦筋呢！他一直一聲不吭的。」

「這樣虧你們查得出他的身分。」

「哦，當然啦，他身上穿的短褂有園藝鋪的商號啊。大島是在深川那邊吧？好鄉下的地方。中午我們弟兄就到那邊，想帶園藝鋪的師傅來，結果師傅今天出了遠門，沒找到人。佐吉的老婆又還不知道這事，問不出什麼，聽到丈夫被抓，嚇得跌倒……」

弓之助拉拉平四郎的衣襬，抬起臉來眨眼又點頭。大概是表示阿惠確實跌倒了，但沒大礙。

「所以，佐吉今天得留在這裡一個晚上，冷靜冷靜。」

平四郎滿意地一笑，立刻上前半步。「原來如此，可眞難為你了。不過，佐吉見到我可能就會開口了，你不這麼想嗎？」

年輕手下轉動大大的眼珠。

「唔，可是啊……」

接著便喃喃地說什麼不能擅自作主、不聽頭子的吩咐，感覺相當沒用，但他的身子卻嚴嚴實實地擋住門口不動。

「還是不行啊。大爺的意思我明白，但是不行。頭子老是講，要靠我的腦袋來想事情，先磨個十年再說。所以，我至少得確實做到頭子吩咐的事。對不起，您請回吧。」

眞是不好對付。這種人，一般就叫做死腦筋。

「是嗎？那就沒辦法了。既然見不到本人，只好到附近打聽打聽。」

一聽這話，年輕手下搔著頭說道：「大爺，這又有別的難處了。我們也搞不清楚究竟是怎麼回事。那大宅是租來的，被殺的那個女人叫葵，一個人住在那裡，反正一定是哪個有錢人家的姨太太，但根本不曉得到底誰養活她的啊。有個女傭帶著孩子住在裡頭，一問三不知，什麼都不肯透露。附近鄰居也說沒來往，什麼都不清楚。最後我們頭子才會爲了找房東問話，跑到千駄谷去。」

「頭子親自出馬啊，那眞是愼重其事。」平四郎附和道。

「是啊，我也說這麼點小事，我來就好。可是頭子卻說，這件事看來不單純，房東可能不會一問就吐實，還是得親自跑一趟。」

眞是個經驗老到的頭子。沒錯，葵是個極不尋常的女人。

「既然這樣，那我這一來，你們就省事多了。」平四郎說道。年輕手下咦了一聲，簡直像整個胃袋都翻過來了。

「大爺，眞的嗎？」

「是啊，我可不會撒謊。頭子從千駄谷回來，會直接到這兒嗎？」

「這個……我也不清楚。頭子提過，那大宅還沒調查完。」

「那我也到那大宅去好了。要是頭子先回這，麻煩你轉告一聲，勞煩頭子再跑一趟大宅。」

還能順便問那女傭話，眞是一石二鳥。平四郎打聽了大宅的所在。說是爬到坡頂後，那一帶的大宅子就只這麼一戶，一看就知道。

「對了，你們頭子叫什麼名字？」

「八助。」那手下不知爲何笑了。一笑，整張臉顯得格外稚氣。「不過，在這裡大家都喊他缽卷頭子。大爺一見到他就會明白了。」

「是嗎？那你呢？」

「小的叫杢太郎。木和工加起來，念成『木』吧？就是那個字。」

他顯得相當得意。這名字也許是來當手下時，八卷（註）頭子幫他取的吧。

「好，我知道了。那，杢太郎。」

平四郎突然轉身，一把抓住弓之助纖細的肩膀，把他拉到前面。

「這孩子叫弓太郎，是佐吉最小的弟弟。」

事出突然，弓之助一時驚愕得差點跳起來。但他立刻站好，恭恭敬敬地向杢太郎行了一禮。

「我是弓太郎，您好。」

口音一下子變得比原來稚嫩年幼得多，眞是討厭，不，眞是可靠。平四郎一股腦兒地發話：

「聽到他最喜歡的哥哥被抓去了，吵著一定要跟我來，怎麼也講不聽。俗話說，哭鬧的孩子和蠻橫的地頭聽不懂人話。不過，總不能把這孩子帶到有死人的地方去。能不能讓他待在這裡，等我

註：八助發音爲「hachisuke」，缽卷爲「hachimaki」（意指將手巾捲成細長狀，綁在額頭上，工匠準備幹活時常會如此），與「八卷」同音，因此平四郎以爲是「八卷」。

回來？看到這天真無邪的孩子，也許佐吉就會鬆口了。」

心想要是對方一口回絕就無計可施了，但這回杢太郎只偏頭想了想，便答應了。

「這麼點小事，包在我身上。小弟弟，進去吧。」

說著便牽起弓之助，即弓太郎的手，拉到身邊。忽然間懂得通融了，杢太郎多半認爲不過是個孩子，就算讓他見了佐吉，也不算不遵守頭子的吩咐吧。不然就是因爲他喜歡小孩。

杢太郎又說：「反正，到了那宅子大爺就會知道，這一帶都傳著那屋子有鬼怪呢！」

「有鬼怪？」

「嗯，是啊。大家都說裡面有盜子魔。」

所以不能把小弟弟帶到那裡去，杢太郎一本正經地回道。原來如此，這才是不遵守頭子吩咐的原因。看來他心地很好。

「住在那裡的女侍好像也有兩個小女孩，一定是不知道這件事就去幫傭了。不過，不管怎麼樣，現在也沒有傭可幫了。」

與若有所思的杢太郎牽著手，弓太郎機伶地說：「我待在這裡不會有事的，杢太郎頭子。」

杢太郎笑開了。「我不是頭子啦！」

演戲可以，別演過頭了——平四郎以眼神提醒。

「那就拜託你了。」

「啊，大爺，」杢太郎咚咚咚地追上前喊住平四郎，「您可別做出什麼有損我們頭子還是佐伯大爺面子的事，不然我就沒臉見我們頭子了。這點還請您多包涵……」

「喔，這我明白。」平四郎以不必要的大音量說道。「一切包在我身上，你儘管放寬心，稍微歇一會兒吧，知道嗎？」

當然，這幾句話是講給佐吉聽的。

弓太郎，即弓之助，隨著杢太郎老老實實地走進自身番。

佐吉被粗繩綁在泥土地一根粗壯的柱子上。背倚柱子，兩腿盤坐，雙手反綁在後面。臉上滿是憔悴之色，但似乎沒有受傷。

他沒低下頭，於是弓之助先發制人地叫道：「哥哥！」

接著像投石般飛撲上去，雙手牢牢抓住佐吉的衣襟，放聲大哭。

「哇——哇——怕死我了！哥哥，我好擔心啊！」

當然，佐吉嚇呆了。他短褂被脫掉，身上只剩一件和服，日落之後，如此單薄的衣衫一定很冷。但他的頸項、手臂上剎時爬過的雞皮疙瘩，顯然不是寒冷的關係。當下他將背用力抵住柱子，想向後退。弓之助的動作太快，叫聲與平常不同，刻意帶著尖銳的童音，佐吉一時沒認出是誰。

「是我，弓之助。」弓之助微微以右邊嘴角很快地說。用的是雜在喘息間的氣音。

「現在請先配合我。」

然後又叫道：「哇——哥哥！」

「聽說是你弟弟？多可憐啊，哭成這樣。」

杢太郎仍直挺挺地站著，低頭袖手看著弓之助。

「怎麼能讓親人擔心呢，而且還是年紀這麼小的孩子。」

佐吉驚訝得翻著白眼，過了好一會兒才眨眨眼，緩緩呶起下巴似地向杢太郎點頭。

「這弓太郎，是跟著一個自稱是你熟人的八丁堀大爺一起來的。我們也有我們的規矩，所以請大爺先回去了，但大爺把孩子暫時寄放在這裡。」

「弓太郎？」佐吉不由得睜大了眼睛。

「哇——哥哥。」弓之助大聲打斷他的問話。「我硬跟著井筒大爺來的，因爲我好擔心、好擔心哥哥啊！哇——」

之後再一次，這次換用左邊嘴角，說道：「姨爹現在到葵住的屋子去了。姨爹回來前，我都會待在這裡。」

一說完立刻又大聲喊：「阿惠嫂嫂也好擔心呢！哇——」

杢太郎慢吞吞走過泥土地，在裡頭房間架高的木地板坐下。

「佐吉，你就死心認命地開口吧。就像這孩子說的，你老婆也很擔心，這是當然的。」

弓之助雙手抓住佐吉的脖子，猛搖猛晃起來。「哥哥，放心好了，井筒大爺一定會幫你的。井筒大爺說，一定是哪裡弄錯了，所以哥哥，你不用再哭了。」

佐吉太過吃驚，一雙眼瞪得老大。「好、好，我知道了。弓太郎，你別哭了。在哭的不是我，是你啊。」

「我才沒有哭！」弓之助用力說道，又搖晃佐吉。佐吉的後腦勺一下一下地往柱子上撞。

「好了好了，弓太郎，你這樣哥哥頭上會撞出包的。到這邊來。」

「是，李太郎頭子。」

弓之助乖乖放開佐吉，一站起來，便拿手背用力擦臉。眞的有淚水沿著臉頰滑落。他是眞哭。

「就跟你說我不是頭子啊！」

話雖如此，李太郎臉上卻不免有些得意之色。

「不過，你還眞體貼啊。你很喜歡你哥哥嗎？」

「嗯。」弓之助抽噎著點頭。「哥哥就像我爸爸一樣。喏，李太郎頭子，我口好渴喔。」

「哭得那麼厲害，當然渴了。我給你倒杯水，你等著。」

李太郎進到房裡，拉過放在角落的茶壺和缺了角的茶杯。趁他背對佐吉的時候，弓之助很快地靠近佐吉，光動嘴不出聲地說道：

「在姨爹回來前，請照現在這樣什麼都不要講。」當李太郎拿著茶杯轉過身時，他已迅速回到原本的位置。

「哇啊，謝謝！」

咕嘟咕嘟喝光冷水後（喉嚨眞渴得緊了）便問：

「頭子，能不能也讓哥哥喝點冷水？」

見李太郎猶豫，弓之助便立刻「哇」的一聲哭出來。「冷水好好喝啊！好想讓哥哥喝喔！」

「眞拿你沒辦法。好，來，把茶杯給我。」

弓之助雙手拿著茶杯，將水捧到佐吉嘴邊餵他。「喏，哥哥，很好喝吧！」

正將空茶杯還給李太郎時，弓之助的肚子咕嚕叫了。這可不是演戲，不過叫得倒正是時候。

「你肚子餓啦？」
「我沒吃飯。」
「因為擔心哥哥，吃不下飯？」
「嗯。」弓之助說著又想放聲大哭，還來不及哭出聲，肚子又叫了。
「傍晚的飯糰應該還有剩才對。」
弓之助瞄了東掏西摸找飯糰的杢太郎一眼，對著佐吉微微一笑。佐吉差點就要笑出來，拚命忍住了，臉上似乎恢復了那麼點兒血色。
在姨爹回來前，先讓佐吉兄覺得舒服些，給他打打氣——弓之助這計畫看來進行得相當順利。
「這飯糰好好吃喔。杢太郎頭子，可以讓我哥哥也吃一點嗎？」
「眞拿你沒辦法。這裡還有一個，拿去吧。」
「謝謝。來，哥哥，吃吧！」
「佐吉，你命眞不錯，有這麼可愛的弟弟。弓太郎，你長大後也要像哥哥一樣當花木匠嗎？」
「不要，我想跟頭子一樣，為將軍大人做事。」
「哦，你想當岡引啊？」
「嗯！頭子，你肯收我當手下嗎？」
「這個嘛，當岡引可不容易喔！會遇到可怕的事呢，這樣你也不怕？」
「我不怕！不過頭子，可怕的事是什麼樣的事啊？」
「嗯，好比……」

如此這般，佐吉便欣賞起弓之助將大塊頭杢太郎玩弄於指掌間的模樣。

四

葵的租屋，在芋洗坡坡頂的薄暮中，宛如將開設賞櫻夜宴般裡外通明，所有的燈籠、座燈都點著了，照得明晃晃的。平四郎繞過樹籬接近正門，隱約可見團團人影移動，似乎有人在裡面走動。

這是所大宅，單是開關所有的擋雨滑門，恐怕都得花上半個時辰。遮掩夏日豔陽反光的細竹簾，整齊地捲起豎立在玄關口旁。依時節，這樣的東西早應收拾好了，卻沒給人散亂邋遢的感覺。夜裡雖看不出樹叢草木的枝葉顏色，但也不見有任何衰敗的殘木枯枝。

進屋的脫鞋處擺著一雙與這大宅略嫌不相稱的髒草鞋，及另一雙稍微乾淨的草鞋，被慌亂地脫下扔在當地。這——平四郎推測，前往千駄谷房東處的八助頭子多半是回來了。髒草鞋是頭子的，好一點的是屋主或管理人的吧。想來是和頭子自千駄谷一道來的。

不見皮裡草鞋，仵作可能早走了。據自身番的杢太郎說，姓佐伯的定町迴已經回去了……

走廊深處傳來小聲說話的聲音。

「打擾、打擾！」

走廊在燈光反射下好似濡溼一片，平四郎朝盡頭大聲喊。話聲一落，立刻有腳步聲靠近。

「哦，這是？」

一名小個頭的老人，一見到平四郎，小眼便睜得老大。他頂著圓滾肚子的身形，與灰鼠色底、粗細黑紋的和服極爲相配，腰間掛著橘紅色流蘇的捕棍。這應該就是八助頭子了。

在這番觀察前，平四郎只看一眼便明白了。杢太郎也說「見了面就知道」。原來如此，果眞見了就知道。他頭上有一圈缽卷，不是拿手巾綁上去的。八助頭子幾乎全禿，與和尚相去無幾，連髮髻也沒結。但不知爲何，只有額上還留著一圈稀疏的白髮，那模樣看來正像綁著缽卷。

「大爺是？」

八助哈著腰，表情不算起疑，而是困惑。平四郎連忙說道：

「啊，抱歉抱歉，我是本所深川方的井筒平四郎，並非管轄此處的官差。只不過留在坂下自身番的花木匠佐吉是我的熟人。我聽到這個消息，吃了一驚便趕來了。」

八助大爲感動似地「噢」了一聲，大大點頭。平四郎總覺得那雙小眼睛似曾相識，與以前小報上畫的、南蠻來的大型動物眼睛很像。那是一種鼻長耳大，名叫「象」的野獸。

平四郎緊接著又心急地說道：「況且，我也曉得在此遇害的葵是什麼來歷，還知之甚詳，想著或許能稍微派上一點用場，便冒昧前來。我這就進屋了，可以吧？」

八助還沒答應，平四郎便迅速脫掉了鞋子。

「遺體在裡面嗎？」

他準備大步往前，好不容易才回過神的八助拉住他的袖子。

「大爺，呃，井筒大爺。」

「你就是八助頭子吧？我來之前跟自身番的杢太郎說過了，可別因爲他告訴我大宅的地點就罵他。杢太郎很盡責，把佐吉看得好好的。」

平四郎任八助抓著袖子，自顧自地向前走。噴了金粉、繪著松梅圖樣的紙門半開，門後傳來女人的啜泣聲。

「井筒大人、井筒大人。」

「噢，我要失禮了。」

遺體已橫放在被褥中，臉上蓋著白布，枕邊倒放著屏風。唯有一炷點燃的線香，裊裊升起一縷虛幻縹緲的煙。

正在哭泣的女子坐在鋪蓋尾端處，眼睛通紅。年紀大約三十吧，多半是這宅裡的女傭。隔著鋪蓋，在她對面靠近遺體頭部的地方，一個身穿外褂的瘦臉老人原本坐著，看到平四郎便想站起來。

「打擾了。我認識去世的葵夫人，聽到消息便趕來，能讓我拜見一下遺容嗎？」

聽了平四郎的話，原本哭泣著的女子連忙擦了擦臉。「您是夫人的……」

「是的，我也認識因有殺害夫人嫌疑而被囚於自身番的佐吉。這些事說來話長，請容我先向夫人致意。」

在平四郎強而有力的堅持下，其他三人都爲他的氣勢壓倒。瘦臉老人讓開位子，平四郎便在蓋了白布的遺體旁屈膝坐下。

伸手掀白布時，平四郎一反常態，心臟彷彿在玩跳格子，感覺快跳出來了。

他輕輕將布揭開。

遺體沒有痛苦窒息的表情，只是雙眉微蹙，閉著眼睛，宛如做著一場難解的夢。臉上當然已沒有血色，但仍看得出皮膚之細緻，臉頰和嘴唇的線條也依舊完好。即使只看死去的面容，也是個俊俏的美人，活著的時候想必更美。血液還在體內流動時，那眼尾上揚處，定是風情萬種吧。

這就是葵嗎？

湊屋總右衛門最鍾愛的女人，也是拋棄佐吉的母親。

「葵啊，總算見到妳了。」

平四郎一面合掌，一面在內心說道。

「我有過見妳一面的念頭，也有過妳這種可恨之人消失也罷的想法，卻沒料到竟是在這種情況下與妳相見。」

一時間百感交集，連自己也不知此刻最深的感慨是什麼。只爲彷彿從天而降的肅穆挺直了背脊。

即使如此，平四郎的雙眼依然是辦案人的雙眼，沒錯過葵脖子上那抹暗紅如筋般的痕跡。

「這，」他指著那裡問缽卷頭子，「看來是遭絞勒的痕跡。」

八助不知在提防些什麼，戒備似地沉著腰，往哭泣的女傭、瘦臉管理人及死者臉上掃視一遍，才回答：

「是，似乎是這樣。」

葵是被勒死的。

「看樣子不是用手勒死的。」

「是嗎？」八助裝傻。

「手勒死的會留下指痕。若是繩索，會在肌膚上留下更多傷痕。凶器多半是手巾吧。」

平四郎根據線索說道。八助悶不吭聲，但女傭垂著淚大大點頭，平四郎便也對她點點頭。見這情狀，八助竟立刻怒瞪了女傭一眼。平四郎把「是什麼樣的手巾？妳看到了嗎？」等想問女傭的話吞回去，看著八助。

「凶器是佐吉的手巾嗎？」

八助顯然不願意回答，別過臉去。平四郎努力維持平靜，仍堅持問道：

「如果是，他就無法推搪，我也必須改變自己的想法。所以八助，希望你能告訴我。」

雙唇緊閉、嘴角下垂的八助，發覺不僅平四郎，連瘦臉老人與女傭都以安撫的眼神看著他。

他嘆了口氣。「不是那個佐吉的手巾，是這屋裡的東西。」

平四郎鬆口氣，狀況沒自己預料得糟，腰部以下突然一陣虛脫。要是弓之助，恐怕就尿出來了。

「原來如此，是嗎？」

他再次感慨萬千地凝望葵一眼，才總算蓋上白布。抬眼只見女傭一人深深鞠躬，瘦臉老人仍坐在那裡，八助依舊沉著腰，一臉防備。

平四郎問瘦臉老人：「你是看管這處宅邸的管理人吧？」

「是、是的。」

「那麼，通報湊屋了嗎？」

瘦臉管理人不光眼神，全身都驚慌得不知所措。

「呃，那、那個……」

「八助頭子也聽說湊屋的事了吧？或者早就知道了？」

這下換成八助坐立不安。「大、大爺怎麼曉得？」

「剛不是說過嗎？我很清楚葵夫人的來歷。」

你先坐吧，否則不好講話——平四郎勸著，八助總算坐了下來，吃力地正座。看樣子是膝蓋有毛病。他年紀似乎也不小了，這也難怪。

意外的是，哭喪著臉的女傭開口問平四郎：

「您提的湊屋大爺，莫非是指老爺？」

接著她直接往管理人和岡引看去，八助心虛地拉著圓下巴反問：

「妳什麼都不曉得嗎？」

平四郎問道：「妳是這裡的女傭吧？」

哭喪著臉、三十來歲的女人端正坐姿。「是的，小的名叫阿六。在夫人身邊三年了。」

「住在這裡？」

「是的。」

「那麼，妳知道這裡的葵夫人是小老婆了。」

這位名叫阿六的女傭，多半是不知對「小老婆」這個字眼如何反應吧，沒有立刻回答，而是垂下頭，道歉似地看著葵的遺體。

「是我的說法不對，該說是姨太太吧。不過，老爺經常來這兒是錯不了的。葵夫人平常是一個人在這裡過日子吧？」

阿六回答「是的」，但此時八助插嘴了。「井筒大爺，您與佐伯大爺熟識？」

「不，連見都沒見過。」

平四郎很快地回答，露出死者枕邊能夠容許的隨和笑容。

「遲早都要去打聲招呼的，但目前還未碰過面。老實講，我雖知道葵夫人，卻從沒見過她本人。不認得她的長相，也不曉得她住在這裡，我一直不清楚她人在何處。話雖如此，也不曾試著找過她。」

如何，聽得一頭霧水吧？平四郎問三人。年老的岡引和瘦臉管理人像紙糊的祈福犬般無力點頭，只有阿六一人直盯著平四郎。

「總之，我知道葵夫人與湊屋的關係，多半比你們幾個都要了解這當中的內幕，所以不必隱瞞。那麼，湊屋會來嗎？」

或許是受到平四郎這一大串話的影響，瘦臉管理人應道：「我從頭子那裡聽到急報，連忙通知了久兵衛爺，其他的事……」

八助一張臉像哈巴狗似地皺起來，瞪著管理人。但話都出口了。

久兵衛！多令人懷念的名字。平四郎微微張嘴，緩緩說道：

「久兵衛是嗎……他果然回到總右衛門身邊了。」

他恍然大悟般獨自嗯嗯有聲。

「妳叫阿六是嗎？妳有沒有通知老爺？」

八助又想打斷，但這回仍慢了一步，只聽阿六流利地回答：

「我連老爺的名諱都不知道。」

「哦，那麼想通知也沒得通知了。平常是怎麼做的？有事想聯絡老爺的時候。」

「每天中午前，會來一個小徒弟，問夫人有沒有什麼事或不對勁的地方。」

「小徒弟是由妳接見嗎？」

「不是的，都由夫人接見。我想，若有事應該是在那時候吩咐。」

原來如此。但今天卻在小徒弟走後，發生了這等大事。

「好吧。現在阿惠和政五郎應該也通知湊屋了。」

「阿惠？」八助歪著頭不解。

「就是頭子逮捕的佐吉老婆，她和佐吉也知道湊屋和葵夫人。」

總之關係很複雜，平四郎說道。

「看樣子確實如此。」八助摸著光禿禿的頭。

「真是教人驚訝連連。直到今天，我才曉得原來這裡的夫人與築地的湊屋是一家人。」

「聽佐伯大爺說的吧？」

「是，大爺似乎原本就知道了。」

極有可能。

「你們大爺掌管這一帶很久了吧？」

「是啊……非常久了。」

大夥兒都喊他老當家呢，瘦臉管理人加了一句。

「那就錯不了。既是湊屋的老爺，讓葵在這裡住下時，去和佐伯大爺打聲招呼也不足爲奇，因爲葵必須掩人耳目，遁世而居。佐伯大爺會盡早離開，或許也是這個緣故。」

八助頭子與管理人面面相覷。

「佐伯大爺確實交代不准任何人進屋，這件事絕不能洩露半點風聲，不准大肆聲張，在大爺進一步指示前都不要動手。」

「我想也是。」

這麼一來，湊屋那邊可能是佐伯通報的。也許不是直接稟報總右衛門，而是與久兵衛或那個儀表出眾的影子掌櫃接頭吧。

「既然如此，爲何還留住佐吉？頭子你也不是第一次處理這種『金屋藏嬌』的糾紛了吧？」

八助不滿地閉緊口，撇下嘴角。「這……佐伯大爺交代不能讓那個男的逃走啊。再說，他就在現場。」

平四郎睜大了眼。「是佐吉發現葵死了？是這樣嗎？」

「是啊。而且當時葵夫人的身體還是溫暖的，才剛被勒死，佐吉就在旁邊嚇得腿軟。這樣不把他綁起來也不成啊！佐伯大爺也交代要牢牢逮住他，千萬不能讓他跑了。」

這回換平四郎閉緊嘴了。下垂的嘴角讓整張嘴幾乎呈半圓形。包括事情的前後順序在內，平四郎有很多事想問，但他不知能向眼前這三人透露多少內幕。此時，還是先見久兵衛才是上策。

「久兵衛人在哪兒？有沒有說要過來？」

平四郎向瘦臉管理人發問時，外頭傳來聲響，有人喊著「打擾了」。

若他的記憶無誤，那正是久兵衛的聲音。如今已不復存在的鐵瓶雜院管理人。

「時間抓得眞好，不愧是管理人的榜樣。」

平四郎微微一笑，瘦臉管理人也報以一笑。那是個安心的笑，似乎在說，這下我可以免去麻煩了吧？

這人也老了啊，平四郎心想。

久兵衛自鐵瓶雜院失蹤，算算也是兩年前的事了。其後，平四郎只見過他一次。那是在湊屋總右衛門爲密談所準備的屋形船內，分手之際，久兵衛還追上平四郎，行禮說「請原諒」，平四郎則應道「沒什麼好原諒的」。那之後又過了多久呢？少說有半年了吧？

久兵衛原就是個乾巴巴的老人，但一如溼手巾風乾後便會恢復原有的硬挺，這老管理人是愈乾精神愈強健。指揮雜院住戶清水溝時，那威風凜凜的模樣，不輸率領手下直搗惡人巢穴的火盜改頭目。老雖老，卻與老糊塗相差十萬八千里。久兵衛便是如此令人敬仰的老人。

然而，現下卻意氣消沉，一副龍鍾老態。

「大爺，好久不見。」

他雙手扶在榻榻米上，頭貼地向平四郎問安。連髮髻都似乎小了一圈。

「拘謹客套就免了吧。」平四郎說著搖搖手。「我們認識也不是一天兩天了，而且又是這個節骨眼兒，出了大事啊。」

久兵衛額上的皺紋加深了，一臉沉痛地點頭。「沒想到會發生這樣的事……小的沒有絲毫準備，心亂如麻，還請大爺見諒。」

「當然啊。任誰聽到認識的人是這種死法，都會心亂如麻。不，葵對你來說恐怕不止認識而已，心情一定更加激動。」

平四郎與久兵衛面對面，缽卷頭子退到能同時望見兩人的一角，微微駝背坐著。遺體所在的房間旁便有個四帖半的小室，裡面有三尺寬的壁櫥，壁櫥對面是座小櫃子與鏡台。想來是葵更衣梳妝的地方吧。阿六剛端來茶，挑亮座燈燈芯，順手爲鏡臺的銅鏡蓋上了白手巾。

房裡有一絲香味。不是線香的味道，多半是葵衣物的薰香吧。

平四郎有太多事想問久兵衛，不僅是和葵的死直接相關的事，因此原本希望與久兵衛兩人獨處，但缽卷頭子緊跟在一旁不肯走。以平四郎的身分，大可直接叫他走開，平四郎卻不敢。

於是他問頭子：「剛才我來的時候，屋內的燈都亮著？」

「是。」八助應道，防備似地瞇起眼睛。

「在查什麼嗎？」

「到處看看。」

「是不是在看賊子留下腳印了沒？」

八助哼哼兩聲，只動動單邊臉頰笑了。「命案發生在午間，不可能還留下什麼，屋子又這麼大。我是想知道這裡的格局。」

「我想也是。你如果還有什麼要查的，不必在意我們，儘管繼續吧！」

「哎呀，大爺，多謝您的體恤。」

久兵衛平穩地插進這互相刺探的對話，看著八助頭子說道：

「若您是怕佐伯大爺的面子掛不住，倒不需要擔心。佐伯大爺想必已與小的的主人湊屋總右衛門將一切事情商量妥當了。」

平四郎和八助對這話同樣吃驚。

「商量妥當了？這又是怎麼回事？」八助睜大眼睛，那圈宛如綁了缽卷的僅存稀薄白髮下，清楚地浮現了三條皺紋。

「葵夫人移居到這兒時，老爺已向佐伯大爺打過招呼，請大爺多加關照。所以今日在這裡驗過葵夫人的遺體後，佐伯大爺便立刻趕到湊屋，商量善後對策。」

果然如我所料，平四郎拍著膝蓋說道。

「眞是周全啊。」

「是。」

久兵衛毫不愧疚地答著。那聲「招呼」不知包了多少紅包？當然，肯定也不止這麼一回。

「換句話說，缽卷頭子，佐伯大爺將您留在此後趕緊離開，便是盡早向湊屋稟報此事。」

是，八助向空處附和。也許從那兒看得見佐伯大爺吧。

「那麼，我該做些什麼呢？」

八助問久兵衛。

「我還看不出來龍去脈，但既然佐伯大爺詳知一切，那就輪不到我動這不靈光的腦袋了。」

這是岡引的自保之道，與其說是耿直老實，不如說是老奸巨猾。

平四郎直截了當地問久兵衛：「你到這兒爲的是什麼？」

久兵衛衣架般僵挺的肩膀稍稍放鬆了些。「天亮前，棺木行會來。小的想將葵夫人的遺體入殮，移至寺中。」

「移到湊屋的菩提寺（註一），應該不是吧？」

平四郎問了之後苦笑。久兵衛卻沒笑。

「是，這不可能。老爺和葵夫人早爲此做好準備，向寺裡尋了門路，墓地也定了，不需驚慌。」

還眞是設想周到啊。

「要移到一座名叫西方寺的寺院，位在從這兒往武藏野方向約一里（註二）處。供奉祭祀的人也已另行安排，因此小的想留在這裡，處理宅邸內所有大小善後之事，只希望不會造成屋主困擾。

啊，還有阿六的去處也得妥善安排，她是帶著孩子住在這裡的。」

這麼說，將遺體運離此處、辦理葬事等，都已獲得佐伯大爺的許可了。

「所以，湊屋是不想將事情鬧大。」平四郎喃喃自言自語，音量卻相當大。

「既然如此，對佐吉有什麼打算？他現在還拘留在自身番裡。湊屋該不會把親戚送官吧？」

哎呀呀！八助驚呼後啪地拍了下額頭，聲音眞是清脆響亮。

「眞教人吃驚！原來那個花木匠也是湊屋的親戚？」

註一：供奉祖先、辦理法事的寺廟。

註二：日本江戶時代的一里約爲現在的四公里。

「沒錯。」平四郎不滿地應道。「頭子是第一次聽說嗎？連佐伯大爺原本也不知情吧，不過現下多半知道了。」

是啊，那該如何是好？八助一副完全唯命是從的態度，往久兵衛的方向膝行一步。

久兵衛臉上出現一絲尷尬的神色，右眼角微微一抖。

「這就得和頭子商量了……我想明天，佐伯大爺多半會親自告訴頭子。」

「好、好。」

缽卷頭子又一副什麼都好商量的模樣。久兵衛眼角抽動、顯得相當難爲情，但對象並非頭子，而是平四郎。

「可以暫時將佐吉留在自身番嗎？」

「這是小事，但將湊屋的親戚綁在那種地方不太好吧？」

八助想也不想便答應了。這回，久兵衛的左眼角抽動了兩次。

「照理說，應該是由小的將佐吉接回來看顧才是，但小的可能無法照顧周全，若事有萬一便難以挽回，小的便以爲請自身番看顧最爲妥當。」

好的好的，八助一疊連聲應道。然而，平四郎卻感到納悶。

「『事有萬一』是什麼意思？」

「大爺，萬一就是萬一啊，是吧？」八助插嘴，往久兵衛靠過去。「好的，我八助確實答應了。在湊屋決定如何處置前，佐吉就交給我，保證一根汗毛都不會少。」

平四郎看著這幹練的老岡引那張撲了粉般白褐色的圓臉。不管是哪一行，要成爲老手都有祕訣。最快的辦法，便是凡事依照規矩、從善如流，切勿自作主張強出頭。

一般老百姓的案件，凡與富豪權貴有所牽扯者，在檯面下解決——即不開庭審訊列案——的狀況並不少見。因而這裡頭湊屋的所作所為，並非特別蠻橫毒辣的事。湊屋為此所做的安排極為妥貼，包的紅包顯然也不小，處處可見湊屋的氣派從容，沒什麼不好。

即便如此，無論是要人照規矩做的，還是順應規矩的，平四郎總盼他們多少有那麼點羞恥之心。所以八助自行從「善」如流，對湊屋百般奉承的模樣，著實令平四郎感到不悅。就算負責辦案的佐伯大爺同意，也別那麼露骨吧！學學人家久兵衛，眼角抽搐一下如何？

唉，也罷。平四郎心中不滿的並不是八助。

「我不懂萬一是什麼意思。」他繼續質問久兵衛。

「小的是怕佐吉他……」久兵衛低聲說著，垂下視線，「懊悔自己犯下的錯，又做出傻事，井筒大爺。」

乍聽平四郎一時無法理解這句話的意思。他眨眨眼，張開嘴，原本就長的下巴拉得更長。

然後，平四郎總算明白了。「久兵衛，難不成你是指佐吉會尋短見？」

久兵衛嘴角僵硬，臉上頓時失了血色。「您說的正是，小的便是擔心這事。」

久兵衛沉默不語。這就是回答，就是默認。平四郎吸一口氣，再吸一口氣，終於忍不住爆發。

「湊屋也這麼說嗎？」

「這話的意思，不等於湊屋打一開始便認為是佐吉殺了葵嗎！」

久兵衛默不作聲。八助提心吊膽地看看平四郎，又看看久兵衛。

「事情都還沒弄清楚，就認定是佐吉幹的，這種蠻橫的事他怎麼做得出來？湊屋是什麼樣的人我不知道，但久兵衛，你認爲這麼做對嗎？你是這種人嗎？」

皺著眉、像強忍著雙腳麻痺般僵著不動的久兵衛，終於抬起頭。但不是朝向平四郎，而是對八助說道：

「頭子，事情便是這般，可否請您即刻回番屋，看顧佐吉？明日我再正式代主人拜見佐伯大爺。還請轉告佐吉，要他老老實實待在那裡。今晚，要勞駕頭子親自看好佐吉了。」

八助坐下時那不靈活的動作不知到哪兒去了，皮球似地彈起。

「也對，就這麼辦。我就留在番屋，哪兒都不去。」

還請頭子多關照——久兵衛說著，貼地行了一禮。平四郎怒上心頭，看八助以輕快的腳步離開小房間，本想踹他一腳，但及時忍住。因爲這舉止太過幼稚——倒不如說，是他沒自信這一腳能踹得漂亮。早知道該跟弓之助一起學防身術。

八助一走，久兵衛便伸手拿起已完全冷掉的茶喝了一口，盯著杯緣，緩緩地說：

「井筒大爺，這陣子您與佐吉常碰面嗎？」

平四郎還瞪著久兵衛，便直接瞪著他答道：「有陣子沒見到人了。」

好像從佐吉成親、搬到大島後，就沒再見過了……

「佐吉是否曾找您商量事情呢？」

「沒有。」

一抹不安的影子自平四郎心裡掠過。

「那麼，井筒大人對佐吉為何曉得葵夫人住在這裡——不，在那之前，佐吉為何曉得葵夫人還在世，這中間的事全然不知了？」

一點兒也沒錯。正因如此，今天聽到出了這件事後，平四郎才會一驚之下，將弓之助往腋下一抱就衝出門。完全不明所以，不清楚是怎麼回事。

久兵衛像要吐盡體內的塵埃般，拖長了聲音嘆了口氣。

「是夫人，阿藤夫人。」久兵衛小聲道。

阿藤是湊屋總右衛門的正室。

「阿藤怎麼樣？」

「佐吉離開鐵瓶雜院，以花木匠的身分討生活，這件事阿藤夫人當然也知道。而且……」久兵衛說著，回憶般望著半空。

「約莫是今年梅花開的時候吧，夫人提出想託佐吉來整理庭院，就是蓋在原先鐵瓶雜院所在的那座新屋庭院。夫人說『我向來對他無情，都怪我當年孩子心性，往後我想多照顧照顧他』。」

平四郎將手揣在懷裡。因為他開始覺得若不這麼做，很難維持這份怒氣。

「慢著。」他打斷久兵衛。「你這話是聽誰講的？你之前都跑到哪裡去了？」

哦，也對，得先把這些交代清楚才是——久兵衛露出一絲笑意。

「小的離開鐵瓶雜院後，便待在湊屋位於川崎的房子。」

其實該說是別墅才對。

「位置較川崎驛站鬧區更靠海，是個景色怡人的地方。老爺和阿藤夫人不在時，便是一幢無人的空宅，這樣不但危險，且靠海的房子因海風折損得快。老爺吩咐我稍加維護。若沒其他事喚小的過去，小的便待在該處。說起來，就是老頭子退休閒居吧。」

久兵衛本身在鐵瓶雜院的計畫全盤結束前，也需要一個藏身之處，如此安排可說是兩全其美。

「小的與老爺是差人互通消息。關於鐵瓶雜院一事，小的也深爲關切，想知道後續發展……」

語尾愈來愈小聲。

久兵衛表示，目前仍住在川崎別墅。由於參拜川崎大師（註一）的香客眾多，江戶與川崎驛站的往來方便。不但可當日來回，往返也不須官面上的許可。久兵衛笑道，只不過對老人家的腳來說，稍稍有些吃力。

「今年二月底，宗次郎少爺病了……」

湊屋總右衛門與阿藤間有三個孩子。長男宗一郎，次男宗次郎，與女兒美鈴。美鈴已私下談好要嫁到西國的大名家，爲準備出嫁，過了年便早早送往某旗本（註二）家當養女。雖說是大名家的夫人，當然不是正室而是側室（註三）。既是側室，以平民女子的身分出嫁似乎也無不可，但顯然沒那麼簡單。

「是重病嗎？」

湊屋的二少爺生病，平四郎是初次耳聞。只不過，要不是發生鐵瓶雜院一事，位居本所深川方臨時迴這等閒職的平四郎，是不可能與築地大商家湊屋攀上關係的，因此解決鐵瓶雜院的事之後便兩不相干，不通音訊也不足爲奇。

「老爺不以爲意，只說是氣鬱病，但這病難保不會要人命，診治的大夫也提醒不能小看心病。」

「那眞是糟糕啊。」

「於是宗次郎少爺便暫時到川崎的別墅養病。二月以來，照顧二少爺便是小的的工作。」

因此，阿藤對佐吉說出那番好意的話語——整件事的來龍去脈，久兵衛直到櫻花落盡才知曉。

「老爺信上是這麼寫的。」

久兵衛又嘆了口氣。

「阿藤夫人提出這個主意，最初老爺也是顧左右而言他，不置可否。如今讓佐吉接近阿藤夫人，絕非好事；而且若不予理會，過一陣子夫人多半就會死心。」

平四郎點頭。確實如此。

「但是，經不起阿藤夫人一再央求——夫人又哀訴道美鈴小姐離開身邊之後，膝下寂寞。老爺想必一時難以拒絕，便答應了，說既然夫人這麼堅持，就叫佐吉來修整花木，在生意上照顧他。據傳阿藤夫人聞言大喜，喚來佐吉，命他整修庭院各處。而依佐吉的個性，他當然不會忘記湊屋的恩義，依阿藤夫人的吩咐盡心盡力。」

註一：一般通稱「御大師」，正式寺名爲金剛山金乘院平間寺，奉祀的是弘法大師，主消災解危。

註二：「大名」相當於諸侯。「旗本」則是直屬將君的家臣，有資格晉見將軍。

註三：江户時代各地諸侯基於「參勤交代」的規定，原則上一年住江户，一年回領地，但正室與孩子必須做爲人質，不得離開江户，因此多在領地另立側室。

平四郎冷不防插上一句：「那是因爲佐吉不知道你們搞了什麼鬼。」

久兵衛有些語塞，但並不畏懼，只摸摸素雅的條紋和服領口，重振精神。

「在這當中，阿藤夫人對佐吉實說了。」

說什麼？平四郎沒問，直盯著久兵衛。

「佐吉的母親葵夫人，沒丟下佐吉自湊屋私奔，其實早就死了……」

平四郎一雙眼將久兵衛盯得更緊了。

「沒說是她親自下的手？」

「沒說得這麼詳細。」久兵衛垂下眼。「連已死之事，都是繞著圈子講『葵地下有知』。」

久兵衛端起茶杯，喝了一口。平四郎也加以仿效，但他是有些不雅地猛灌一大口。

阿藤以爲葵死了，這是阿藤心裡的事實。然而，這並非眞正的事實，葵還活著。當時她住在這屋子裡，不時與總右衛門碰面。

阿藤深信她已親手除掉的葵其實還活著。而且爲了不讓阿藤察覺，湊屋總右衛門撒了重重精心策畫的謊言，鐵瓶雜院則成爲那些謊言的舞臺，佐吉也因此遭到利用。然而，還以爲一切都已解決、趨於平靜時，當事人阿藤竟將佐吉喊來，舊事重提。

「阿藤夫人是基於什麼打算，小的不知道。」久兵衛以含蓄的語氣繼續道。「夫人深信自己目前的居處，便是她親手將葵夫人殺死、埋屍的地方，也就是由鐵瓶雜院改建的宅邸。當夫人在此虔心爲葵夫人祈禱冥福、悄然度日時，內心或許又泛起什麼想法了吧。」

平四郎沒出聲附和，要揣度阿藤的內心實在太難了。更何況，阿藤並未吐露所有的眞相，僅僅略加暗示。對佐吉而言，這豈不是更殘酷嗎？

平四郎這話一出口，久兵衛便垂下頭道：

「不出所料，佐吉聽了阿藤夫人這句話大驚——這也是當然的——內心不禁起疑。」

眞聰明。接下來平四郎也猜到了。

「據聞，阿藤夫人講著『葵地下有知』時，表情、口吻，都帶著冷笑。將一切合起來想，佐吉開始懷疑自己的母親死得不尋常，或者是阿藤夫人……」

再三煩惱、痛苦之後，佐吉前來拜訪總右衛門，懇求並質問。總右衛門一定也吃了一驚，阿藤竟至此時此刻才說溜嘴！

「老爺也相當猶豫。」

平四郎揚起一邊眉毛。

「猶豫？有什麼好猶豫的？」

照老樣子，用謊言粉飾前一個謊言不就得了？只要對佐吉這麼講：是的，瞞著你眞過意不去。葵被殺了，但我又不能將阿藤送官懲辦，是我隱瞞一切，至今裝若無其事，害你受了不少苦……

爲了將這個謊貫徹到底，甚至還牽連了鐵瓶雜院的住戶們。

「老爺猶豫再猶豫，一度支吾其辭，但最後還是……」久兵衛看著平四郎說道，「將眞正的事情告訴佐吉了，井筒大爺。」

眞正的事情？哪有什麼眞正的事情？平四郎記得自己曾這麼問久兵衛。

「你這眞正的事情，是哪個眞正的事情？」

久兵衛雙手放在膝上，端正了姿勢。

「就是葵夫人還活著的實情。爲了在阿藤夫人的怨恨下保護葵夫人，老爺與小的聯合眾人說謊。是的，井筒大爺。佐吉便是從老爺嘴裡得知葵夫人還活著、住在這芋洗坡上，也才會找上門來吧。」

五

井筒平四郎吃著蒟蒻。

裡裡外外都染上了醬油的顏色，正是阿德的蒟蒻。但平四郎不在阿德的鋪子，煮著蒟蒻的，也不是阿德那口熟悉的大鍋。

「會不會有點鹹啊？大爺？」

阿德一手拿著勺子問道。在灶前挺立如金剛仁王像的模樣，倒是沒變。

「這裡的鍋子，我還沒拿捏好。原來那口鍋子就跟我的掌心一樣，閉上眼也煮得出相同的味道。」

「煮汁妳不是搬過來了嗎？」

「嗯，有一半還能用。又是盛又是濾，手忙腳亂了好半天。不過鍋子一換，煮汁的味道好像還是有點偏。」一定是鍋銹味不一樣，阿德一邊點頭認可自己的話。「我的鍋子啊，已經用到直接拿來啃就是那個味兒了。」

在灶旁臺上切大蔥的小姑娘噗的一聲笑出來，阿德立刻瞪大眼睛說道：

「妳笑什麼？是眞的。鍋子這種東西，小心照顧，久了會把味道記住的。」

小姑娘拉長聲音回了「是」。她很瘦，手腳纖細，脖子連平四郎都能單手勒緊似的。不巧的是，那長相又很難說如人偶般可愛，像紙娃娃般柔弱倒是眞的。

她是阿德的幫手，名叫阿紋。另外還有個二十歲來歲的姑娘叫阿燦，看起來凶巴巴的，至少，她剛才看平四郎的眼神是十足陰狠。

這家鋪子，本來是名叫阿峰的女子經營的小菜館，與阿德的滷菜鋪只隔了兩戶，曾有一段極短的期間，是阿德可恨的競爭對手。

這阿峰留下阿燦和阿紋失蹤，是前天一早的事。住在鋪子裡的兩人一醒來，主持大局的老闆娘已收拾了隨身物品消失無蹤，兩人又哭鬧又驚慌失措的，阿德看不下去，就說了幾句——

於是，便由阿德照顧她們了。

當然，阿德打的是暫代的主意，她完全沒打算取代阿峰。既然不知阿峰爲何離開，搞不好她又會突然回來。但這段期間總不能叫阿燦、阿紋喝西北風，只是權宜應變而已——這是阿德的說辭。

其實，要是看到黑痣顯眼、眼尾吊起、臉色蒼白的阿燦，和骨頭都還沒長硬、弱不禁風的阿紋，兩人手牽手不知所措地哭著，平四郎一定會興起同樣念頭。愛管閒事的老毛病不是阿德才有。

只不過，管閒事管得太忘我，顧不得自己的鋪子，這就是阿德之所以爲阿德了。

平四郎五天沒來幸兵衛雜院了。在得知這五天當中，阿德的滷菜鋪關門，本尊移到阿峰的小菜館時，起先大吃一驚，知道緣由後不禁大笑。原來阿德最引以爲豪的鍋子燒焦了，不得不借用小菜館的爐灶和鍋子。

「昨天啊，我要這兩個孩子整理家裡，做些有的沒的。這期間，我還是看著鍋子，我也是有生意要顧的。可是，這兩人實在太沒用，我忍不住也跟著動手，幫這幫那的，連鍋子底下還升著火都忘得一乾二淨。」

要不是端著大碗來買滷菜的客人告訴她「大媽，妳的鍋子冒煙了呢」，阿德恐怕還絲毫不覺。眞是沒辦法，平四郎笑得眼淚都流出來了。

「不察此乃上風處，爲阿德太君畢生大恨。這就像戰記嗎？謂之：鞭聲肅肅，鍋底夜破。」

阿德不滿地叨念「大爺眞愛說笑」，自己也笑了。

平四郎到這兒時，幸兵衛前腳才剛走。說是來看看情形，進了後面房討了茶要喝，一見平四郎卻忙不迭躲得不見人影，可見原是要談房租。阿德帶著破了洞的鍋子，仍在自己的住處起居，今後似乎也是這個打算，因此那邊的房租不能不付。那麼，這邊阿峰的房租又如何？幸兵衛是來談這事的。想必他是要說，無論什麼原因，既然阿德都接下了小菜館，準備以阿燦、阿紋爲幫手做生意，就得照規矩付房租才行。

但平四郎知道，阿峰在開這家鋪子時，已先繳了半年的房租，還另給了不小的紅包。阿峰一個月前才搬到幸兵衛雜院，換句話說，應該有好一段時間不必爲房租發愁。

即使如此，他仍來催繳房租，不愧是認錢不認人的幸兵衛。一見平四郎便溜之大吉倒也可愛，但那管理人長成算盤珠子狀的心臟滴答作響，平四郎可都聽在耳裡。

再提一事，平四郎也知道阿峰的隱情。岡引政五郎逮到那女人性命靈魂所繫的情夫時，平四郎就在現場，而告訴阿峰這個名叫晉一的情夫已被繩之以法的，也是平四郎。

阿峰爲何消失？她到哪裡去了？此刻又在何方？晉一人在牢裡，就算太陽打西邊出來，也沒有重見天日的可能。不過，無論阿峰突然離去的原由在旁人眼中多沒道理，與晉一有關卻千眞萬確。

儘管不請教吟味方（註）不準，但晉一殺了人，似乎還做了很多見不得人的事，不是輕判流放孤島就能了事。然而，阿峰或許還抱著一絲指望，下定決心若他被判流放八丈島，她也要渡海追隨。無論如何，心愛的男人遭官府綁走，哪還有心思在這裡開什麼小菜館！就這點來看，說平四郎是迫使阿峰出走的元兇也不爲過。

阿峰身懷巨款，但這些錢全不見蹤影。平四郎腦中突然想像起阿峰徘徊在不良分子聚集的昏暗酒館或箭場，四處問那些眼神不善、面相凶惡、渾身惡臭的男人「有沒有人肯幫忙逃獄，錢不是問題」。然後，又如揮走在眼前盤旋的飛蟲般，將這番想像趕出腦外。那種女人——不，淪落成那副德性的女人，什麼忠告和勸誡都沒用。阿峰早將自己的安危置之度外了吧。

總之，這時候只要提醒阿德，萬一阿峰回到幸兵衛雜院，她自己不要吃虧就好。即使是這點小事，對平四郎也是相當大的負擔，因爲還有另一件更爲沉痛的事。

佐吉現在怎麼樣了呢——

前天晚上和久兵衛談過一次，終究也只能打道回府。

久兵衛表示，不會將佐吉當殺害葵的凶手送官，一定會把佐吉送回他老婆阿惠身邊，同時也將

註：負責審訊犯人的官員職稱。

不惜代價，小心打點設法銷案，不致對他日後生活造成任何影響，懇請平四郎暫且忍耐。久兵衛說這話時頭都貼在榻榻米上了，最後一臉快哭出來的樣子。

為了帶回佐吉，平四郎也盡力了。只是，在雙方一來一往的僵持中，他愈來愈洩氣。平四郎與久兵衛——應該說，與湊屋總右衛門之間，想法嚴重分歧。湊屋那方認定是佐吉殺害了葵，除此之外別無可能，才反覆大力保證會「設法銷案，不傷害佐吉」。

然而，平四郎要的並非這樣的保證，他認為佐吉不會殺害葵。

不，他也沒把握。佐吉與葵之間如此複雜，母子親情或許曲折，或許變形，或許絕情。平四郎也以為，若老實溫和的佐吉逼不得已要傷人，那個人大概就是葵了，再不然就是湊屋。如果佐吉想幹掉湊屋總右衛門，他甚至願意幫忙。

但，目前案情不明朗，什麼都沒能掌握。因此平四郎的請託是，別認定佐吉是凶手；究竟誰殺了葵，為查明眞相，也讓自己相助一臂之力。然而久兵衛一味地打躬作揖，開口閉口便是「請大爺原諒」。照這個樣子，就算談到將軍換了三代也談不出個所以然，所以平四郎才暫時罷手。

既然湊屋聲稱將力保銷案，佐吉應不會再有大難臨頭。在芋洗坡的番屋過個一晚，頂多兩晚，就能回家了，之後再單獨與他深談吧。平四郎決定把今後的事留到那時商量。

臨走之際，平四郎先到芋洗坡的番屋一趟。他有名正言順的理由，因為弓之助在那裡。他假裝成佐吉的小弟混進去，在平四郎到大宅辦事時，已完全主掌了番屋。以芋洗坡一帶為地盤的缽卷八助頭子，及其手下大個頭杢太郎，都中了弓之助的魔法，要他們往左，便不會往右。多虧如此，佐吉才能鬆口氣，沒受到任何盤問，也不必聽到半句尖刻的話語。

即便是這樣，見到平四郎時，佐吉儘管雙手被縛在柱子上，仍羞慚地低著頭。平四郎生平頭次體會到滿肚子話卻一句也說不出的滋味，任何言語都無法傳達自己的心意，至少在這裡不行，光是別讓弓之助放出的煙幕變淡就夠他煩了。

「大家都很擔心，我也是。」

短短說一句，平四郎的視線也落在腳邊。

「很快就能回去了，到時再談吧！」

然後，牽著弓之助的手往外走。弓之助精明得很，不忘再補一句：

「頭子、杢太郎大哥，哥哥就麻煩您兩位了。」

接著一路哇哇哭個不停，直到看不見番屋的燈光爲止。

見離得夠遠了，弓之助又恢復原本精神奕奕的模樣。

「姨爹，您不要緊吧？」

「我嗎？」

「是，您臉色很不好。」

「我能問你一件事嗎？」

「什麼事？」

「你的假哭是跟誰學的？」

「沒特地去學，看多就會了，姨爹。該說是閱歷嗎？」

講得可認眞了。

大約是十幾年前的事了，平四郎還官拜諸式調掛（註一）時，曾在東日本橋雜技棚裡的一名女水藝人身上花了不少錢。這藝人的名字很有氣派，叫「第三代白蓮齋貞洲」，當時年紀快三十，也不年輕了。然而她卻是彷彿天上才有的絕代佳人，表演也精采絕倫。

水藝人一般都會穿著帥氣的裃和袴（註二），女子也是如此，藉以隱藏送水的機關。但貞洲卻身穿隱約可見雙臂的短袖薄衣，頭上連個髮飾也沒有。修長的手腳輕輕一動，甚至能看到豐腴的肢體在衣內起伏。每當清涼的水自她的掌心、肩頭射出，畫出一道道弧形，觀眾無不驚歎連連，看得如癡如醉。

平四郎立刻著迷了。

每天都去看戲，同儕好友不發現也難。八丁堀宿舍像大家族般親密，他那股熱中勁兒，事情遲早會傳入細君耳裡。

平四郎的細君肚量極寬。

相公，如此如此、這般這般，全宿舍都知道了呢！聽細君笑著這麼說，平四郎一心以為會挨罵，卻聽細君細訴：

「我想過了。」

「想什麼？」

「那位叫貞洲的女藝人，是不是和我年輕時很像？」

細君年輕時人稱八丁堀西施。

「對不起，即使什麼壞事都沒做，我也會老。這陣子定是讓相公無聊得緊。」

平四郎認錯，爲細君添購了新的窄和服。細君愉快地收下，眞是大人大量。這令平四郎有了勇氣說出實情。

他說道，我迷上的不是貞洲，是她的本事。這話若只是嘴上講講，不過就是男人花心時老掉牙的託詞，但平四郎卻非如此。他打從心底迷上了那「戲法」，想拜貞洲爲師，學習水藝，然後也想一顯身手，讓看戲的人大聲叫好，才會天天往戲班跑。

聽了這話，細君當下柳眉倒豎。

「相公！」

語氣之嚴厲令人不由得端正坐好。

「你這比花心還壞上百倍！」

這回平四郎著實挨了一頓罵。眞不懂女人是怎麼想的。

過了不久，官府以傷風敗俗爲由處罰貞洲，拘禁三十日。這對無傷大雅的庶民雜技表演而言，算是重刑。聽說貞洲本人最後在失意中病逝。

「大概是水藝會讓身體受寒吧。」

細君說，但平四郎肚子裡暗暗嘀咕「不是妳咒她的嗎？」至今他仍如此想，卻講不出口。

註一：同心的職稱之一，主要負責監督全江户的物資及物價。

註二：男子和服的正式禮服，與一般和服不同，有上半身與下半身之分。上半身在一般窄袖和服上外罩背心式的「肩衣」，雙肩部分高高隆起。下半身則爲寬鬆的褲裙。

平四郎會憶起這段往事，是認爲也許弓之助能當白蓮齋貞洲的繼承人。舉起右手右邊出水，揚起左掌左邊出水，觀眾爲之驚歎，爲之傾倒。

平四郎確實很喪氣，喪氣到不得不去想這等可笑的事。

一路上，他將久兵衛說的種種告訴弓之助。弓之助則告訴他番屋情形——我什麼也沒能做，忙著演戲，也沒能直接和佐吉兄講上話。見他這麼氣餒，平四郎輕聲安慰：只靠三寸不爛之舌，就把老奸巨猾的岡引老頭，與長個兒不長腦的大塊頭籠絡得服服貼貼，保護了佐吉，相當了不起。

「爲什麼呢？姨爹這些話安慰不了我。」弓之助說道。「我還是擔心佐吉兄。」

「有湊屋在，他不會被送到小傳馬町的。」

「不是的，我不是擔心那個。姨爹一定也有相同想法吧？我怕事情沒水落石出的一天。」

平四郎點點頭，這孩子真的很聰明懂事。

「所以，我們得想想辦法。」

「是！」弓之助以武者人偶義經（註）般的表情應道。「一切都要等佐吉兄回來再商量，是吧？姨爹。」

接著，他就不再開口了。兩人不知是誰牽著誰的手，默默回家。當晚，直到最後弓之助都沒問：姨爹認爲是佐吉兄殺了葵夫人嗎？平四郎也沒問弓之助怎麼想。弓之助說話經常切中要害，光推論便神準，平四郎覺得那太不吉利了。

平四郎一回到宿舍就派小平次到大島找阿惠，要她等佐吉一回家立刻通知他。然而，昨天沒等到任何通知，一天便這麼耗掉了。今天也還沒有消息。佐吉是個守禮到有些食古不化的人，若平安歸來，或許會到平四郎住處拜訪。然而，正因爲這樣，也或許不會捎來任何音訊。

另外，極有可能是湊屋交代了什麼。即使佐吉在沉默中避不見面，決心不再與任何人有瓜葛，也不足爲奇。

若眞是佐吉殺了葵，就不用說了。

而若佐吉分明沒殺害葵，卻認爲最好由自己承擔一切，更不會有下文了。

平四郎受不了「等待」。無所事事地殺時間他很拿手，但「等待」與殺時間大不相同。

今早，平四郎到町奉行所辦公後外出巡視，心想不如乾脆跑一趟大島，就算只能見到阿惠也好。既然這樣，他便想帶弓之助一塊兒前往，但走向河合屋時又想，急不得。他已遣小平次去過，佐吉也需要時間平復心情吧。不，難道是還沒從芋洗坡釋回？也許缽卷八助比外表看來還不講情分，湊屋要銷案得大費周章。那麼，不如找養八助頭子當手下的同心佐伯還比較快……

平四郎東想西想，不知不覺就到了幸兵衛雜院。「喲，大爺，這陣子都不見人影啊。」阿德這一消遣，他才回過神來。

——不過，來得正是時候。

多虧阿德燒壞了鍋子，平四郎暫時忘掉眼前的難題，大笑一場。佐吉的事不能告訴阿德，但鬱悶的心情在忙碌的阿德面前也消散了。

「喏，大爺，你瞧。」

註：源義經，鎌倉時代的開國戰將之一，後世視爲戰神，傳說中是個美男子。

一看，阿德拎著一截蔥，是阿紋切的。不知是菜刀不夠利，還是切法不對，那截蔥由一片蔥皮連成一串。

「皮還太硬了。」平四郎笑了。

「這可一點都不好笑。就是這樣才不能不隨時盯著呀！眞是，不知道阿峰怎麼教妳們的？」

阿德正氣鼓鼓的時候，出去辦事的阿燦回來了，還帶著一個人。哦？是張熟面孔。

「這不是阿豐嗎？」

平四郎從椅子上站起來。那是弓之助的堂姊。

「姨爹。」

阿豐站在鋪子門口恭敬地彎腰行禮，額頭都快碰到膝蓋了。

「我迷路了，幸好遇到這位姊姊。」

「這位大小姐，」阿燦一點也不可愛地揚起下巴，指著阿豐道。「到前面的木戶番問幸兵衛雜院在哪裡，人家明明跟她講得清清楚楚，她還是迷了好幾次路，走回町大門那邊。」

「就是呀！」

阿豐卻大方地笑著。因爲剛才鞠了一個大躬，腰帶都亂了。路過的秋風輕輕吹起腰帶尾端。阿豐突然顯得成熟許多。

「我是來幫弓之助跑腿的。他說，姨爹今天一定在阿德姨住的幸兵衛雜院。」

在阿德沒生火的灶旁，平四郎拉過兩個空醬油桶，與阿豐並肩而坐。

阿德的大鍋洗得乾乾淨淨，底部朝天地在灶旁占了一席之地。鍋底靠近正中位置，透出一個約阿豐手掌大小的洞。那景象彷彿鍋子張開嘴吃了一驚，「哎喲喂呀，我身上破了一個洞！阿德怎麼搞的？」看來頗有趣。阿豐這輩子沒見過破底鍋，非常稀奇，驚嘆著撫弄了鍋子好一會兒。

「弓之助交代，要我把這個交給姨爹。」

阿豐從懷裡取出摺得整整齊齊的紙張，一眼就認得出是弓之助的筆跡。

「弓之助昨兒個半天都在寫這些。」

「裡面是什麼呢？」

平四郎邊將紙攤開邊問。明知看了就曉得，但他想探探弓之助向阿豐透露了多少。

阿豐頭微微一偏，紅葉髮簪晃了晃。「我不知道。不過弓之助說，只要告訴姨爹，這是他將前晚番屋裡的對話一句不漏地記下來的，姨爹就會明白了。」

眞是心思周密得可佩的孩子。平四郎草草看過，原來如此，確實詳細。連八助與李太郎的閒話、街坊送糕點來，都一一記下。他也分了一個，覺得好吃。另一方面，佐吉仍什麼都沒吃。裡頭沒提到弓之助本身對此事的想法，完全是用來備忘的吧。

「多謝了。」平四郎對阿豐微笑。

「這是需要保密的事，因爲弓之助很聰明，請他幫了點忙。」

「這樣呀。」阿豐盈盈一笑，但那笑容立刻蒙上了陰影。「需要保密的事，請問……是像上次逮捕犯人那樣嗎？」

制服阿峰的情夫時，阿豐也扮成誘餌，助了一臂之力。平四郎不禁想起，當時由於正面看到吃定女人的壞蛋長什麼模樣，阿豐受驚過度、哭泣激動的樣子。

「和那是完全不同的事，不用擔心。」平四郎收起紙張。「能看到妳這張可愛的臉蛋，姨爹很高興。不過弓之助怎麼不自己來呢？」

阿豐臉紅了。「那是因……」

「身體不舒服嗎？還是河合屋裡有什麼事？」

「不不，」阿豐紅著臉搖頭，小聲說道，「弓之助昨晚尿床了。爲此，伯伯、伯母罵得好凶，罰他今天一整天不准出門。」

平四郎仰天而笑。阿德的鍋子也張大了嘴笑著。

「尿床是嗎！」

「是的，很大一泡呢！鋪蓋都乾不了。」

自阿德鋪子小小店面看出去的一方天空一片蔚藍，此刻連蜘蛛絲般纖細的秋日絹雲也不見蹤影。這般秋高氣爽的天氣都乾不了，想必那是泡媲美洪水的尿。

「姨爹，別笑得這麼厲害呀！」阿豐自己也笑個不停，卻仍爲堂弟講話。「弓之助好洩氣呢！將這信箋交給我的時候，眼裡還噙著淚，說夜裡做了好可怕、好可怕的夢。」

平四郎愉快的笑意頓時消失。

弓之助做的是怎樣的惡夢？有誰出現在夢裡？葵，還是佐吉？無論如何，必定與這回的案子有關，夢是弓之助煩悶的化身。信箋裡什麼都沒寫，或許是不敢寫，而不是有意迴避。

「那可眞苦了他了，下回給他吃點好吃的吧！」

「好，他一定很高興。」
阿豐開心地點頭時，門外傳來驚呼。
「咦？哎呀呀？」
平四郎覺得奇怪，只見有個巧鼻秀目的小個頭男子正往這邊看，那模樣有如隨時都會受驚飛走的麻雀。小小的髮髻配上粗格子紋的和服，手上拎的那口長柄鍋倒讓他減色不少。
「八丁堀的大爺在此有何貴幹？阿德姊……」
「你呢，又是哪位？」話才出口，平四郎便跟著想到。「啊，是阿德的客人吧。你要找滷菜鋪的話，往前走第三戶就是了。」
「往前第三戶……」男子一手扶著店口的格子門，伸長了背脊往那邊望，「不是小菜館嗎？」
「是啊。可惜那家小菜館不開了，由阿德接手。你過去就知道了，她像個仁王金剛似地站在灶前。」
「哦……啊，眞的，在在在！」男人臉上綻放笑容。「太好了，我一時還以爲阿德姊出了什麼事呢。」
「抱歉，嚇著你了。我只是在這裡打混摸魚罷了。阿德可用不著我們奉行所公役關照。」
「大爺辛苦了」，小個頭男子老練地打個招呼，快活地走了。外面傳來他「阿德姊、阿德姊」的叫聲。
「我聽弓之助提過，阿德姨開了家可口的滷菜鋪。」阿豐說道。「鋪子搬家了嗎？」
「發生了不少事啊。不過，也許算得上是長進了吧。」

其實，阿德多了兩個手下，不如趁這個機會像阿峰那樣賣起其他菜色，別只賣滷菜。平四郎往日總這麼勸，阿德一直東躲西閃。這回可眞是天意了，阿德最好乖乖聽從老天爺的安排。

「姨爹。」阿豐端坐朝向平四郎。

「嗯？」

「我去相親了。」

講著她臉頰又紅了，但這次是羞赧的緣故。阿豐的親事平四郎也知之甚詳。阿豐會成了誘捕嫌犯的餌，起因便是在此。

「哦，那好極了。」平四郎往膝頭一拍。「那，如何？記得是紅屋的少爺吧？」

平四郎總算想通了，不禁覺得自己太遲鈍。初次見面時，阿豐活像弓之助這個人偶師操縱的人偶，今天卻連隨侍的下女都沒帶，獨自找了又找來見平四郎，而且還這樣面對面與他談話。對如同生活在平地之上一寸，過著如夢似幻、不踏實日子的大小姐來說，這可是長足的進步。這進步要沒來由，豈非怪哉？

「看上去還討人喜歡嗎？」

阿豐在面前合起雙手，以觸癢發笑般的聲音應道：「是個非常怕羞的人。」

「比妳還怕羞嗎？那你們肯定耗了很久吧。」

「可是，他誇我的手很漂亮。」

平四郎對此也有同感，遺憾的是，阿豐稱不上標緻。但那雙手極美，弓之助也曾形容爲「如同觀音菩薩的玉手」。

「是嗎？眞教人高興啊。那麼，少爺會好好愛惜妳，讓妳那雙手永遠那麼漂亮了。」

平四郎意在調侃，但阿豐似乎沒聽懂。她頰上胎毛閃著光，微微泛紅，以更嚴肅的語氣懇切地說：「第一次有人誇我，好高興。」

這嬌生慣養的千金大小姐，說這什麼話——或許會有人這麼想，但平四郎能理解。從小有人小心翼翼地呵護，與不見得受到悉心照顧卻常得人稱讚，兩者畢竟不同。

「至今也有很多人誇妳啊，只是妳沒聽到而已。這回是第一次聽進去了。」

「是這樣嗎？」

「嗯，因爲阿豐是個好姑娘啊。但願這門婚事對阿豐未來會是最幸福的事。」

這原是商家與商家間的親事，作主的是雙方家長，若本人也不反對，應該就能談成了吧。是嗎，阿豐要出嫁了啊——一這麼想，平四郎有些感慨。雖然才見過幾次面，又是沒有血緣關係的外家甥女，對她就滿心疼愛之情了。

「我今天便是爲了向姨爹稟報此事而來。就算弓之助沒將信箋託給我，我也會求弓之助帶我來找姨爹。」

平四郎開心地聽了一會兒相親時的細節，然後站起身，準備送阿豐回家。既然要等佐吉，一直待在幸兵衛雜院也不是辦法。多虧阿豐幸福的笑容，讓他心情大爲好轉。

平四郎出了鋪子，想向阿德打聲招呼再走，卻見剛才那小個子男子還站在店前說話。若只是買個滷菜，應該早買完了，不提別的，菜早涼了。

「啊，大爺。」阿德比男子先看到平四郎，出聲叫人。

「剛才眞是冒失了。」小個子男子行了一禮。仔細一看，他的嘴角下垂，面貌顯得有些怯懦，但聲音卻有種獨特的響亮。這人平日的營生，若不是時常要大聲給人指示，便是自己需要大聲回答——平四郎如此推測。他會是做什麼的？

「眞是傷腦筋哪！大爺也幫我講講他呀！」

「要我講什麼？」

「這位彥兄啊，在木挽町六丁目一家叫石和屋的餐館掌廚。那可是家體面的店哪！可是這個人……」

小個子男子打斷阿德，對平四郎說道：

「我名叫彥一，由於喜歡上阿德姊滷菜的滋味，天天上門當客人。聽到阿德姊要在這裡開小菜館，便求阿德姊讓我幫忙……」

或許是怕被阿德打斷，彥一一口氣表明自己的身分，也熱切敘述對阿德滷菜心動的原因。平四郎自認看得出一個人話裡有多少眞僞，從彥一的言詞裡並未感到任何狡詐或心機算計，是眞心的。

「石和屋重建好前，我反正閒著也是閒著，身邊也有一點小積蓄，能夠養活自己，也沒想過從阿德姊這裡拿錢。我只是很想幫忙！阿德姊經營小菜館一定能做得有聲有色，不，外燴也沒問題，我保證。」

阿德用力一跺腳。

「你太看得起我了。我是滷菜鋪阿德，現在只是暫時歇業而已，要講幾次你才懂？」

平四郎得意地笑了，而且停不下來。原來如此，老天爺也眞是周到。

「那實在好極了，阿德，天時地利人和啊！」

「連大爺都說這種話！」

阿德一張臉脹得通紅。與阿豐紅了臉的原因雖不同，顏色卻一樣，也一樣可愛。

「光是開只要看一口鍋、顧一口灶的滷菜鋪，就用掉我全副心力，都這把年紀了，哪能做新的生意啊！」

「光靠一口鍋、一口灶，可付不起阿燦、阿紋的薪俸喔。」

點到名的兩個姑娘正津津有味地看好戲，這時不約而同大大點頭。由此可見阿德的人望，才短短兩天，便深受這兩個小姑娘信賴。

但她本人卻不明白這點。

「阿德啊，我勸妳勸得嘴都痠了，說妳懂得做生意，要妳把生意做大一點。眼前就是好機會。當然沒辦法一開始便得心應手，但現在有阿燦、阿紋，再加上這麼一個貨眞價實的料理人肯幫妳，此時不做更待何時？」

「就是啊，阿德姊。」彥一也挺身附和。手裡的長柄鍋不知放哪兒去了，只見他比手畫腳，講得口沫橫飛：

「阿德姊太看輕自己的手藝了。我不是外行人，懂得什麼是好東西，也知道什麼東西能賣、什麼東西不能賣。我這舌頭愛上阿德姊的滷菜，阿德姊怎麼老是不肯相信呢？」

「石和屋，」阿豐有如走錯地方般，悠哉地、歌唱似地說道，「我吃過那裡的菜。」

彥一旋即轉身看阿豐。「小姐曾光顧敝店？那眞是多謝了。」

「那是初春，我還記得店裡把生麩做成櫻花、桃花的形狀，不管是煮是炸，都非常可口。生麩裹的麵衣是曬乾磨碎的麩，有一點點甜味，像雲朵般軟綿綿的。那樣的炸物，我從沒在別處吃過。」

彥一寒酸的臉上立時浮現喜悅。「聽到這句話，眞是比什麼都開心。那道菜就是我想出來的。」

平四郎不斷呵呵笑，阿德又重重跺腳，彥一則滿臉生輝。阿燦哼了一聲環視眾人，阿紋眼中卻充滿憧憬。

「眞好……」小姑娘喃喃地說，「我也好想吃吃看那種菜。」

「在這裡做就吃得到了呀！我也會把家裡、店裡的人都帶來吃，然後要大家回去告訴所有的人『好吃、好吃極了』。姨爹，您看行不行？」

阿豐怡然自得地講著，仰頭看平四郎。平四郎對阿德說道：

「瞧，阿德，妳已經有客人了。」

看樣子，在親事上定下心來的阿豐，也順勢連阿德的將來一併定下來了。

秋天的夕陽來得又快又短，才覺得日頭西斜，天便跟著黑了。平四郎聽著小庭院裡的蟲鳴聲用完晚膳。菜色是烤魚和涼拌，再以阿豐對那炸物的描述佐餐。

小平次回來時，細君才剛撤下晚膳。

佐吉也一道來了。

平四郎立刻要他進房。小平次則不同往常，以驚人的俐落，說明了經過：佐吉日落前自芋洗坡被釋回，當時由杢太郎隨行，阿惠看到佐吉平安無事，放了心。小平次料想佐吉定是疲憊不堪，勸他明日再訪平四郎，但他堅持一定要來，小平次便讓他喝了水、換了衣服，與他同行。雖有些次序顚倒，倒也簡明扼要。

「辛苦啦。到灶下吃飯吧，你也餓了。」

「大爺怎知？」

「你肚子在叫。」

小平次「嗚嘿」驚呼一聲，退下了。平四郎頗懷念這聲應和。

「啊，對了，大爺。」

小平次自唐紙門後奔回。

「還有事嗎？」

「佐吉的師傅，呃……植半的半次郎師傅……」

堅持要陪佐吉來平四郎的住處，小平次硬是擋下了。

「半次郎師傅不清楚詳情，我只告訴他佐吉受到官府的調查，但平安無罪釋回了。」

「嗯，幹得好。」

小平次剛退下，換細君端茶進來，而且用了好大的茶杯。細君對事情一無所知，但見這時刻還有客人，及平四郎看到來者時的臉色，便判斷需要不少茶水，還附上小塊羊羹。那可是質地濃稠的上等貨。甜食能讓人放鬆心情。平四郎也認爲這是極爲貼心的安排，但仍不免暗想：我可不記得在家裡吃過如此上等的羊羹。眞是沒度量。

佐吉累了。平四郎在芋洗坡番屋見到他時也這麼想，但現下顯得更單薄。雖換下穿著數天、被偶爾飛來的麻雀弄髒了的和服，也剃了鬍子、理過髮髻，仍消除不了透心入骨的疲勞。

兩人相隔冒著蒸氣的茶杯，半晌不作聲。

「這回眞是折騰啊。」

平四郎打破沉默。原本頻頻鳴叫的秋蟲，忽地靜下來。

淚水自佐吉眼裡滾落。

（待續）

宮部美幸

作品集／26
Miyabe Miyuki

終日（上）

國家圖書館出版品預行編目資料

終日（上）／宮部美幸著；林熊美譯. -- 二版. -- 臺北市：獨步文化：家庭傳媒城邦分公司發行, 2019〔民108〕
面；　公分. --（宮部美幸作品集：26）
譯自：日暮らし（上）
ISBN 978-957-9447-26-3（上冊；平裝）

861.57　　　108000320

原著書名／日暮らし（上）・原出版者／講談社・作者／宮部美幸・翻譯／林熊美・責任編輯／詹凱婷（二版）・編輯總監／劉麗眞・業務・行銷／陳紫晴・徐慧芬・總經理／陳逸瑛・榮譽社長／詹宏志・發行人／凃玉雲・出版／獨步文化 城邦文化事業股份有限公司 台北市中正區信義路二段 213 號 11 樓 電話／(02) 2356-0933 傳眞／(02) 2351-6320; 2351-9179・發行／英屬蓋曼群島商家庭傳媒股份有限公司城邦分公司 台北市中山區民生東路二段 141 號 2 樓・讀者服務專線／(02)2500-7718; 2500-7719・服務時間／週一至週五：09：30-12：00、13：30-17：00・24小時傳眞服務／(02)2500-1990; 2500-1991・讀者服務信箱 e-mail／service@readingclub.com.tw・劃撥帳號／19863813 書虫股份有限公司・香港發行所／城邦（香港）出版集團有限公司 香港灣仔駱克道 193 號東超商業中心 1 樓／(852) 25086231 傳眞／(852) 25789337 E-mail／hkcite@biznetvigator.com 馬新發行所／城邦（馬新）出版集團 Cite (M) Sdn. Bhd. (458372 U) 11, Jalan 30D/146, Desa Tasik, Sungai Besi, 57000 Kuala Lumpur, Malaysia 電話／(603) 9056 3833 傳眞／(603) 9056 2833・封面設計／蕭旭芳・排版／游淑萍・印刷／中原印刷傳媒股份有限公司・2019 年（民108）2月二版・定價／340 元
Printed in Taiwan　ISBN 978-957-9447-26-3

宮部みゆき